中國語言文字研究輯刊

初 編
許 錟 輝 主編

第16冊
漢代璽印文字研究

汪 怡 君 著

一

花木蘭文化出版社

國家圖書館出版品預行編目資料

漢代璽印文字研究／汪怡君 著 —— 初版 —— 新北市：花木蘭文化出版社，2011〔民100〕

目 6+298 面；21×29.7 公分

（中國語言文字研究輯刊　初編；第16冊）

ISBN：978-986-254-712-0（精裝）

1. 古文字學　2. 古印　3. 研究考訂

802.08　　　　　　　　　　　　　100016551

中國語言文字研究輯刊

初　編　　第十六冊　　　　ISBN：978-986-254-712-0

漢代璽印文字研究

作　　　者	汪怡君
主　　　編	許錟輝
總 編 輯	杜潔祥
出　　　版	花木蘭文化出版社
發 行 所	花木蘭文化出版社
發 行 人	高小娟
聯 絡 地 址	新北市永和區中正路五九五號七樓之三
	電話：02-2923-1455／傳眞：02-2923-1452
網　　　址	http://www.huamulan.tw 信箱 sut81518@gmail.com
印　　　刷	普羅文化出版廣告事業
初　　　版	2011 年 9 月
定　　　價	初編 20 冊（精裝）新台幣 45,000 元

漢代璽印文字研究

汪怡君　著

作者簡介

汪怡君，臺灣臺南人。國立中正大學中國文學系碩士。著有《漢代璽印文字研究》，單篇論文〈《周禮‧秋官司寇‧職金》：「楬而璽之。」析探〉、〈論《老殘遊記》思想蘊含——以璵姑之說爲討論核心〉。

提　要

　　昔人研治兩漢文字，多以許慎《說文解字》爲方向，進行形、音、義乃至六書之辨別，然自地下文物大量出土，包括璽印、封泥、簡帛、石刻等材料，不啻爲漢代文字研究提供新面向。其中，於璽印實物上，因在有限印面鑄刻文字，故字體多具筆勢變化，不失藝術特殊面貌；又在史料佐證上，漢代璽印深具補史、考史特性。歷來對漢印文字研究，除羅福頤《漢印文字徵》、《漢印文字徵補遺》二書較具統整性外，其餘多爲單篇論文，零星散佈，鮮少具全面性探索者；然羅氏二書成書較早，距今已二十餘年，所著或有缺漏、誤釋，故對漢印文字之研究，仍待拓展。至於其他學者著作或偏官印，或偏私印，而有關漢代璽印通論性的研究專著，更是付諸闕如。前人耕耘，後人承接，鑒於目前漢印研究諸多侷限，本文撰寫，將奠基於前賢成果上，冀在娓娓探求中，能對漢代璽印文字作全面性歸納與剖析。

目次

凡　例

一、本文論證以兩漢官、私印文字爲主，肖形印不在討論範圍。而用在古
　　封緘制度上之封泥，因與璽印具直接聯繫，故將作爲漢印文字研究之
　　旁徵實證。

二、本文徵考漢印來源，以羅福頤《漢印文字徵》、《漢印文字徵補遺》、孫
　　慰祖《兩漢官印匯考》三本書目爲基準，其次詳查各博物館及相關單
　　位所出近代漢印發掘報告、圖錄，並蒐羅古今印譜之漢官、私印著錄
　　材料，以及學者所發表之相關單篇論文、學位論文、專門著作等。

三、本文徵引諸印譜鈐拓印文，皆採原書、原印比例，倘有須放大予以深
　　究者，皆於文中標識。

四、第三章條列漢印印文、質地、鈕式、尺寸、著錄、收藏之表格，乃據
　　孫慰祖《兩漢官印匯考》內文標註匯整而成。

五、本論文所徵引漢印資料，截至二〇〇八年六月止。

第一章 緒 論

第一節 研究動機與目的

昔人研治兩漢文字，多以許慎《說文解字》爲方向，進行形、音、義乃至六書之辨別，然自地下文物大量出土，包括璽印、封泥、簡帛、石刻等材料，不啻爲漢代文字研究提供新面向。其中，於璽印實物上，因在有限印面鑄刻文字，故字體多具筆勢變化，不失藝術特殊面貌；又在史料佐證上，漢代璽印深具補史、考史特性，故裘錫圭云：

> 戰國、秦漢的璽印文字具有很高的研究價值。從印文內容看，它們
>
> 提供了官制、歷史地理、社會經濟和思想習俗等多方面的研究資料。
>
> 不少資料可以用來補充流傳古文獻的缺漏或訂正其錯誤。〔註1〕

漢印文字研究，除可補苴《史記》、《漢書》、《後漢書》等史載之不足與謬誤外，其研究可貴處，更在提供直接證據，還原歷史面貌，故羅福頤《漢印文字徵補遺》亦云：

> 漢許氏《說文解字》，爲我國文字書之祖。然歷八百數十載之傳鈔，

〔註 1〕 裘錫圭：〈淺談璽印文字的研究〉，《裘錫圭學術文化隨筆》（北京：中國青年出版
　　　　社，1999 年 10 月），頁 56。

自不能無誤。清代段氏玉裁注《說文解字》，多爲補訂。如改琪作玉，
改鞶作鞶，改鎦作劉，補第竹部，亮儿部，兔兔部三字，今證之印文，
多與冥合。……又於山東博物館藏印中，見有趙張司馬官印，案《說
文解字》趙注，漢令有趙張百人，今與印文可相印證。〔註2〕

綜上所述，顯見漢印文字研究深具意義，不能予以略視。又在漢印文字研究價
值方面，具以下五個面向：

（一）官　制

官印作爲官署、官吏執政憑信或職權象徵，是與歷代官制、印制、地理、
文字沿革乃至民族關係相聯繫著的。〔註3〕對於漢代官制沿革記載，主要見於《史
記・漢興以來將相名臣年表》、《漢書・百官公卿表》、《後漢書・百官志》、《漢
官儀》、《漢舊儀》……等史料。漢代國祚四百餘年，歷西漢、新莽、東漢三朝，
其官制更迭，使漢代官印之官名、地名繁雜，又因傳世與出土印量可觀，故自
晚清集古印譜大量問世後，對於漢代官印文字與史料佐證之研究，學界日益重
視，因而運用漢代官印追溯兩漢官職系統，是考察漢史重要實證之一。

（二）地　名

漢官印中，出現爲數不少的地名、國名，這些地理名稱除與漢代官制深具
聯繫外，亦與漢代疆土之擴展有著緊密關聯。漢官印地名、國名，可與漢代地
理志相互佐證；另一方面，對於漢代與鄰國之尊卑從屬關係，亦可從官印中獲
得有系統之認識。至於史籍所缺載的地名、國名，則成爲補史之考據材料。

（三）姓　名

姓名刻鑄多存在於漢私印中，官印雖不乏出現，然爲數較少。現今印譜所
見姓名合刻之漢印，爲數浩繁，這些姓氏與人名之刻鑄，是研究古代姓氏制度
與古人命名習尚重要資料，尤其漢印複姓更可與姓氏學相輔佐，補姓氏譜錄闕
漏，又從古人命名習尚，可探求先民思想蘊含。

（四）成語印

除官私印外，先民思想智慧展現與風俗傳遞，多出現在「成語印」中。漢

〔註2〕羅福頤：《漢印文字徵補遺》（北京：文物出版社，1982 年 12 月），序文，頁 1。
〔註3〕孫慰祖：《兩漢官印匯考》（上海：上海書畫出版社，1993 年），頁 I。

代成語印包含吉語、箴言、成語等修身敬事之慣語，從這些習慣用語，可以考察兩漢時期人民之哲學思想與精神蘊含。

（五）文　字

漢印文字以篆體爲基礎，然筆勢漸趨筆直，自成風格，爲求刻鑄文字佈滿印面範圍，漢印文字多有簡化、增繁、異化情形，於私印上更出現屈曲繆篆筆勢，以及蜿蜒鳥蟲書體，深刻展現藝術風格，爲中國印章刻鑄藝術開啓新方向。

從上述漢印文字研究中，除可力行王國維之二重證據法則〔註4〕，驗證古史料記載外，更可透過官制、地名、姓名與成語印之研究，還原漢代政治、經濟、社會、文化等史實面貌。歷來對漢印文字研究，除羅福頤《漢印文字徵》、《漢印文字徵補遺》二書較具統整性外，其餘多爲單篇論文，零星散佈，鮮少具全面性探索者；然羅氏二書成書較早，距今已二十餘年，所著或有缺漏、誤釋，故對漢印文字之研究，仍待拓展。因而本文擬對現今可徵引之漢印印文，運用旁徵博引及歸納法則，期將漢印文字研究之諸價值，做一全面性剖析。

第二節　研究範圍、方法與步驟

璽印除了作爲個人身分表徵外，最重要的目的，是鈐印於物，以發揮驗證作用，如抑印於陶器上之陶文，或是鈐印於泥上之封泥，更有烙印於棺木上之墓主姓名。陶文內容，多爲物勒工名、燒窯產地、器物記號等，已發展成獨立研究系統，本論文爲避免複述，故僅將其納爲輔助材料。而烙印於棺木上之璽印文字，所見甚少，零星呈現，故暫予以略去。至於用在古封緘制度上之封泥，因與璽印具直接聯繫，故將作爲漢印文字研究之旁徵實證。

本文探討兩漢璽印文字，將年限定位在起於高祖六年（206 B.C.），劉邦即位汜水之陽，迄於東漢獻帝建安二十五年（220 A.D.），曹丕篡漢改元延康，自稱天子，起迄時間約四百餘年。目前所見兩漢璽印，以印譜著錄爲多，近年雖

〔註4〕王國維〈古史新證總論〉云：「吾輩生於今日，幸於紙上之材料外，更得地下之新材料。此種材料，我輩固得據以補正紙上之材料，亦得証明古書之某部分全爲實錄，即百家不雅馴之言亦不無表示一面之事實。此二重証據法，惟在今日始得爲之。雖古書之未得証明者，不能加以否定，而其已得証明者，不能不加以肯定：可斷言也。」，《王觀堂先生全集》（臺北：大通書局，1976 年），頁 4794。

於各墓葬中偶掘，然研習漢印文字，仍以歷來諸印譜爲要，故本文徵考漢印文字來源，以羅福頤《漢印文字徵》〔註5〕、《漢印文字徵補遺》〔註6〕、孫慰祖《兩漢官印匯考》〔註7〕三本書目爲基準，其次詳查各博物館及相關單位所出近代漢印發掘報告、圖錄，並蒐羅古今印譜之漢官、私印著錄材料，以及學者所發表之相關單篇論文、學位論文、專門著作等，唯受個人才學能力不足，與諸印譜流佈海外所限，〔註8〕仍多有疏漏不詳盡之處。

於徵引可蒐集運用之漢印後，本文研究方法與步驟如下：

1、先將羅福頤《漢印文字徵》進行整合論述。羅氏《漢印文字徵》集錄明清二代八十五部印譜，謂爲詳備，然書中體例多有歧出。本書雖據《說文》體例列舉漢印，然尚有與《說文》列字順序不一者；其次，多方璽印著錄，疑因手摹之故，於前後卷數有「同印不同形體」之誤；復次，因該書成書較早，羅氏對書中某些璽印考釋年代，與現今學者之探究已有歧異，恐羅氏有將非漢印者收錄之誤；又，羅氏雖於各字例下列舉從出印譜略字以供查找，然卻有所列略字非源自明清二代八十五部印譜者，以致後人檢閱時缺乏從出印譜資料予以對照。故本論文擬運用偏旁分析法〔註9〕與歸納法，將《漢印文字徵》諸多歧出現象予以釐清，以利對漢代官私印能有更透澈精準的認識。

2、根據《漢印文字徵》論述成果，進行官、私印別類。在漢官印方面，以孫慰祖《兩漢官印匯考》所著錄七百四十四方官印爲基礎，旁及本書著後各博物館及相關單位所出近代漢官印發掘報告，根據歷史分期，以西漢、新莽、東

〔註5〕羅福頤：《漢印文字徵》（臺北：藝文印書館，1974 年 4 月）。

〔註6〕羅福頤：《漢印文字徵補遺》（北京：文物出版社，1982 年 12 月）。

〔註7〕孫慰祖：《兩漢官印匯考》（上海：上海書畫出版社，1993 年）。

〔註8〕古代印譜以明清二代錄者最富，因國內各大圖書館收藏有限，筆者曾蒐尋大陸現存明清印譜以爲研究之用，然因年代已遠，諸多印譜散佚，遺世者，又多屬善本書目爲圖書館珍藏不易檢視翻讀，故本論文撰寫，仍以臺灣圖書館可見印譜書目爲主，試用有限材料，作全面性觀察。

〔註9〕唐蘭《古文字學導論》云：「孫詒讓是最能用偏旁分析法的。……他的方法，是把已認識的古文字，分析做若干單體，──就是偏旁，再把每一個單體的各種不同的形式集合起來，看他們的變化；等到遇見大眾所不認識的字，也只要把來分析做若干單體，假使各個單體都認識了，再合起來認識那一個字，這種方法，雖未必便能認識難字，但由此認識的字，大抵總是顛撲不破的。」（臺北：洪氏出版社，1978 年 7 月），頁 184～185。

漢三期爲依歸，並將官印分爲官署印與官名印；爾後，再運用歸納法將各印印文、質地、鈕式、尺寸、著錄、收藏等以表格整理呈現；最後列舉各印考釋仍具疑議者，運用歷史考證法則〔註10〕，對印文進行縱向剖析，將漢官制、地理疆域各面向作全面性考究、釐清。《兩漢官印匯考》著錄七百四十四方官印，可別爲三類：

表一：《兩漢官印匯考》著錄印文一覽表

分期/地域劃分	印文	數量
西漢 中央官署印	廟衣府印、中官府印、軍市之印、器府之印、少內、私府、泉府、器府、器府、馬府、廄印、徒府、倉印	13
新莽 中央官署印	榆畜府	1
東漢 中央官署印	藥藏府印、帑府、廥印、都市	4
西漢 地方官署印	司禾府印、屬始長、召亭之印、脩故亭印、南池里印、杜昌里印、師里、傳舍、傳舍之印、安陽鄉印、長平鄉印、南鄉喪事、東鄉、西鄉、西立鄉、樂鄉	16
新莽 地方官署印	臨都鄉	1
東漢 地方官署印	三老舍印、海曲倉、諸倉、都市、市里之印、東鄉	6
西漢 中央官名印	霸陵園丞、衛園邑印、渭陵園令、康陵園令、馬門衛候印、都候之印、都候丞印、都水丞印、都船丞印、候丞之印、未央廄丞、未央廄監、上林尉印、宜春禁丞、右泉苑監、北地牧師騎丞、大鴻臚、大行丞印、別火丞印、郡邸丞印、館陶家丞、旃廚郎丞、斡官泉丞、若盧令印、宦者丞印、左司空、保虎園、尚符璽之印、輕車令印、將軍之印章、將軍長史、上將軍印章、廣漢大將軍章、中部將軍章、中部護軍章、禽適將軍章、翼漢將軍章、偏將軍印章、偏將軍印章、裨將軍印、裨將軍印、折衝裨將軍印章、營軍司空、軍司空丞、軍監之印、軍武庫	94

〔註10〕唐蘭《古文字學導論》云：「我們精密地分析文字的偏旁，在分析後還不能認識或者有疑問的時候，就得去追求他的歷史，在這裡，我們須切戒杜撰，我們得搜集材料，找求證據，歸納出許多公例。這種研究的方法，我稱他作『歷史的考證』。偏旁分析法研究橫的部分，歷史考證研究縱的部分。」（臺北：洪氏出版社，1978年7月），頁203～204。

	丞、票軍庫丞、強弩軍市長、軍中馬丞、校尉之印、校尉之印、校尉丞印、校尉之印章、校尉丞之印、長水校尉丞、建威校尉、騎都尉印、車騎左都尉、前將軍司馬、軍司馬印、軍司馬印、營軍司馬、中營司馬、校司馬印、騎司馬印、騎司馬印、趣張司馬、猥司馬印、司馬丞印、營軍司馬丞、校尉司馬丞、軍曲候之印、軍曲候丞印、屯田丞印、軍候之印、校尉候印、營候之印、橫海候印、左甲樸射、左校令印、水衡畜丞章、千歲單護、軍候丞印、校尉千人、校尉左千人、騎千人印、騎千人丞、侵騎千人、折衝猥千人、騎五百將、陷陳募人、募五百將、兼倉廥、邦候	
新莽 中央官名印	漢氏文園宰、漢氏成園丞印、大司空士姚匡、中壘左執姦、甘泉右執姦、常樂蒼龍曲候、大司空士姚匡、司徒中士張尙、納言右命士中、尙書大夫章、尙書散郎田邑、黃室私官右丞、中私府長李封字君遊、尙浴、昭城門候印、太師軍壘壁前和門丞、奮武中士印、偏將軍理軍、討薉辦軍印、右關軍庫長、破姦軍馬丞、五威將焦掾並印、校尉之印章、立國校尉丞、厭難都尉印、太師公將軍司馬印、軍司馬之印、塡蠻軍司馬、平狄中司馬、定胡軍司馬、文竹門掌戶、執灋直二十二	31
東漢 中央官名印	順陵園丞、御史大夫、司徒護軍章、郎中戶將、太醫丞印、太官監丞、菓官丞印、織室令印、園裡監印、武庫中丞、中廚印信、蕐閤苑監、宣德將軍章、平東將軍章、橫野將軍章、虎牙將軍章、虎牙將軍章、虎奮將軍章、掃難將軍章、偏將軍印章、宗正偏將軍、建威偏將軍、裨將軍張賽、軍倉丞印、中部校尉章、輔漢校尉印、壘尉之印、胡騎校尉、越騎校尉、武猛校尉、強弩都尉章、陷陳都尉、軍司馬印、左將軍軍司馬、監軍司馬、校尉司馬印、傅戰司馬印、前鋒司馬、陷陣司馬、叟陷陣司馬、屯田司馬、赤甲司馬、撫戎司馬、強弩司馬、太醫司馬、軍稟司馬、農司馬印、軍假司馬、軍假司馬、軍假司馬、假司馬印、後將軍假司馬、鎮南軍假司馬、昭假司馬、別部司馬、後將別部司馬、左將別部司馬、軍曲候印、軍假候印、強弩假候、部曲將印、畜官	62
西漢 地方官名印	京兆尹史石揚、左奉翊掾王訢印、隃麋集掾田宏、長安獄丞（□園□印）、五原都尉章（五原候印）、西都三老、萬歲單三老、新昌始安父老、左馮翊丞、臨湘令印、廩犧令印、渭成令印、安陵令印、汾陰令印、贛楡令印、單父令印、狼邪令印、泉陵令印、逃陽令印、廣信令印、陽曲令印、臨沅令印、鞏右令印、汝南尉印、歸德尉印、茂陵尉印、梧左尉印、靈右尉印、泠道尉印、牟右尉印、勮左尉印、武陵尉印、勮右尉印、張掖尉丞、琅邪尉丞、	152

	日南尉丞、濟南尉丞、山陽尉丞、渭成右尉、鼇座右尉、陽夏右尉、建陽右尉、梧成右尉、杜陵右尉、肥城右尉、漁陽右尉、育黎右尉、朱吾右尉、丹徒右尉、涅陽右尉、涅陽左尉、三封左尉、皋猇左尉、曲陽左尉、濕成左尉、上曲左尉、朝那左尉、蘭陵左尉、大成左尉、虹之左尉、豐長之印、柜長之印、羅長之印、舂陵之印、字丞之印、鄆丞之印、雔丞之印、朐長之印、益長之印、鎣田之史、利成長印、睢陵長印、阿陽長印、臨羌長印、高樂長印、新陽長印、洮陽長印、夷道長印、酉陽長印、襄洛長印、武進長印、益陽長印、厚丘長印、浮陽丞印、成皋丞印、脩武丞印、舞陽丞印、宣成丞印、寧陽丞印、平陸丞印、臨湘丞印、弋居丞印、安漢丞印、靈州丞印、武都丞印、上祿丞印、彭城丞印、琅槐丞印、洮陽丞印、賓徒丞印、濕成丞印、雲中丞印、北輿丞印、臨菑丞印、西安丞印、海鹽右丞、東萊守丞、南陽水丞、西河農令、朔方農丞、櫾為農丞、隴前農丞、稻左農長、代郡農長、梁菑農長、夕陽候長、蒼梧候丞、濟南候印、南郡候印、胥浦候印、千乘均監、溫水都監、昫衍道尉、高柳塞尉、濟南司馬、西河馬丞、安屬左騎千人、張掖水章長、屬國倉丞、浙江都水、宣曲喪事、武岡長印、陸糧尉印、上沇漁監、方除長印、高武左尉、立降右尉、屬膾左尉、西眴都丞、上昌農長、上久農長、霸西祭尊、衛舍祭尊、安民里祭尊印、少年單印、長生單祭尊印、長壽萬年、單左平政、斜傳、桂丞、茶陵、攸丞、圜水	
新莽 地方官名印	洽平馬丞印（鞏縣徒丞印）、虢縣馬丞印、汾陰馬丞印、陝縣馬丞印、贛揄馬丞印、昌縣馬丞印、鄭縣馬丞印、甄城馬丞印、傿陵馬丞印、圜陽馬丞印、睢陵馬丞印、下密馬丞印、竇安馬丞印、原都馬丞印、東平陸馬丞、爰得徒丞印、陝縣徒丞印、雒盧徒丞印、犨縣徒丞印、雔丘徒丞印、鞅昌縣徒丞、故且蘭徒丞、烏傷空丞印、阿陵空丞印、中都空丞印、班氏空丞印、靈武尹丞印、武威後尉丞、樂浪前尉丞、設屏農尉章、義溝道宰印、建伶道宰印、脩合縣宰印、棘陽縣宰印、陸渾關宰印、望平宰之印、含洭宰之印、有年宰之印、穎陰宰之印、圜陽宰之印、蒙陰宰之印、盧江亭閒田宰、成紀閒田宰、夙夜閒田宰、屬國倉宰印、水順副貳印、魏部牧貳印、楊州理軍一印、敦德步廣曲候、敦德尹曲後候、文德左千人、木禾右執姦、西海羌騎司馬、槓翰寧部司馬、西海沙塞右尉、得降卻胡候、漁陽長平候、集降尹中後候、將田己部右候、新成左祭酒、孝子單祭尊、慈孝單左史、孝弟單右史詡、長壽單右廚護、新成順德單右集之印、五屬嗇	66

東漢 地方官名印	樂浪太守掾王光之印、高陵丞印、陽陵丞印、武原令印、武原令印、河東太守章、內黃令印、長安令印、頻陽令印、陽陵令印、雲陽令印、長平令印、雒陽令印、穀成令印、南頓令印、晉陽令印、廣武令印、遂久令印、雲南令印、善無令印、雲南令印、陽翟令印、尋陽令印、梓潼令印、東武令印、新野令印、平原令印、膠東令印、堵陽右尉、梓潼右尉、新都右尉、襄賁右尉、臨朐右尉、朝陽右尉、魯陽右尉、臨湘右尉、樅榆右尉、高奴左尉、浚國左尉、蘭干左尉、來安左尉、南鄉左尉、東莞左尉、堂邑左尉、南皮左尉、湞昌左尉、新汲左尉、林慮左尉、陸渾左尉、新野左尉、棘陽左尉、彭城左尉、軍都左尉、雕奴左尉、南深澤尉、廣陵尉丞、馬城尉印、泥陽尉印、談指尉印、承左尉印、穰左尉印、故鄣尉印、剡左尉印、索左尉印、武德長印、河陽長印、吳房長印、新陽長印、房子長印、厚丘長印、平棘長印、安憙長印、廩丘長印、東安長印、平安長印、海陵長印、營浦長印、酉陽長印、休著長印、離石長印、臨邛長印、離水長印、巂泠長印、東牟長印、汪陶長印、朔方長印、故安長印、樅榆長印、平舒長印、長安市長、譙令之印、蕃令之印、薛令之印、費丞之印、酇丞之印、隋長之印、隋丞之印、鄂丞之印、東郡守丞、南陽守丞、武陵守丞、南海守丞、九原丞印、朱盧丞印、俞元丞印、酉陽丞印、鐘壽丞印、屯留丞印、海鹽丞印、容城丞印、南孟祭尊、米粟祭尊、金門祭尊、新安平政單印	112
西漢 侯國官名印	河間私長朱宏、關內矦戈晏印、五大夫譚、五大夫弘、淮陽王璽、君矦之璽、中山司空、趙太子丞、楚宮司丞、楚永巷丞、楚邸、楚御府印、楚武庫印、長沙丞相、長沙祝長、靖園長印、長沙頃廟、長沙僕、軑矦之印、御府長印、琅左鹽丞、石山國丞、金鄉國丞、平昫國丞、阜陵國丞、卑梁國丞、綏仁國丞、眾鄉國丞、昌信矦國相、陽樂矦相、湘成矦相、石洛矦印、關內矦印、膠西候印、樂昌矦印、酇川候印、石洛家丞、睢陵家丞、防鄉家丞、牧丘家丞、代馬丞印、趙候之印、宮丞之印、淮南之僕、宮司空丞之印、膠西司馬、長沙司馬、陽周僕印、朱盧執刲、北安邑丞、新鄭邑長、城父邑左尉	52
新莽 侯國官名印	安昌矦家丞、張鄉矦家丞、上符子家丞、明義矦家丞、章符子家丞、斗睦子家丞、舉武子家丞、襃衡子家丞、審睦子家丞、光符子家丞、延命子家印、平羌男家丞、永武男家丞、殄虜男家丞、廣睦男家丞、康武男家丞、眾武男家丞、會睦男家丞、寧陳男家丞、離睦男家丞、鄭德男家丞、昌威德男家丞、綏威德男家丞、喜威德男家丞、東光采空丞、扶恩相徒丞、紅陽矦國徒丞、宜善	40

	矦國徒丞、弘睦子則相、陽秩男則相、順武男則相、庶樂則宰印、麗茲則宰印、長聚則丞印、助威世子印、訾鄉世子印、鴻符世子印、展武世子印、便安里附城、錄聚采執姦	
東漢 矦國官名印	廣陵王璽、朔寧王太后璽、腧麋矦相、長社矦相、高密矦相、河池矦相、東朝陽矦、池陽矦丞、富壽矦印、關內矦印、諸國矦印、蔡陽國尉、復陽國尉、鴻信國尉、和善國尉、立解國丞、征羌國丞、池陽家丞、平陽家丞、東鄉家丞、梁旁家丞、都亭家丞、甘陵廄丞、博平家印、梁廄丞印、安平矦印章、琅邪相印章、琅邪醫長下邳中尉司馬、北海飤長	30
西漢 異族官名印	文帝行璽、帝印、泰子、右夫人璽、南越中大夫、越青邑君、越貿陽君、漢破虜羌長、漢率善羌長、滇王之印、張掖屬國左盧小長、漢保塞近群邑長	12
新莽 異族官名印	新五屬左佰長印、新前胡佰長、新前胡佰長、新前胡小長、新西河左佰長、新西河右佰長、新保塞烏桓𡨋犂邑率眾矦印、新難兜騎君、新越餘壇君、新西國安千制外羌佰右小長	10
東漢 異族官名印	漢匈奴惡適姑夕且渠、漢匈奴呼盧訾尸逐、漢匈奴姑塗黑臺耆、漢匈奴栗借溫禺鞮、漢匈奴左夫除渠日逐、漢匈奴伊酒莫當百、漢匈奴惡適尸逐王、漢匈奴左污勒訾、漢匈奴歸義親漢君、漢匈奴歸義親漢長、漢歸義胡佰長、漢匈奴破虜長、漢匈奴破虜長、漢匈奴守善長、漢休著胡佰長、漢屠各率善君、漢屠各率善長、漢盧水仟長、漢盧水佰長、四角王印、胡仟長印、漢保塞烏桓率眾長、漢保塞烏桓率眾長、漢烏桓率眾長、漢歸義羌長、漢歸義羌佰長、漢歸義賨邑矦、漢歸義氐仟長、漢歸義夷仟長、漢歸義叟邑長、漢叟邑長、漢叟邑長、漢叟仟長、漢率眾君、漢鮮卑率眾長、漢委奴國王	36
其他	皇后之璽、泰倉、共印、祠官、喪尉、喪尉	6

至於漢私印方面，單就《漢印文字徵》著錄計，約有五千多方，加以各博物館及相關單位所出近代璽印圖錄合計，則漢私印遺世總數至少有六千餘方，因爲數眾多難以羅列，故運用歸納法將其分爲姓名印、成語印、宗教印、單字印四大類，分別探求兩漢複姓、命名習尚、精神信仰，以及人民思想蘊含等課題。

3、根據上述二項研究基礎，將漢代官、私印文字一一掃描、切割，做文字形構特色之結體、風格比較，並以《說文解字》小篆爲基準，以偏旁分析法剖析各字鑄鑿特徵與藝術風格，完成漢代璽印文字之全面性探索。

第三節　前人研究述評

　　前人致力於璽印著錄與研究，成果豐碩。自清同治十一年陳介祺鈐拓古璽〔註11〕印爲《十鐘山房印舉》，始將各印予以分類著錄〔註12〕起，金石家陸續投身此業，仿照陳氏著錄印文原則鈐印諸印譜。迨光緒中葉，瞿中溶《集古官印考》出，於是始有輯錄古官印文專書。〔註13〕直至晚清民初，璽印著錄專書紛然問世，除開啓另一研究學門，亦爲璽印文字研究提供圖拓線索。目前對於璽印研究成果，大抵可分爲鈐拓圖版、論述專書、期刊論文、印文字典、學位論文……等，以下予以類別歸納，作一述評。

一、鈐拓圖版（印譜）

　　中國璽印之著錄可溯至宋代，唯宋代著錄璽印乃依附於青銅器款識之後，屬附著圖錄，與明清二代專爲璽印製作鈐拓專書仍具相當差異。宋代黃伯思《博古圖說》、宣和年間官修《宣和印譜》、薛尚功《歷代鐘鼎彝器款識法帖》、王俅《嘯堂集古錄》等，皆爲著錄青銅彝器兼收古璽印之金石書籍。迨明朝以降，文人篆刻藝術興盛，促使古璽印譜專書問世。隆慶五年（1572年）顧從德輯《集古印譜》六卷，爲最早以原印鈐朱之印譜；爾後，顧氏與王常合輯《印藪》，爲《集古印譜》之擴充。在《集古印譜》與《印藪》影響下，各本印譜陸續刊刻，有甘暘《甘氏集古印譜》、陳鉅昌《古印選》、羅王常《秦漢印統》、郭胤柏《松談閣印史》、范汝桐《范氏集古印譜》……等。到了清代，受到金石學勃興所致，印譜數量如雨後春筍激增，此蓬勃現象延續至民國，有陳介祺《十鐘山房印舉》、瞿中溶《集古官印考》、汪啓淑《漢銅印叢》、查禮《銅鼓書堂集古印譜》、何昆玉《吉金齋古銅印譜》、吳式芬《雙虞壺齋印存》、張廷濟《清儀閣古印偶存》、吳大澂《十六金符齋印存》、劉鶚《鐵云藏印》、陳寶琛《澂秋館印存》、羅振玉《赫連泉館古印存》《赫連泉館古印續存》、羅福頤《待時軒印存》、黃質《濱虹草堂藏古璽印》……等。據羅福頤統計，自明清以來至民國年間所著錄的印譜，

〔註11〕古璽即秦統一以前的官私璽印。詳參曹錦炎：《古璽通論》（上海：上海書畫出版社，1996年3月），序文頁3。

〔註12〕陳介祺《十鐘山房印舉》將古璽分爲古鈐、官印、周秦、金鐵鉛銀、玉、鉤印、巨印、套印、兩面、姓名、複姓……等類別予以著錄，詳參《十鐘山房印舉》目錄。

〔註13〕羅福頤：《古璽印概論》（臺北：學海出版社，1983年9月），頁1。

計一百四十六種之多，其中印拓的璽印，除去重出和贋品之外，其數不下四萬餘方。〔註14〕時至近代，因考古文物相繼出土，古璽印譜多由各博物館編輯出版，隨著照相與印製技術發達，各本印譜圖錄失真甚微，其科學研究價值更高，如：《故宮博物院藏古璽印選》、《故宮歷代銅印特展圖錄》、《上海博物館藏印選》、《南京市博物館藏印選》、《湖南省博物館藏古璽印選》、《吉林大學藏古璽印選》等。自宋元明清以至民國以來，不下百部之印譜集錄，爲璽印研究奠定根基，成爲重要旁徵書目。

二、論述專書

從古璽印譜大量出版後，相關研究與論述性專書隨之叢出。光緒中葉，瞿中溶《集古官印考》出版，爲第一部以考釋古官璽爲主的專書。1958 年，吳樸整理黃賓虹遺著《賓虹草堂印釋文》在上海出版，爲民國以來考釋古璽專著。1983 年羅福頤《古璽印概論》、1987 年沙孟海《印學史》均爲古璽印研究通論性著作，其內容詳述，遍及璽印斷代、分期、考釋，是兩部重要專書。1987 年王人聰《新出歷代璽印集釋》考釋戰國迄清代六百方璽印，爲史料考究，提供具體實證。1990 年王人聰、葉其峰合著《秦漢魏晉南北朝官印研究》，考釋秦漢南北朝期間諸多官印斷代疑議者，舉證鞭辟入裡，深具價值。1993 年孫慰祖主編《兩漢官印匯考》，考釋七百四十四方官印，六百八十八方封泥，旁徵漢代史料，爲 90 年代初期兩漢官印匯釋總集。1993 年陳松長《璽印鑑賞》概述中國璽印之社會功能、歷史與藝術、斷代分期、辨僞與賞析，乃鑑賞璽印藝術之專書。1996 年曹錦炎《古璽通論》考述楚、齊、燕、三晉、秦國古官璽與古璽文字構形、地域特色，是一部單論秦統一六國前之古璽專著。1997 年葉其峰《古璽印與古璽印鑑定》綜論歷代官私印之特徵、演變、辨僞，爲一部論述詳述之作。1998 年小鹿編著《古代璽印》介紹璽印專門知識，詳列中國歷代古璽印譜錄，成爲重要參考指標。2003 年葉其峰著《古璽印通論》，屬通論性書籍，書中考釋印文，旁徵博引，不啻爲深究之作。前文列舉各部專書，雖爲時代鉅著，然多屬通論性著作，且其印文考釋多爲戰國古璽，不免侷於一隅，因而在專論漢代官私印璽方面，仍待陸續發展。

〔註14〕高明：《中國古文字學通論》（臺北：五南圖書出版有限公司，1993 年 12 月），頁660。

三、期刊論文

　　繼各式印譜、論述專書不斷出版，加以地下文物陸續出土，促使古璽印研究達到高峰。於漢印研究方面，較重要者，如羅福頤〈近百年來古璽文字之認識和發展〉〔註15〕，文中回顧清代以來古璽考釋方法與成果，為古璽研究提供重要指標。林素清〈居延漢簡所見用印制度雜考〉〔註16〕提出漢官印可分吏員印和官署印兩類，兼論封泥的性質與價值，並討論居延漢簡封檢之運用。馬國權〈繆篆研究〉〔註17〕、〈鳥蟲書論稿〉〔註18〕探討繆篆名實意涵，辨正漢篆與鳥蟲書之別，為漢印諸多繆篆文字提供釋字之法。王人聰〈論西漢田字格官印及其年代下限〉〔註19〕據史料徵引，辨別幾方秦印與西漢初年田字格印分屬年代，並提出西漢田字格下限乃至武帝太元初年以前，其說與古史印證，至今仍備受肯定。葉其峰〈秦漢南北朝官印鑑別方法初論〉〔註20〕根據質地、形制、印面構圖及字形，考察歷來秦漢南北朝官印，驗證方法甚為嚴謹，具信服力；又其〈兩漢時期的匈奴官印〉〔註21〕、〈古代越族與蠻族的官印〉〔註22〕二文考證異族官印，是探求兩漢異族官印重要之作。另在漢私印研究方面，趙平安〈漢印複姓的考辨與統計〉〔註23〕、吳良寶〈〈漢印複姓的考辨與統計〉補正〉〔註24〕、劉樂賢〈古璽漢印複姓合證三例〉〔註25〕三文釋讀諸多漢私印人名，考辨漢印複姓並予以總量統計，其研究成果除可與姓氏譜錄結合，更可訂補古代複姓以還原史實。歷來，與漢印研究相

〔註15〕羅福頤：〈近百年來古璽文字之認識和發展〉，《古文字研究》第 5 輯，頁 243～254。

〔註16〕林素清：〈居延漢簡所見用印制度雜考〉，《中國文字》第 24 期，頁 147～171。

〔註17〕馬國權：〈繆篆研究〉，《古文字研究》第 5 輯，頁 261～290。

〔註18〕馬國權：〈鳥蟲書論稿〉，《古文字研究》第 10 輯，頁 139～176。

〔註19〕王人聰：〈論西漢田字格官印及其年代下限〉，《故宮博物院院刊》1988 年第 4 期，頁 42～48。

〔註20〕葉其峰：〈秦漢南北朝官印鑑別方法初論〉，《故宮博物院院刊》1989 年第 3 期，頁 38～57。

〔註21〕葉其峰：〈兩漢時期的匈奴官印〉，《秦漢魏晉南北朝官印研究》（香港：香港中文大學文物館，1990 年 1 月），頁 149～155。

〔註22〕葉其峰：〈古代越族與蠻族的官印〉，《秦漢魏晉南北朝官印研究》（香港：香港中文大學文物館，1990 年 1 月），頁 156～163。

〔註23〕趙平安：〈漢印複姓的考辨與統計〉，《文史》1999 年第 3 輯，頁 121～127。

〔註24〕吳良寶：〈〈漢印複姓的考辨與統計〉補正〉，《文史》2002 年第 1 輯，頁 247～251。

〔註25〕劉樂賢：〈古璽漢印複姓合證三例〉，《中國古文字研究》第 1 輯，頁 133～136。

關之期刊論文，爲數眾多，浩如繁星，不擬詳列。

　　另則爬梳這些文作論述後發現，其皆以考證、鑑別、歸納、統計爲主；其中，又以官、私印各別闡述爲多，整合性探討較少，故此部分仍是可致力之方向。

四、印文字典

　　因傳世各印譜幾已羅列現存古璽印文，且對諸印文之考釋有相當成果，遂有將璽印文字匯聚成字典，以便檢索。如羅振玉《璽印姓氏徵》；羅福頤《古璽文編》、《漢印文字徵》、《漢印文字徵補遺》三部專著；袁日省、謝景卿、孟昭鴻合編《漢印分韻合編》〔註26〕；美術屋發行《漢印文字匯編》〔註27〕；此外，高明《古文字類編》及古文字編纂委員會編著《古文字詁林》，亦均編收古璽印文字。這些費時耗神之作，雖是研習璽印文字之重要參考書目，然各本印文字典中，皆以印文字例歸納爲主，至於剖析字形結體、風格方面，仍然未見。

五、學位論文

　　專論璽印文字之學位論文，有林素清《先秦古璽文字研究》〔註28〕、游國慶《戰國古璽文字研究》〔註29〕、何麗香《戰國璽印字根研究》〔註30〕、李知君《戰國璽印文字研究》〔註31〕、文炳淳《先秦楚璽文字研究》〔註32〕，其中林素清《先秦古璽文字研究》著作甚早，首開學位論文研究風氣，爲後學典範。

〔註26〕　本書是根據清代袁日省集編的《漢印分韻》，謝景卿的續編，民國孟昭鴻的三集合編而成。詳參《漢印分韻合編》出版說明（臺北：藝文印書館，1983 年 12 月）。

〔註27〕　本書合輯《繆篆分韻》、《漢印分韻》、《漢印分韻續集》、《漢印分韻三集》、《漢韻文字類纂》、《漢印文字徵》六書，依康熙字典部首筆劃順序編次而成。詳參《漢印文字匯編》凡例（臺北：美術屋，1988 年），頁 1。

〔註28〕　林素清：《先秦古璽文字研究》（臺北：國立臺灣大學中國文學研究所碩士論文，1974 年）。

〔註29〕　游國慶：《戰國古璽文字研究》（桃園：國立中央大學中國文學研究所碩士論文，1990 年）。

〔註30〕　何麗香：《戰國璽印字根研究》（臺北：國立臺灣師範大學國文系碩士論文，2002 年）。

〔註31〕　李知君：《戰國璽印文字研究》（高雄：國立高雄師範大學國文學系碩士論文，2000 年）。

〔註32〕　文炳淳：《先秦楚璽文字研究》（臺北：國立臺灣大學中國文學研究所博士論文，2001 年）。

上述幾部學位論文皆以古璽印文字作爲研究基準，至於在漢代璽印文字研究方面，目前尚待耕耘。

古璽印之蒐集與研究，從明清以來，素將各朝代之官私印混爲一談，自陳介祺《十鐘山房印舉》首將古璽與秦漢印分類著錄後，對於璽印之研究始有朝代之劃分。關於璽印研究，前人著作甚夥，然多致力於通論性專著；其中，又以古璽通論爲多，專論漢印者少；期刊論文方面，仍以單一課題闡述爲主，全面性整合者甚爲匱乏；此外，已出版之印文字典皆屬字例列舉，而對字形結體與印文鑄鑿風格論述，亦有待再探。

另，漢印集錄方面，羅福頤先生廣蒐歷代印譜，爲漢印文字整理，貢獻不少心力，其編著《漢印文字徵》集錄明清二代共八十五部，計收五千多方漢印，可謂漢印之集大成者，爲漢代璽印研究必備參考書目；然羅書屬印文字典性質，至於其他學者著作或偏官印，或偏私印，而有關漢代璽印通論性的研究專著，更是付諸闕如。前人耕耘，後人承接，鑒於目前漢印研究諸多侷限，本文撰寫，將奠基於前賢成果上，冀在娓娓探求中，能對漢代璽印文字作全面性歸納與剖析。

第二章 《漢印文字徵》論述

　　羅福頤《漢印文字徵》〔註1〕集錄明清二代共八十五部〔註2〕印譜，本書體
例是先將各鈐印本璽印文字中，其官名、印文特性屬漢印者釋讀，次進行各印
字形比對，後將互有歧異之印面文字著錄於書；至於璽印文字編排體例，則依
《說文》〔註3〕始一終亥分部原則及收字順序編次，全書計約收錄五千多方漢
印。《漢印文字徵》雖據《說文》編輯體例列舉漢印，然尚有與《說文》列字順
序不一者，間有雖舉列漢印卻未標示《說文》篆體現象，又所標列之篆字仍與
說文篆體不盡相同；另，羅氏標列漢印文字，若遇該字乃《說文》所無，則恣

〔註1〕本文徵引羅福頤《漢印文字徵》，乃據臺北：藝文印書館，1974 年 4 月再版本。

〔註2〕《漢印文字徵》所集錄之明清二代八十五部印譜，筆者目前於國內各大圖書館中，
　　　　暫蒐尋到二十九部，又筆者蒐尋大陸現存明清印譜，因年代已遠，諸多已散佚，
　　　　遺世者，又多歸屬善本書目不易檢視翻讀，故本文徵引資料，僅就二十九部已蒐
　　　　尋之印譜爲要，試用有限材料，作全面性研究。本文列舉《漢印文字徵》或其他
　　　　諸印譜之鈐拓印文，皆採原書、原印比例，倘有須放大予以深究，皆於文中標識。
　　　　另，本文徵引明清二代八十五部印譜情形，詳參附錄二。

〔註3〕本文徵引《說文解字》，乃據〔宋〕徐鉉等校訂《說文解字》（北京：中華書局，
　　　　1985 年），世稱大徐本；〔南唐〕徐鍇《說文解字繫傳》（北京：中華書局，1998
　　　　年 12 月），世稱小徐本；〔清〕段玉裁《說文解字注》，經韵樓藏版（臺北：洪葉
　　　　文化事業有限公司，2001 年 10 月），世稱段注本。本章引證《說文》，皆爲大徐本、
　　　　小徐本、段注本合稱，不再細分。

以「自行造篆」或以隸定字替代篆體予以著錄，形成前後體例不一；其次，羅氏將漢印文字著錄同時，亦於各方璽印文字下標列隸定字，然多方璽印隸定，疑因手摹之故，於前後卷數有著「同印不同形體」之誤，間有模糊難辨情形；復次，因該書成書較早，羅氏對於書中某些璽印考釋年代，與現今學者之探究已有歧異，恐羅氏有將非漢印者誤釋爲漢印而將其收錄之誤；又，羅氏雖於各字例下列舉從出印譜書名略字以供查找，然卻有所列略字非源自其所集錄之明清二代八十五部印譜情形，以致後人檢閱時缺乏從出印譜資料予以對照，間有只標列璽印文字，卻未明言從出印譜書名略字情形，致使該印未能知其所從出。筆者檢視羅福頤《漢印文字徵》，陸續發現疑問矛盾之處，諸如：未釋字之隸定方式前後不一、隸定字與今有誤、多方璽印文字互有歧異仍未著錄……等情形，故本文擬據《漢印文字徵》及相關資料，將諸多歧出現象予以釐清，以期對漢代璽印能有更透澈精準的認識。

第一節　體例歧出 〔註4〕 現象

　　《漢印文字徵》著錄璽印文字，乃依《說文》始一終亥分部原則及收字順序編次。然在十四卷《漢印文字徵》中，偶見編字次序與《說文》歧出，又舉列漢印卻未標示《說文》篆體現象，羅氏雖於各字例下列舉從出印譜書名略字以供查找，然卻有所列略字非源自其所集錄之明清二代八十五部印譜情形，以致後人檢閱時缺乏從出印譜資料予以對照，間有只標列璽印文字，卻未明言從出印譜書名略字情形，茲將眾多體例歧出現象，標列細目予以詳查。

一、異於《說文》始一終亥編次

（一）與《說文》編次歧出

　　計三例。其一，卷4·15「刻」字、卷4·16「剛」字，二字編次乃「刻」先、「剛」後，　剛刻　（本圖順序雖「剛」後、「刻」先，然《漢印文字徵》一書編輯頁次乃從右至左，故本圖應予反看），然《說文》刀部下著錄，乃

「剛」先、「刻」後，〔註5〕此爲羅氏著誤。

　　其二，卷 6‧20「酇」、「鄰」字，著錄順序爲「酇」先、「鄰」後，，然《說文》邑部下著錄，乃「鄰」先、「酇」後，〔註6〕此亦羅氏著誤。

　　其三，卷 14‧7「軹」字，乃置於「輔」、「載」、「軍」、「轉」、「輸」、「軋」、「軻」前 ，然《說文》車部下著錄，「軹」乃在「輔」、「載」、「軍」、「轉」、「輸」、「軋」、「軻」後，而在「輓」前，〔註7〕此亦羅氏歧出著錄。

（二）對《說文》未收字之標列

　　《漢印文字徵》所著錄之璽印文字，有《說文》所無者，羅氏將其置於同部首字之後，因缺乏《說文》篆體可供對照摹寫，故於著錄之際，則恣以「自行造篆」原則摹畫，致使部分著錄文字體例紛雜。

表二：《漢印文字徵》對《說文》未收字標列字例表

卷數	列字隸定〔註8〕	《說文》無收，乃羅氏自行造篆
2‧7	喻、咀	

　　上舉二例，《說文》無收，其標列於《漢印文字徵》之篆體，皆羅氏自行摹篆，查閱之際，倘無《說文》於旁輔助查對，易將這些「自行造篆」字視爲《說文》已著錄。

二、標列璽印從出印譜之誤

　　《漢印文字徵》於各字例下列舉從出印譜書名略字以供查找，然卻有所列略字非源自其所集錄之明清二代八十五部印譜情形，以致後人檢閱時缺乏從出印譜資料予以對照，間有只標列璽印文字，卻未明言從出印譜書名略字情形，

〔註5〕大徐本、小徐本、段注本著錄，皆「剛」先、「刻」後。

〔註6〕大徐本、小徐本、段注本著錄，皆「鄰」先、「酇」後。

〔註7〕大徐本、小徐本、段注本著錄，「軹」皆在「輔」、「載」、「軍」、「轉」、「輸」、「軋」、「軻」後，而在「輓」前。

〔註8〕本文所示「列字隸定」，乃羅福頤《漢印文字徵》之印文隸定字。

致使該印未能知其所從出。依據這些標列之誤，可分為二類：

（一）非源自八十五部印譜

計二例。其一，卷 7‧8「齊」字，下著錄一方璽印為 　，從出印譜略字標示為「尙」，然查閱《漢印文字徵》「引用諸家譜集目錄」，未能於明清二代八十五部印譜中搜尋略字「尙」之印譜，疑此倘非羅氏筆誤，則為缺列印譜書名所致。

其二，卷 12‧10「拔」字下著錄一印，為 　，茲將從出印譜略字放大細察，即 　，此字似「汎」或「汨」，查閱《漢印文字徵》「引用諸家譜集目錄」，亦未能搜尋該略字，故此印從出印譜亦是羅氏缺著。

（二）未標列從出印譜略字

《漢印文字徵》諸方璽印字例缺列從出印譜略字，故未能知其所從出以供查找。計十九例。〔註9〕

表三：《漢印文字徵》未標列從出印譜略字字例表

字例					
卷數 列字隸定	1‧12 董	2‧8 趙	2‧13 連	2‧16 偏	2‧18 延
字例					
卷數 列字隸定	3‧8 詣	3‧12 丞	5‧5 乃	6‧22 祁	7‧5 星

〔註9〕 表三所標列附錄3、4、5、11字例，屬《漢印文字徵》十四卷後所舉待釋字，故其列字隸定採璽印原字。

字例					
卷數 列字隸定	8・5 侵	10・12 吳	12・11 女	13・7 蟜	13・8 蠶
字例					
卷數 列字隸定	附錄 3 	附錄 4 	附錄 5 	附錄 11 	

三、缺列璽印隸定字

　　《漢印文字徵》於各方璽印下標列印文隸定字，其中不乏缺列情形，且皆出現於單字印。計十七例。

表四：《漢印文字徵》缺列璽印隸定字字例表

字例					
卷數 列字隸定	2・8 趙	2・18 延	2・20 躡	5・7 嘉	6・3 棣
字例					
卷數 列字隸定	7・6 霸	7・18 竈	9・5 印	10・3 馳	10・12 幸
字例					
卷數 列字隸定	11・13 灑	12・13 姡	12・14 嬰	12・18 義	13・4 紅

字例					
卷數 列字隸定	13・8 鼉	14・11 陵			

四、對漢印未釋字之隸定分歧

《漢印文字徵》中，羅氏對漢印未釋字之隸定，多以□替代，亦有依原印文筆劃將其摹繪情形，形成前後體例分歧。

（一）以□替代

《漢印文字徵》所著錄之漢印，其印面文字標列□以代未釋字者，計 105 字例〔註10〕。茲舉數方，並援引諸方印譜原印以做對照。

表五：《漢印文字徵》對漢印未釋字隸定分歧字例表

字例					
印譜原印	 〔註11〕	 〔註12〕	 〔註13〕	 〔註14〕	 〔註15〕
卷數 列字隸定	1・9 芋	1・18 萊	1・18 蒙	3・19 觳	3・22 敢

〔註10〕 詳參附錄三：《漢印文字徵》印文隸定字具□待釋字一覽表。

〔註11〕 原印出自陳介祺：《十鐘山房印舉》（臺北：文史哲出版社，1971 年 6 月），頁 1027。本書下簡稱《舉》。

〔註12〕 《舉》，頁 221。

〔註13〕 《舉》，頁 1144。

〔註14〕 陳寶琛：《澂秋館印存》（上海：上海書店，1988 年 10 月），頁 33。本書下簡稱《澂》。

〔註15〕 《舉》，頁 721。

字例				
口畀界	口李舉	之口印旺舉	緹雒君舉口公舉	口季澂
印譜原印〔註16〕	〔註17〕	〔註18〕	〔註19〕	〔註20〕
卷數列字隸定 5·4 畀	6·1 李	7·4 旺	7·9 釋	14·16 季

　　表五列舉十例，字例 1·18「蒙」、3·22「敢」未釋字按原印比對，似屬同字，該字上從宀，下從禹，「寓」乃籀文「宇」，《說文·宀部》：「宇，屋邊也。」〔註21〕，此二字例原印分別釋爲「寓蒙之印」、「敢寓」，皆屬漢私印。另，14·16「季」字，原印未釋字應爲「長」，漢印長字多做，本印做，爲刻鑄時之複筆增繁〔註22〕。

（二）逕以摹繪印文線條呈現

　　因羅氏逕以摹繪印文線條，故其隸定字多模糊難釋。如：卷 1·15「苟」、

卷 2·18「行」　、卷 3·14「鞠」　、卷 5·5「可」　、卷 6·13「索」

〔註16〕《舉》，頁 552。

〔註17〕《舉》，頁 1295。

〔註18〕《舉》，頁 1124。

〔註19〕《舉》，頁 1219。

〔註20〕《澂》，頁 65。

〔註21〕〔清〕段玉裁：《說文解字注》（臺北：洪葉文化事業有限公司，2001 年 10 月），頁 342。

〔註22〕詳參第五章第一節結體「二、複筆 2.複筆增繁」論述。

、卷 6・24「邴」 ……等。（詳細字例可參本章第四節「誤識、缺錄及待釋字」之「三、待釋字」）

五、其 他

卷 2・17「矌」，字例 ，從出印譜略字模糊難辨，茲將該字放大，即 ，與《漢印文字徵》「引用諸家譜集目錄」對照，未能確知該字爲何，恐羅氏摹誤。

卷 3・17「叔」，字例 ，該印文釋爲「叔」無誤，然隸定字卻爲「戴封私印」，當爲訛誤。

卷 7・22「帳」，字例 ，從出印譜略字模糊難辨，茲將該字放大，即 字，此與《漢印文字徵》「引用諸家譜集目錄」對照，未能確知該字爲何，又其字似爲「亭」字，故疑爲羅氏誤摹。

卷 8・20「兒」，字例 ，該印文釋爲「兒」無誤，然隸定字卻爲「田阜」，亦爲訛誤。

卷 9・3「須」，字例 ，該印文釋爲「須」無誤，然隸定字卻爲「斦子卿印」，亦爲訛誤。

卷 13・14「功」，字例 ，只列出隸定字、從出印譜略字，然本身「功」之璽印文字缺摹。

卷 9‧5「辟」字篆體誤置於前字「卿」上，，故應重置，退後

一行。另，卷 5‧16「舜」字，缺舉篆字，如右：，應補篆字「羼」於
框線之上。

第二節 標列篆體與《說文》歧出

　　《漢印文字徵》收字順序乃依《說文》始一終亥編次，其標字又以篆體爲
主，偶遇《說文》所無，才以隸定字予以標列。即便如此，其所標列各字篆體，
亦偶有與《說文》小篆相違。經比對《漢印文字徵》諸篆體與《說文》相違情
形，則羅氏摹篆歧出之處有下列四項：

一、凡偏旁、部首從「里」者，皆有於篆體上增摹一弧線

　　「里」，《說文》小篆作「里」，羅氏摹篆作「里」，顯然於土上增摹一弧
線。凡偏旁、部首從里者，皆於篆體增摹一弧線。如：卷 10‧19「悝」作 、
卷 11‧17「鯉」作 。《漢印文字徵》著錄漢印「里」字有 里、里、里 三印，
著錄「悝」字有印 、、，著錄「鯉」字有印 ；而羅氏在《古璽文編》
〔註23〕著錄戰國璽印「里」字時，摹篆作 里，且該書著錄戰國璽印「里」字有
里、里、里、里 等。無論是《漢印文字徵》或《古璽文編》印文字典，其
收錄璽印「里」字印文，皆未見增摹一弧線字例，另在古文字中，亦未發現有

〔註23〕羅福頤：《古璽文編》（北京：文物出版社，1981 年 10 月）。

類羅式摹篆 之形體，故羅氏特在「里」字篆體增摹一弧線情形，令人費解。

二、部件錯置、誤摹

（一）部件錯置

羅氏摹篆，不乏將各字篆體部件左右、上下錯置，且因羅氏錯置篆體部件，造成篆體隸定與《說文》小篆迥異。茲將諸篆字部件錯置字例標舉如下：

表六：《漢印文字徵》篆體部件錯置字例表

卷數、列字隸定	《漢印文字徵》篆體	《說文》小篆	說　明
1・13 萩			「萩」字部件「秋」，羅氏將從禾從火部件錯置，乃受隸定字形體影響所致。
10・8 能			「能」字部件，許氏採上下式，羅氏採左右式。《說文・能部》：「能，熊屬。」〔註24〕許氏摹篆最為符合「能」字象熊本意。
13・14 男			「男」字部件，許氏採上下式，羅氏採左右式。許氏摹篆符合隸定字形體，羅氏摹篆乃受漢印結體「四周互作」〔註25〕影響所致。

羅氏摹篆「萩」字形體，於漢代以前古文字中未見，故明顯受漢隸影響，如漢馬王堆簡帛萩字書寫已作 〔註26〕，可以為證。又，「能」字部件書寫，於漢代以前古文字中有作上下式，如 （能匋尊）〔註27〕，亦有作左右式，如 （毛公鼎）〔註28〕、（秦玉版）〔註29〕，此說明羅氏摹篆前有所承，

〔註24〕〔清〕段玉裁：《說文解字注》（臺北：洪葉文化事業有限公司，2001 年 10 月），頁 484。

〔註25〕詳參第五章第一節結體「三、異化（一）方位互作 5. 四周互作」論述。

〔註26〕陳松長：《馬王堆簡帛文字編》（北京：文物出版社，2001 年 6 月），頁 23。

〔註27〕容庚：《金文編》（京都：中文出版社，1986 年 3 月），頁 576。

〔註28〕容庚：《金文編》（京都：中文出版社，1986 年 3 月），頁 576。

然亦有受漢隸影響之可能。另，羅氏摹篆「男」字篆體，於漢代以前古文字中未見，觀其篆體，亦非受漢隸影響，故暫將其視爲字形結體之「四周互作」〔註30〕。

（二）部件誤摹

《漢印文字徵》篆體部件誤摹字例計二例，皆爲羅氏將篆體筆勢截曲爲直誤摹所致。

表七：《漢印文字徵》篆體部件誤摹字例表

卷數、列字隸定	《漢印文字徵》篆體	《說文》小篆	說　明
12・10 擤			「擤」右上從「鹵」羅氏摹爲「日」，顯然誤摹。
12・15 嫖			「嫖」右上從「囟」，羅氏摹爲「白」，顯然誤摹。

羅氏誤摹「擤」、「嫖」二例，其誤摹篆體於漢代以前古文字中皆未見，故非前有所承，而皆爲羅氏筆誤。

三、部件「ㅂ」摹作「㠯」

羅氏摹篆，有將部件「ㅂ」摹作「㠯」情形，計三例。

表八：《漢印文字徵》篆體部件「ㅂ」摹作「㠯」字例表

卷數、列字隸定	《漢印文字徵》篆體	《說文》小篆	說　明
10・19 悁			「悁」字部件「ㅂ」摹作「㠯」。
11・6 涓			「涓」字部件「ㅂ」摹作「㠯」。

〔註29〕湯餘惠：《戰國文字編》（福建：福建人民出版社，2001年12月），頁676。

〔註30〕「四周互作」指構成文字之左右、上下部件，原是左右組合結體反爲上下組合，或是上下組合結體變爲左右組合。

12 · 10 捐	（篆體圖）	（篆體圖）	「捐」字部件「日」摹作「口」。

上舉羅氏摹篆「日」作「口」三例，「悁」字古文字形，皆作（圖）〔註31〕，又「涓」、「捐」二字出現於馬王堆簡帛分別作（圖）〔註32〕、（圖）〔註33〕。至於偏旁「肙」字，《說文》篆體作「（圖）」，然《玉篇》〔註34〕、《廣韻》〔註35〕著錄本字皆作「肎」，這說明「肙」字古有正（肙）、俗（肎）字形，故羅氏摹篆「悁」、「涓」、「捐」三字，顯然受古籍「肙」字正俗異體影響。

四、其 他

凡《漢印文字徵》所標列篆字與《說文》小篆相違，除上舉三項，亦有諸多篆字具增筆、缺摹筆劃，分別於下標舉、說明。

（一）增筆筆劃

增筆筆劃，乃對篆體增筆橫筆、豎筆、斜筆、曲筆等。

表九：《漢印文字徵》篆體增筆筆劃字例表

卷數、列字隸定	《漢印文字徵》篆體	《說文》小篆	說 明
1 · 12 蒚	（篆體圖）	（篆體圖）	「蒚」右下從「又」，羅氏摹篆，顯然為符合隸定字而增筆為「寸」。
1 · 13 蕭	（篆體圖）	（篆體圖）	「蕭」豎筆上多增筆一短橫。
5 · 3 第	（篆體圖）	（篆體圖）	「第」斜筆移位，形體與《說文》小篆迥異。

〔註31〕 湯餘惠：《戰國文字編》（福建：福建人民出版社，2001 年 12 月），頁 712。

〔註32〕 陳松長：《馬王堆簡帛文字編》（北京：文物出版社，**2001 年 6 月**），頁 442。

〔註33〕 陳松長：《馬王堆簡帛文字編》（北京：文物出版社，**2001 年 6 月**），頁 486。

〔註34〕 〔南朝梁〕顧野王：《玉篇》（臺北：中華書局，1981 年 6 月），卷七，頁 55。

〔註35〕 余迺永：《新校互註宋本廣韻》（香港：中文大學出版社，1993 年），頁 409。

| 13‧3 繡 | | | 「繡」右半「肅」字，豎筆上多增筆一短橫，與「肅」字同。 |

上舉四例，「蔚」、「肅」、「繡」三字篆體增筆筆劃情形，古文字中未見，爲羅氏創新；至於羅氏摹篆「第」字形體，乃前有所承，如 𢆶（壽成室鼎）[註36]、𢆶（螯匜鼎）[註37]，然亦有受漢隸影響之可能。這種「承前與創新」的情形，正是《漢印文字徵》體例分歧最佳印證。

（二）缺摹筆劃

缺摹筆劃，乃對篆體減筆橫筆、豎筆、斜筆、曲筆等。

表十：《漢印文字徵》篆體缺摹筆劃字例表

卷數、列字隸定	《漢印文字徵》篆體	《說文》小篆	說　明
1‧14 葩			「葩」右下「巴」字，較《說文》小篆缺摹一橫筆。
6‧2 業			「業」上之「辛」，除缺摹「、」之一橫筆，辛字亦有橫筆摹作弧線情形。
7‧21 同			「同」應從「冂」，羅氏顯缺摹一橫筆。
8‧17 壽			「壽」較《說文》小篆缺摹「口」字部件。
11‧12 淳			「淳」右下較《說文》小篆缺摹一橫筆。
12‧8 把			「把」右半「巴」字，較《說文》小篆缺摹一豎筆。

上舉列六例，「葩」、「業」、「同」、「淳」、「把」四字缺摹筆劃情形，古文字

〔註36〕容庚：《金文編續編》（京都：中文出版社，1990年2月），頁124。

〔註37〕容庚：《金文編續編》（京都：中文出版社，1990年2月），頁124。

中未見，皆羅氏創新；至於羅氏缺摹「壽」字部件「口」字形，亦前有所承，如：🅰（頌簋）〔註38〕、🅱（仲師父鼎）〔註39〕、🅲（杜伯盨）〔註40〕、🅳（書也缶）〔註41〕。須說明的是，古文字「壽」，除上舉四例未見部件「口」字形外，亦有作小篆🅴具部件「口」者，如🅵（頌簋）、🅶（杜伯盨）；即便如此，何以羅氏摹篆「壽」字採缺摹部件「口」字形，而非摹篆說文字形🅷，仍令人費解。

綜觀羅氏標列篆體與《說文》歧出之因，大抵可歸為四類：其一，在於羅氏摹篆時，受到隸定字形體影響，如部件誤摹「撢」、「嫖」字、部件錯置「萩」字。其二，羅氏摹篆不乏承襲古文字例，如部件錯置「能」字、增筆筆劃「第」字、缺摹筆劃「壽」字。其三，羅氏摹篆有將隸定字正俗字形混用情形，故有部件「曰」摹作「吕」。其四，凡部件錯置、增筆筆劃、缺摹筆劃等摹篆歧出字例，經比對《說文》大徐本、小徐本、段注本結果，無一版本為其臨摹比照字體，故初步疑為羅氏手摹筆誤，至於是否有其特殊意涵，仍待日後細細檢視。

第三節　漢印隸定字疑議

羅福頤將漢印文字著錄同時，亦於各方印文下標列隸定字，然多方印文之隸定，疑因手摹之故，於前後卷數有「同印不同形體」之誤，間有模糊難辨情形；此外，亦有所標列收字順序之篆體，與下方著錄漢印文字非同字者，故本章將對眾多訛誤逐一進行探析。

一、標列篆字與所收漢印隸定字歧出

《漢印文字徵》編排體例依《說文》始一終亥分部原則及收字順序編次，各字先標列《說文》篆體，次將漢印印文逐一摹繪著錄，並於著錄印文下標列該印隸定字以供比對，然多方印文隸定字，卻出現與標列篆字歧出情形，使得該印文之著錄，存在著編排位置確誤之疑。下將諸字例一一列舉，並引舉例證以作釐清。

〔註38〕容庚：《金文編》（京都：中文出版社，1986年3月），頁501。

〔註39〕容庚：《金文編》（京都：中文出版社，1986年3月），頁501。

〔註40〕容庚：《金文編》（京都：中文出版社，1986年3月），頁501。

〔註41〕湯餘惠：《戰國文字編》（福建：福建人民出版社，2001年12月），頁584。

表十一：《漢印文字徵》標列篆字與所收漢印隸定字歧出字例表

卷數、列字隸定	字例	例證	說明
3・8 詵		先字篆體爲「」 失字篆體爲「」	從先、失二字篆體比對，則「詵」誤「訣」確。
4・7 芊			字例印文與例證印文同，則「芊」誤「芉」確。
5・10 荊			字例印文與例證印文同，則「刜」誤「荊」確。
7・3 皆		皆字篆體爲「」 昔字篆體爲「」	從皆、昔二字篆體比對，則「皆」誤「昔」確。
7・20 狀		人字篆體爲「」 七字篆體爲「」	從人、七二字篆體比對，則「狀」誤「死」確。
14・2 紺		鉗字篆體爲「」 紺字篆體爲「」	從鉗、紺二字篆體比對，則「紺」誤「鉗」確。

二、漢印隸定字「同印不同形體」

下表採左右比對呈現漢印隸定字「同印不同形體」，並附印譜原印〔註42〕，以供該印實際判讀。

〔註42〕《漢印文字徵》所集錄之明清二代八十五部印譜，筆者目前於國內各大圖書館中，暫蒐尋到二十九部，且多歸屬善本書目不易檢視翻讀，故表十二徵引印譜原印，僅就二十九部印譜爲要，未可徵引者則以「缺」字明之。

表十二：漢印隸定字「同印不同形體」字例表

編號	字例、卷數、列字隸定	字例、卷數、列字隸定	說明	印譜原印
1	1・5 瓚	8・5 作	前作「瓚」，後作「瓚」，二字實同，觀著錄印文，以「瓚」為當。	缺
2	1・12 董	9・8 廱	前作「廱」，後作「廱」，二字實同，觀印譜原印，以「廱」為當。	〔註43〕
3	2・5 吾	11・12 潘	前作「吾」，後作「徊」，二字實同，觀著錄印文，以「徊」為當。	缺
4	2・6 和	4・15 前 10・14 大	前作「六」，後作「大」，觀著錄印文，則「大」確「六」誤，二字乃形近訛誤。	缺
5	2・6 咸	8・16 褚	前作「咸」，後作「成」，觀著錄印文，則「咸」確「成」誤，二字乃形近訛誤。	缺

〔註43〕《舉》，頁 633。

6	建第五舉 2・17 建	第五舉 14・11 五 第五舉建 1・10 弟	前作「弟」，後作「苐」，觀印譜原印，則「弟」確「弟」誤。〔註44〕
7	婕妾綺舉 3・11 妾	北垣綕行舉妾娟 12・14 娟	前作「綺」，後作「娟」，觀印譜原印，則「娟」確「綺」誤。〔註45〕
8	桃支舉清左 3・18 支	桃枝舉清左 9・12 舉	前作「支」，後作「枝」，觀印譜原印，則「支」確「枝」誤。〔註46〕
9	憙私印暜北海劇澄徼翁 5・5 暜	臺私印暜北海劇澄徼翁 12・1 臺	前作「憙」，後作「臺」，觀著錄印文，則「臺」確「憙」誤。缺
10	畧倉印祿 5・12 倉	略倉印舉 13・13 略	前作「畧」，後作「略」，二字實同，觀印譜原印，以「略」為當。〔註47〕

〔註44〕《舉》，頁 474。

〔註45〕《舉》，頁 95。

〔註46〕羅福頤：《秦漢南北朝官印徵存》（北京：文物出版社，1987 年 10 月），頁 12。

〔註47〕《舉》，頁 206。

11	6·11 椒	9·1 頭	前作「椒」，後作「栱」，二字實同，觀著錄印文，以「栱」為當。	缺
12	7·13 麋	8·6 僅	前作「麋」，後作「靡」，觀著錄印文，則「麋」確「靡」誤，二字乃形近訛誤。	缺
13	7·14 宏	11·1 河	前作「私」，後作「和」，「私長」〔註48〕乃漢官職稱，則「私」確「和」誤，二字乃形近訛誤。	〔註49〕
14	9·3 煩	11·14	前作「浨」，後作「洩」，觀著錄印文，則「洩」確「浨」誤，二字乃形近訛誤。	缺
15	9·10 庶	10·13 罣	前作「皋」，後作「罣」，二字實同，觀印譜原印，以「皋」為當。	〔註50〕

〔註48〕〔漢〕班固《漢書·路溫舒傳》：「上善其言，遷廣陽私府長。」師古注曰：「藏錢之府，天子曰少府，諸侯曰私府。長者，其官之長也。」（臺北：藝文印書館，1982年），頁1119上。

〔註49〕孫慰祖：《兩漢官印匯考》（上海：上海書畫出版社，1993年），頁159。

〔註50〕國立故宮博物院：《景印金薤留珍》（臺北：國立故宮博物院，1971年），頁23。

16	\n10・8 能	\n12・13 始	前作「邟」，後作「荊」，因缺原印比對，故待考。	缺
17	\n10・14 大	\n12・2 門\n\n\n2・6 和	前作「和」，後作「私」，觀著錄印文，則「和」確「私」誤，二字乃形近訛誤。	缺
18	\n11・1 河	\n12・4 閞	前作「宕」，後作「宏」，觀印譜原印，則「宏」確「宕」誤，二字乃形近訛誤。	\n〔註51〕
19	\n12・17 戰	\n13・9 它	前作「也」，後作「它」，觀著錄印文，則「它」確「也」誤，二字乃形近訛誤。	缺

　　羅氏《漢印文字徵》著錄印文隸定字時，具有前後卷數「同印不同形體」之誤，間有模糊難辨情形，究其成因，主要在於確、誤二字形近，復因手摹之故，形成訛誤現象。

〔註51〕孫慰祖：《兩漢官印匯考》（上海：上海書畫出版社，1993年），頁159。

三、其　他

（一）「矦」〔註52〕字印文隸定歧出

羅氏隸定漢印印文，時將矦字摹作「侯」，又作「矦」。作「侯」者有二十

五例〔註53〕，如：卷5·1「籍」、卷5·5「可」、5·16「夏」……

等；作「矦」者有二十六例〔註54〕，如：卷1·11「菅」、卷2·15「德」

……等。

「侯」、「矦」二字於漢代璽印文字中屬同字，至於璽印印文作「侯」者，

其隸定字應釋爲「候」，如：印，釋爲「馬門衛候印」、印

，釋爲「常樂蒼龍曲候」、印，釋爲「敦德尹曲後候」，

故對於漢印文字「侯」、「矦」、「候」應當有所釐清，使不致誤釋印文。下表

〔註52〕爲區分漢印文字「侯」、「候」之別，凡本文論及「侯」字者，皆作「矦」字，以
　　　　尋求漢印印文本意；唯遇引用古籍、期刊論文或參考書目時，則依書目原文字義
　　　　呈現，不逕做更易。

〔註53〕作「侯」者字例有：建、奉、農、秉、敖、鳥、剛、筍、籍、可、饒、夏、桿、桑、
　　　　祁、腴、穰、營、羅、傑、備、佐、屈、能、望。

〔註54〕作「矦」者字例有：社、菅、德、延、巨、餘、賤、郊、壽、顥、辟、幸、端、匿、
　　　　彊、紿、封、勉、鉅、魁、軺、隃、萬、甲、育、戌。

徵引《漢印文字徵》諸方矦字印文，並與可徵引之原印譜進行比對，以確「侯」、「矦」二字實際隸定。

表十三：「矦」字印文隸定歧出字例表

卷數、列字隸定	字例	印譜原印	依印面文字隸定該印
5・1 笱		〔註55〕	笱 矦
5・1 籍		〔註56〕	籍 矦
5・5 可		〔註57〕	步 矦 可
5・16 夏		〔註58〕	夏 拾 矦
5・16 夏		〔註59〕	成 夏 印 矦

　　據上表所列，可知《漢印文字徵》著錄「侯」字印文，應統一隸定為「矦」。另，筆者比對《漢印文字徵》一方矦字印，發現歧出情形。其印為卷 12・18「匽」，

〔註55〕郭裕之：《續齊魯古印攈》（上海：上海書店，1989 年），頁 74。

〔註56〕《攈》，頁 627。

〔註57〕《攈》，頁 799。

〔註58〕《攈》，頁 378。

〔註59〕羅振玉：《赫連泉館古印存》（上海：上海書店，1988 年 11 月），頁 44。本書下簡稱《赫》。

字例 ，原印 〔註60〕。疾字於漢印中多作 、 ，至於本印作「 」
實罕見，其字形特異，理應著錄於《漢印文字徵》「疾」字下，然卷 5‧13「疾」
並無著錄該字。又， 下為四筆，似「馬」字，然漢印中馬字多作 、 ，
而 增添 曲筆，當非馬字，故該字「似疾又似馬」，卻皆非二字。觀印面
文字，此印應當是私印， 為姓， 為名，筆者認為 字可能為「疾」或「馬」
字之誤刻，因「疾」或「馬」於漢代皆可為姓，故此印恐為刻工誤筆所致，至
於印主可能名為「疾匡」或「馬匡」。

（二）「寬」字隸定訛誤

羅氏對於漢印「寬」字隸定時，皆於末筆缺摹「、」一點，而成「寬」，
如下表：

表十四：「寬」字隸定訛誤字例表

字例	字例圖	字例圖	字例圖
印譜原印	〔註61〕	〔註62〕	〔註63〕
卷數 列字隸定	3‧12 樊	6‧1 李	8‧21 弁

〔註60〕《赫》，頁 156。

〔註61〕《舉》，頁 571。

〔註62〕《舉》，頁 642。

〔註63〕《舉》，頁 579。

上舉三印，原印寬字皆刻鑄末筆「、」一點，又寬篆體為 ，亦著末筆一點，而教育部出版《國字標準字體〈教師手冊〉》中列舉寬字亦詳著：「寬」字篆文下不「从莧」，上作「廿」，末作一點。〔註64〕故此寬字之隸定，當為羅氏誤筆。

另如卷1·9「蘇」，字例 ，羅氏將該印隸定為「蘇湯私印」；又卷8·12「徵」，字例 ，原印 〔註65〕，羅氏將該印隸定為「蘸徵卿」。然蘸即「蘇」字，故二印當為羅氏隸定蘇字時之歧出著錄。

卷8·11「化」，字例 ；卷9·8「廱」，字例 ，原印 〔註66〕。兩印隸定字「炋」，實為「光」；又卷10·10「光」，其字例下之隸定字皆作光而非炋，如：、、，故知「化」字例及「廱」字例亦為羅氏歧出隸定。

第四節　誤釋、缺錄及待釋字

因《漢印文字徵》成書較早，羅氏對於書中某些璽印考釋年代，與現今學者之探究已有歧異，恐羅氏有將非漢印者誤釋為漢印而將其收錄之誤。另《漢印文字徵》中，諸如：誤釋璽印文字、多方璽印文字互有歧異仍未著錄……等，亦待考察，下文將對諸多歧出現象予以界說。

〔註64〕教育部國語推行委員會：《國字標準字體〈教師手冊〉》（臺北：教育部員工消費合作社，1994年10月），頁55。

〔註65〕《舉》，頁769。

〔註66〕周銑詒：《共墨齋藏古鈢印譜》（清光緒十九（癸巳）年（1893）刊鈐印本），頁36～65。

一、誤　釋

（一）非漢印之著錄

葉其峰〈古代越族與蠻族的官印〉云：「西漢宣帝以後、東漢、魏、晉給少數民族印首字均鐫當時國名。」〔註67〕依此，下列諸方璽印皆為魏晉官印而非漢印。

表十五：非漢印著錄字例表

卷數、列字隸定	璽　印　文　字
2・7 各	魏屠各率善佰長、晉屠各率善佰長
2・9 歸	晉烏丸歸義侯
3・10 善	魏率善羌佰長
3・16 叟	晉率善叟仟長、晉歸義叟侯
3・18 支	晉支胡率善佰長
4・8 羌	魏率善羌佰長
4・9 烏	魏烏桓率善佰長
6・4 槐	金國辛千夷槐佰右小長
6・20 郡	晉上郡率善佰長
7・2 晉	晉盧水率善佰長、晉率善羌邑長、親晉王印
8・2 俊	魏率善俊邑長
8・5 佰	魏率善氐佰長
8・18 屠	魏屠各率善佰長
9・6 魏	魏率善氐佰長、魏烏丸率善佰長
9・11 丸	魏烏丸率善長、魏烏丸率善佰長、晉烏丸歸義侯
10・1 驪	晉高句驪率善邑長、晉高句驪率善佰長
10・7 猶	晉率善猶佰長
10・12 夷	金國辛千夷槐佰右小長
12・16 氐	魏率善氐邑長、魏率善氐佰長
13・7 率	魏率善氐佰長
14・1 金	金國辛千夷槐佰右小長
14・15 辛	金國辛千夷槐佰右小長

〔註67〕葉其峰：〈古代越族與蠻族的官印〉，《秦漢魏晉南北朝官印研究》（香港：香港中文大學文物館，1990 年 1 月），頁 160。

　　上舉二十二例，印文首字或作「魏」、「晉」、「金」等國名，與葉氏所云吻合，可證諸方璽印非漢印。

　　又，卷4‧9「烏」，璽印文字「魏烏桓率善佰長」，比較卷9‧6「魏」，字例「魏烏丸率善佰長」、卷9‧11「丸」，字例「魏烏丸率善佰長」，似無所謂「烏桓」者，筆者檢視原印 〔註68〕，顯然亦為「烏丸」，故卷4‧9「烏」，璽印文字「魏烏桓率善佰長」，當為羅氏誤筆，將其著為「烏桓」，實為「魏烏丸率善佰長」。

　　羅福頤《漢印文字徵補遺‧序》云：「昔人稱傳世古銅印，統謂之漢，今日驗之，實際秦漢南北朝官印多出自明器，其中固有兩漢物，然魏晉以後作品亦居其半。至於私印亦類是。此書昔沿舊稱，謂之《漢印文字徵》者，今日視之，名實有不相應，只此補遺之作，必沿舊名，舉此一端，是有待諸將來更正者。」〔註69〕據羅氏所言，顯然《漢印文字徵》之著錄，實網羅兩漢乃至魏晉官私印，故《漢印文字徵》中不乏雜有魏晉官私印文字，以致名不符實。然魏晉官印中，其發予邊地少數民族官印印文名稱與兩漢截然不同，可直接判讀，至於私印方面，魏晉初期仍多沿用兩漢印文風貌，直至後來魏晉印才開展其「懸針篆文」〔註70〕獨特風貌，因而倘欲將《漢印文字徵》中所有私印予以兩漢、魏晉朝代全然劃分，恐難以完成。即便如此，上表所列舉諸方璽印，已初步將非兩漢官印者區分出來，另在《漢印文字徵》中，諸

如卷3‧12「樊」，字例 ，原印 〔註71〕，其懸針篆筆極為顯著，亦當為魏晉私印。

〔註68〕《舉》，頁228。

〔註69〕羅福頤：《漢印文字徵補遺》（北京：文物出版社，1982年12月），序文，頁1～2。

〔註70〕羅福頤《古璽印概論》云：「傳世六面印中常見這種書法，其豎筆多引長下垂，有俱懸針，故俗名為懸針篆。其書法藝術多不及漢篆勻稱，與魏正始石經中篆書相類，故知是魏晉之物。」，《古璽印概論》（臺北：學海出版社，1983年9月），頁8。

〔註71〕《舉》，頁571。

（二）璽印文字誤釋

卷1‧11「苦」，字例 ，印譜原印 〔註72〕。羅氏將該印隸定爲「苦豐私印」，然觀印面「 」字，此字當爲「豊」而非「豐」。豊篆文 ，

豐篆文 ，又卷5‧7「豊」字下所收字例，如： 、 ，卷5‧7「豐」

字下所收字例，如： 、 ，倘將 予以比對，顯見該印「 」字當爲豊而非豐，此當羅氏誤釋。

卷2‧5「吾」，字例 ，印譜原印 〔註73〕。羅氏將此印隸定爲「吾丘延季」，然季字篆文 ，又古人名多爲「延年」而非「延季」，如： 、

、 ，將 與上舉諸印比對，顯然釋「吾丘延年」爲確，「吾丘延季」爲誤，此亦羅氏誤釋。

卷3‧22「收」，字例中卻著錄 ，顯然羅氏誤將兩印「收」字誤爲

〔註72〕《舉》，頁996。

〔註73〕《舉》，頁1214。

「放」字。

卷 14・18「以」，字例 ，原印 〔註74〕。茲將原印放大 ，羅氏隸定爲「君以印」，然印譜原印著錄爲「刑君似印」，羅氏將 從刀旁誤爲從邑旁，至於印文 字，當爲今「以」字。

二、璽印文字缺錄

（一）娦

下表舉列四字例，其隸定字中皆有娦字，茲於四印中，徵得一方印譜原印，三方尚缺，即便如此，至少當有該方印譜原印之娦字可供作字例，然該字卻未於《漢印文字徵》中收錄，當爲羅氏缺錄。

羅福頤《漢印文字徵補遺・序》云：「至漢晉人戚姓，印文皆作娦，無作戚者。玫之《說文》，娦讀若咸，子廉切，段氏注古音在七部，戚注戊也，倉歷切，古音在三部。然則此二字既不同音，又不同部。玫之石刻，宋劉球《隸韻》載漢戚伯著碑，戚亦作 ，費鳳碑同。清人顧氏《隸辨》著錄楊統碑，貴戚之戚，亦作 ，韓勑碑陰，彭城廣戚亦作 ，顧氏不省娦字，注碑省朩爲小誤矣，是娦戚二字混用已久，而從未見前人玫之者何也。」〔註75〕羅氏所言，娦爲戚，屬漢晉印常見姓氏，依此觀下表所舉印文，恰可映證此四印爲私印無誤。

表十六：「娦」字缺錄字例表

字例				

〔註74〕孫文楷：《稽庵齊魯古印箋》（清光緒十一（乙酉）年（1885）保鑄山房鈐印鈔本），頁 47～63。

〔註75〕羅福頤：《漢印文字徵補遺》（北京：文物出版社，1982 年 12 月），頁 2。

印譜原印	缺	〔註76〕	缺	缺
卷數 列字隸定	6・11 穰	7・10 穰	10・8 齋	10・16 意

（二）夆

　　下表舉列四字例，其隸定字中皆有夆字，茲於四印中，徵得二方印譜原印，另二方缺，觀這二方印譜原印夆字，其形體相同，至少當有一方夆字可供作字例，然該字卻未於《漢印文字徵》中收錄，此亦羅氏缺錄。

表十七：「夆」字缺錄字例表

字例				
印譜原印	缺	〔註77〕	〔註78〕	缺
卷數 列字隸定	3・12 鞾	5・2 筥	5・3 笼	6・17 賜

（三）叚

　　下表舉列三字例，其隸定字中皆有叚字，茲於三印中，徵得二方印譜原印，另一方缺，觀這二方印譜原印叚字，其形體相同，至少當有一方叚字可供作字例，然該字卻未於《漢印文字徵》中收錄，此亦羅氏缺錄。

〔註76〕《舉》，頁690。

〔註77〕《舉》，頁751。

〔註78〕吳式芬：《雙虞壺齋印存》（清同治十一、二年間（1872～1873）朱鈐本）。

表十八：「戛」字缺錄字例表

字例			
印譜原印	缺	〔註79〕	〔註80〕
卷數 列字隸定	8・8 侈	8・8 傷	8・15 裵

（四）叀

下表舉列二字例，其隸定字中皆有叀字，因印譜原印皆缺，故未能比對，然叀字也當爲字例，卻未於《漢印文字徵》中收錄，顯然羅氏亦缺錄該字。

表十九：「叀」字缺錄字例表

字例		
印譜原印	缺	缺
卷數 列字隸定	6・25 郎	10・5 狡

（五）其 他

卷3・11「業」，字例 ，原印 〔註81〕。《漢印文字徵》卷3・

〔註79〕《赫》，頁38。

〔註80〕《舉》，頁551。

〔註81〕羅振玉：《赫連泉館古印續存》（臺北：大通書局，1977年），頁197。

22「甯」所收字例 私甯印賽、娛甯待、音甯印樗、喜甯無，觀卷 3．11「業」所著錄「甯業印信」之「甯」字，與卷 3．22「甯」字例四形體皆不盡相同，然羅氏卻未將其字形著錄，故此當為缺錄。

三、待釋字

《漢印文字徵》於卷十四後，另有《漢印文字徵》附錄一卷，為羅氏標舉明清二代八十五部印譜中之漢印文字待釋者。又《漢印文字徵》中，羅氏著錄漢印或隸定漢印文字因採手摹、手繪，故亦多有難辨者待考，為避免所舉列待釋字例與《漢印文字徵》附錄字例重複，故下表列舉，以散於各卷字例為主。另，再立一小節對《漢印文字徵》附錄所標舉待釋字例，以「回歸原印譜」原則比對，冀將些許漢印予以釋讀。

（一）非《漢印文字徵》附錄之待釋字

《漢印文字徵》中，多方印文隸定字疑因採手摹、手繪之故，多有難辨待考情形，茲舉列如下：

表二十：非《漢印文字徵》附錄之待釋字例表

編號	卷數、列字隸定	字例	印譜原印	待識字
1	1．17賈		缺	「𡥀」字
2	1．20芳		缺	「恭」字。筆者暫釋為「恭」字。
3	2．2公		缺	「羍」字

4	2・18 行	（印文）	缺	「鑯」字
5	3・13 共	（印文）	缺	「䦷」字
6	3・19 將	（印文）	缺	「蕭」字
7	4・17 觭	（印文）	缺	「㤜」字
8	4・17 衡	（印文）	缺	「陽」字
9	6・24 邴	（印文）	（印文）〔註82〕	「郢」字
10	7・12 程	（印文）	（印文）〔註83〕	「閣」字
11	7・20 瘳	（印文）	（印文）〔註84〕	「鼻」字

〔註82〕《舉》，頁 662。

〔註83〕《舉》，頁 476。

〔註84〕《舉》，頁 318。

12	8・4 傅	[印圖]	[印圖]〔註85〕	「開」字
13	8・6 代	[印圖]	[印圖]〔註86〕	「戌」字
14	10・8 熊	[印圖]	缺	「澡」字
15	10・12 幸	[印圖]	[印圖]〔註87〕	「貴」字
16	11・12 洗	[印圖]	缺	「轑」字

　　上舉十六方漢印，筆者於國內可搜尋印譜中，察見六方可與原印譜比對，茲舉四方分別予以釋讀。

　　其一，卷6・24「郍」，字例 [印圖]，左字隸定模糊，原印 。依印

文推測，本印當爲私印。「郍」爲姓， [印圖] 爲名。羅氏似未隸定出本字，直接就

〔註85〕《舉》，頁458。

〔註86〕吳大澂：《十六金符齋印存》（上海：上海書店，1989年9月），頁135。本書下簡稱《符》。

〔註87〕《舉》，頁533。

原印文筆劃將其摹繪，至於　　字爲何，待考。

其二，卷 7・12「程」，字例　　　　，左字隸定模糊，原印　　　　。依印文推測，本印當爲私印。「程」爲姓，左半字從門從奄，是爲闇，程闇爲漢一人名。又，卷 12・5「闇」，其字例恰有　　　　，故可比對，二者當爲同印。

其三，卷 8・4「傅」，字例　　　　，左字隸定模糊，原印　　　　。依印文推測，本印當爲私印。「傅」爲姓，左半字從門從東，爲「闌」，傅闌當爲漢一人名。

其四，卷 10・12「幸」，字例　　　　，右字隸定模糊，原印　　　　。依印文推測，本印當爲私印或吉語印，至於實際判讀爲何，仍待考。

（二）《漢印文字徵》附錄待釋字

茲舉幾方可與原印譜對照之《漢印文字徵》附錄待釋字例，並予以釋讀之。

表二十一：《漢印文字徵》附錄待釋字例表

編號	卷數	字例	印譜原印	待識字
1	附錄 4		〔註88〕	「鉊」字

〔註88〕《舉》，頁 822。

2	附錄 5		 〔註 89〕	「樂」字
3	附錄 6		缺	「𡉈」字
4	附錄 8		 〔註 90〕	「𡇼」字
5	附錄 12		 〔註 91〕	「蓉」字

其一，附錄 6，字例 ，隸定字「𡉈」似𦍛字，該字於《汗簡·卷下之一第五》可徵引。鄭珍《汗簡箋正》：「于羋門形不合，此疑臣之譌。戼爲春門，酉爲秋門，其形竝是二戶。戼之古文作非，郭氏戼部作非，此或仿之取其半作戶。」〔註92〕黃錫全《汗簡注釋》於鄭珍箋文下註解：「按，夏韻姥韻錄此文作臣（配鈔本）、臣（羅本），當是戶形譌，如陳胎戈戶字作𢆶，寧簋扉作𢆶，師酉簋門作𨳜等。也可能是巨字，假爲戶。」〔註93〕依鄭、黃之說，則臣識爲「戶」字。今將戶字置於印面解讀，則該印應爲「戶並之印」，然漢晉私印

〔註89〕 羅福頤：《待時軒印存》（古籍線裝書鈐印本）。

〔註90〕 《舉》，頁 519。

〔註91〕 《舉》，頁 571。

〔註92〕 〔清〕鄭珍：《汗簡箋正》（臺北：廣文書局，1974 年 3 月），卷下之一第五，頁 442。

〔註93〕 黃錫全：《汗簡注釋》（臺北：臺灣古籍出版有限公司，2005 年 1 月），卷下之一第五，頁 399。

未有以單字「戶」爲姓者，反而有「東戶」複姓，如：卷 12・2「戶」，字例 ，

故 之 字是否釋爲戶字，恐待再考。

其二，附錄 8，字例 ，右下字隸定模糊，原印 。依印文推測，本印當爲私印。「吳」爲姓， 爲單名，其字待考。羅氏似未隸定 字，故就原印文線條將其摹繪。

第五節　小　結

　　羅福頤《漢印文字徵》徵引明清二代共八十五部印譜，著錄五千多方璽印之歧異文字，依《說文》始一終亥分部原則及收字順序編次。該書雖據《說文》編輯體例予以編列，仍不乏有諸多體例歧出現象，如：著錄文字與《說文》編次歧出、璽印文字非源自八十五部印譜、羅氏標舉漢印文字採自行造篆，又因手摹之誤形成前後卷數同印不同形體。另，因該書成書較早，書中某些璽印考釋年代恐非漢印，應予以正確區分，更有漢印未釋字之隸定字前後不一、隸定字與今字有誤、多方璽印文字互有歧異仍未著錄……等諸多歧異待考。筆者爲求訛誤眞相，乃依明清二代共八十五部印譜之原印鈐拓爲探究依據，雖受國內徵引所限，僅就目前已蒐尋之二十九部印譜予以部份商兌，然在印譜原印與《漢印文字徵》著錄文字相互比對下，書中多處訛誤及疑議字，已於初步商兌中重現原貌，補羅氏著錄之不足，然仍有多數璽印尚待進一步審視、釋讀。其中，有關羅福頤後作《漢印文字徵補遺・序》所云：「昔人稱傳世古銅印，統謂之漢，今日驗之，實際秦漢南北朝官印多出自明器，其中固有兩漢物，然魏晉以後作品亦居其半。至於私印亦類是。」〔註 94〕顯見《漢印文字徵》著錄文字多參雜魏晉官私印，與書名名不符實，此重大訛誤，恐待再究，即便如此，小疵不足損大醇，《漢印文字徵》仍不啻爲一部探究漢印歧異文字之實用字書。

〔註 94〕羅福頤：《漢印文字徵補遺》（北京：文物出版社，1982 年 12 月），序文，頁 1～2。

第三章　漢代官印彙釋

　　漢代包含西漢、新莽、東漢三個時期，起於高祖六年（206 B.C.），劉邦即位汜水之陽，迄於東漢獻帝建安二十五年（220 A.D.），曹丕篡漢改元延康，自稱天子。漢代官印用於公文上呈，作為行使各項職權憑證，其官職分屬較先秦更為細密，故兩漢傳世官印數量亦勝前朝。目前單就孫慰祖《兩漢官印匯考》〔註1〕著錄官印，計有七百四十四方，而官印抑印於泥以作封緘之封泥，計有六百八十八方，倘未將璽印、封泥劃分，純粹就可被徵驗之漢代官印文字論，則至少有一千四百多方，藉由這些官印文字，除可補證古史料外，對於漢代地名、諸侯國名、邊塞民族侵擾情形，亦可作一番考察。

　　漢官印大致可分為吏員印和官署印兩類，吏員印是秩二百石以上官吏所用，專官專印，官署印則是各個官署所有掾史等百石以下官吏共同使用，使用時需申請，用畢繳回。〔註2〕吏員印即官名印。兩漢官印根據印面尺寸，可再細分為通官印與半通印，應劭《漢官儀》載：「孝武皇帝元狩四年，令通官印方寸大，小官印五分，王、公、侯金、二千石銀，千石以下銅印。」〔註3〕葉其峰〈西漢官印叢考〉亦云：「在西漢，佩帶通官印或半通印的職官秩級界線是比二百石，

〔註 1〕孫慰祖：《兩漢官印匯考》（上海：上海書畫出版社，1993 年）。

〔註 2〕林素清：〈居延漢簡所見用印制度雜考〉，《中國文字》新 24 期，頁 154。

〔註 3〕〔漢〕應劭：《漢官儀》（北京：中華書局，1985 年），頁 49。

比二百石以上的皆佩通官印，比二百石的有佩通官印也有佩半通印的，而以下者都佩半通印。」〔註4〕半通印最大特徵在於印面尺寸是通官印一半，故稱「五分」，遺世半通印為中央、地方官署印，或是秩比二百石以下小官印。本文撰寫，以官署印和官名印為歸類，各類再以中央、地方細分之，並根據西漢、新莽、東漢三個時期分別探究，其中對於半通印者再各別註明，而對漢官印印文徵引，以孫慰祖《兩漢官印匯考》著錄為主，次旁及各博物館及相關單位所出近代璽印發掘報告、圖錄，有關《兩漢官印匯考》著錄封泥材料，僅作為佐證運用，不予詳述。

第一節　官署印

官署璽是王國政府設置的行政管理機構及某種職能官署的用璽，絕大多數不鐫官名，鐫刻官名者亦有一定的數量。〔註5〕中國史籍記載，首先將職官分類著錄者是為《周禮》。《周禮》將古官職分為天官冢宰、地官司徒、春官宗伯、夏官司馬、秋官司寇、冬官考工記，再根據職掌類型舉列人事、工作細目說明。這種古代職官編列方式，恰好為歷代官職設立規範，使各朝代之官職編制不出其中。

兩漢官署可分中央與地方，各官署職掌類別諸如《周禮》所載，遍及政事、軍事、祭祀、禮樂、卜筮、授業、衣冠、膳食、狩獵、醫病、典藏、鑄造、園藝、喪葬、豢養……等，即使兩漢官署名稱與《周禮》有別，然名異質同，展現中央與地方各司其職，分工合作。下將《兩漢官印匯考》著錄官署印劃分為西漢、新莽、東漢時期，次將各印文、質地、鈕式、尺寸、著錄、收藏予以表格條列，再就各官署印印文究其職掌類別、要務。

一、中央官署印

中央官署隸屬朝廷，屬帝王直轄。作為中央官署，其職責在於行政、立法、制儀、監造、輿服等，是建置國家機制的重要部門，各時期官署印如下所條舉：

〔註4〕葉其峰：〈西漢官印叢考〉，《故宮博物院院刊》1986 年第 1 期，頁 78。

〔註5〕葉其峰：《古璽印通論》（北京：紫禁城出版社，2003 年 9 月），頁 15。

（一）西漢時期

表二十二：西漢中央官署印一覽表

編號	印文	質地	鈕式	尺寸（厘米）	著錄〔註6〕	收藏
1	廟衣府印	銅	鼻	2.1×2.1	舉	
2	中官府印	銅	瓦	2.1×2.15	罄	
3	軍市之印	銅	瓦	2.15×2.15		故宮博物院
4	器府之印	銅	鼻	2.2×2.2		天津歷史博物館
5	少內	銅	鼻	2.3×2.3		天津藝術博物館
6	私府	銅	鼻	2.2×1.5		上海博物館
7	泉府	銅	瓦	2.7×1.5	舉	
8	器府	銅	瓦	2.4×1.4		陝西省博物館
9	器府	銅	鼻	2.4×1.4	舉	
10	馬府	銅	瓦	2.4×1.35		故宮博物院
11	廄印	銅	鼻	2.45×1.2		故宮博物院
12	徒府	銅	無紐	2.5×1.35		故宮博物院
13	倉印	銅	瓦	2.3×1.4		故宮博物院

1. 廟衣府印

著錄《匯》
1294

《說文‧广部》：「廟，尊先祖皃也。」段注：「古者廟以祀先祖。」〔註7〕
《漢書‧五行志上》：「淩室所以供養飲食，織室所以奉宗廟衣服。」〔註8〕
又《漢舊儀》載：「凡蠶絲絮，織室以作祭服。祭服者，冕服也。天地宗廟羣
神五時之服，皇帝得以作縷縫衣，皇后得以作巾絮而已。置蠶官令丞，諸天

下官下法皆詣蠶室，與婦人從事，故舊有東西織室作治。」〔註9〕漢代置有織室以備帝王、皇后祭服，「廟衣府」其性質有類此，即專爲織造帝王、皇后用於宗廟祭服之官署。

2. 中官府印

著錄《匯》
119

中官，又作中常侍，屬宦者。《後漢書・鄭眾傳》：「肅宗即位，拜小黃門，遷中常侍。……及憲兄弟圖作不軌，眾遂首謀誅之，以功遷大長秋。策勳班賞，每辭多受少，由是常與議事。中官用權，自眾始焉。」〔註10〕「中官府印」，即中官署之印，爲漢宦官掌其職權。

3. 軍市之印

著錄《匯》
180

軍市，軍中貿易處所。《史記・馮唐傳》：「軍市之租，皆自用饗士。」〔註11〕「軍市之印」，爲管理貨物驗證、交易之官署印。

4. 器府之印

著錄《匯》
102

器府，史籍缺載。《漢書・宣帝紀》贊曰：「至于技巧工匠器械，自元、成間鮮能及之。」師古注：「械者，器之總名也。」〔註12〕「器府之印」，當爲掌器械之官署印，屬監造之職。

〔註9〕　〔漢〕衛宏：《漢舊儀》（臺北：藝文印書館，1965年），卷下，頁2。

〔註10〕　〔南朝宋〕范曄：《後漢書》（臺北：藝文印書館，1982年），頁897下。

〔註11〕　〔漢〕司馬遷：《史記》（臺北：藝文印書館，1982年），頁1123下。

〔註12〕　《漢書・宣帝紀》，頁121上。

5. 器府

著錄《匯》
1299

半通印。器府，同「器府之印」，乃職掌器械工藝之官署。

6. 少內

著錄《匯》
1295

半通印，具界格。《周禮・天官冢宰・職內》：「職內，上士二人，中士四人，府四人，史四人，徒二十人。」注：「職內，主入也，若今之泉所。入謂之少內。」疏：「漢之少內亦主泉所入。案王氏《漢官解》云：『小官嗇夫各擅其職，謂倉、庫、少內嗇夫之屬。……由此言之，少內藏聚似今之少府，但官卑職碎，以少爲名。』」〔註13〕根據《周禮》所載，「少內」應即掌職幣泉官署。

7. 私府

著錄《匯》
1296

半通印，日字格。《漢書・路溫舒傳》：「上善其言，遷廣陽私府長。」師古曰：「藏錢之府。天子曰少府，諸侯曰私府。」〔註14〕「私府」，屬諸矦藏納泉錢官署。

8. 泉府

著錄《匯》
1297

〔註13〕《周禮》（臺北：藝文印書館，〔清〕阮元《十三經注疏》本，1989年1月），頁
　　　　17上。

〔註14〕《漢書・路溫舒傳》，頁1119上。

　　半通印。《周禮・地官司徒・泉府》：「泉府，掌以市之征布，斂市之不售，貨之滯於民用者，以其賈買之物，楬而書之，以待不時而買者。」〔註15〕《漢書・食貨志》：「莽性躁擾，不能無爲，每有所興造，必欲依古得經文。國師公劉歆言周有泉府之官，收不讐，與欲得，即易所謂『理財正辭，禁民爲非』者也。」〔註16〕「泉府」，乃調節物價、徵取稅收之官署，根據此印可證，漢置官署當有參考《周禮》之制。

　　9. 馬府

著錄《匯》
1301

　　半通印。馬府，古籍缺載，古有專職養馬之官，如《周禮・夏官司馬・馬質》：「馬質，掌質馬馬量三物，一曰戎馬，二曰田馬，三曰駑馬，皆有物賈。」〔註17〕「馬府」，應爲畜馬官署。

　　10. 廄印

著錄《匯》
1302

　　半通印，日字格。廄，馬廄。《論語・鄉黨》：「廄焚。子退朝曰：『傷人乎？』不問馬。」〔註18〕《史記・李斯列傳》：「鄭、衛之女不充後宮，而駿良駃騠不實外廄。」〔註19〕「廄印」，畜馬之廄官署印。

〔註15〕《周禮・地官司徒・泉府》，頁 228 下。

〔註16〕《漢書・食貨志》，卷上，頁 533 上。

〔註17〕《周禮・夏官司馬・馬質》，頁 455 下。

〔註18〕《論語》（臺北：藝文印書館，〔清〕阮元《十三經注疏》本，1989 年 1 月），頁 90 下。

〔註19〕《史記・李斯列傳》，頁 1028 下。

11. 徒府

著錄《匯》1305

半通印，日字格。漢時刑徒又總稱「徒」。〔註20〕「徒府」，掌刑徒正法之官署。

12. 倉印

著錄《匯》1308

半通印。倉，倉廩之所。《後漢書·五行志》：「安帝永初元年三月二日癸酉，日有蝕之，在胃二度，胃主廩倉。是時鄧太后專政，去年大水傷稼，倉廩爲虛。」〔註21〕「倉印」，主倉廩之官署印。

（二）新莽時期

表二十三：新莽中央官署印一覽表

編號	印文	質地	鈕式	尺寸（厘米）	著錄	收藏
1	榆畜府	銅	瓦	2.3×1.3		故宮博物院

1. 榆畜府

著錄《匯》1303

半通印。畜府，史籍缺載。漢有馬府，畜府應爲豢養牲畜處所。漢置榆中、榆次縣，〔註22〕未載榆縣，故本印或爲榆縣所設畜府，此印可補地理志

〔註20〕《兩漢官印匯考》，頁201。

〔註21〕《後漢書·五行志》，頁1212下。

〔註22〕《漢書·地理志》：「金城郡……縣十三……榆中。」，卷下，頁801下～802上。《漢

之不足。

（三）東漢時期

表二十四：東漢中央官署印一覽表

編號	印文	質地	鈕式	尺寸（厘米）	著錄	收藏
1	藥藏府印	銅	瓦	2.3×2.3	范	
2	帑府	銅	瓦	2.25×1.4	舉	
3	廥印	銅	瓦	2.5×1.4		上海博物館
4	都市	銅	瓦	2.25×1.25		故宮博物院

1. 藥藏府印

著錄《匯》
80

藥藏府，史籍缺載。漢置中藏府，掌中幣帛金銀諸貨物，藥藏府類此，應主醫藥收藏。古人對於醫病甚為重視，《周禮・天官冢宰・疾醫》云：「以五味五穀五藥養其病。」〔註23〕《後漢書・百官志》：「（少府）太醫令一人，六百石。本注曰：『掌諸醫。』藥丞、方丞各一人。本注曰：『藥丞主藥，方丞主藥方。』」〔註24〕「藥藏府印」應是中央掌百藥納藏官署印。

2. 帑府

著錄《匯》
1298

半通印。《說文・巾部》：「帑，金幣所藏也，從巾奴聲。」〔註25〕《漢書・王莽傳》：「予受命遭陽九之厄，百六之會，府帑空虛，百姓匱乏，宗廟未修，

書・地理志》：「太原郡……縣二十一……榆次。」，卷上，頁 686 下～687 上。

〔註23〕《周禮・天官冢宰・疾醫》，頁 73 下。

〔註24〕《後漢書・百官志》，頁 1347 上。

〔註25〕《說文解字注・巾部》，頁 365 上。

且袷祭於明堂、太廟，夙夜永念，非敢寧息。」〔註 26〕「帑府」，掌國之幣財官署。

　　3. 廥印

著錄《匯》
1309

　　半通印。《說文・广部》：「廥，芻稾之臧也。」〔註 27〕《後漢書・蘇章傳》：「不韋與親從兄弟潛入廥中，夜則鑿地，晝則逃伏。」〔註 28〕「廥印」，掌糧芻之官署印。

　　4. 都市

著錄《匯》
1318

　　半通印。《漢書・王嘉傳》：「丞相幸得備位三公，奉職負國，當伏刑都市，以示萬眾。」〔註 29〕「都市」，統轄中央行政區域官署。

二、地方官署印

　　地方官署由各地最高行政首長統轄，其專職項目類於中央官署，遍及行政及日常衣食住行，唯地方官署設置與地方百姓聯繫，是人民請願百事主要管道。

（一）西漢時期

表二十五：西漢地方官署印一覽表

編號	印文	質地	鈕式	尺寸（厘米）	著錄	收藏
1	司禾府印	石	橋	2×2		
2	屬始長	銅	瓦	2.4×1.2		天津藝術博物館

〔註 26〕《漢書・王莽傳》，卷下，頁 1748 下。

〔註 27〕《說文解字注・广部》，頁 448 下。

〔註 28〕《後漢書・蘇章傳》，頁 399 下。

〔註 29〕《漢書・王嘉傳》，頁 1510 下。

3	召亭之印	銅	鼻	2.2×2	舉	
4	脩故亭印	銅	鼻	2.55×1.9	舉	
5	南池里印	銅	臺	2.3×2.3		上海博物館
6	杜昌里印	銅	瓦	2.3×2.3	舉	
7	師里	銅	鼻	2.3×1.7		上海博物館
8	傳舍	銅	鼻	2.3×1.35		臺北歷史博物館
9	傳舍之印	銅	鼻	2.25×1.2		故宮博物院
10	安陽鄉印	銅	鼻	1.9×2.4		上海博物館
11	長平鄉印	銅	鼻	2.3×2.25		上海博物館
12	南鄉喪事	銅	鼻	2.3×2.4		上海博物館
13	東鄉	銅	鼻	2×1.05		故宮博物院
14	西鄉	銅	鼻	2.5×1.95		浙江省博物館
15	西立鄉	銅	瓦	2.35×1.35		上海博物館
16	樂鄉	銅	瓦	2.6×1.55		天津藝術博物館

1. 司禾府印

著錄《匯》
1279

司禾府，史籍缺載。《兩漢官印匯考》云：「『司禾府印』出土於尼雅遺址，其地漢時稱精絕，『司禾府』當爲漢代置於當地之屯田官署。」〔註30〕今從其說，此印遺世，可補漢史記載之缺疏。

2. 屬始長

著錄《匯》
1345

半通印。屬始長，史籍缺載。漢有「屬長」、「守屬」之官。《後漢書·李忠傳》：「（李忠）王莽時爲新博屬長，郡中咸敬信之。」注：「王莽改信都國曰新博郡，尉曰屬長也。」〔註31〕又《漢書·王尊傳》：「（王尊）給事太守府，問詔書

〔註30〕《兩漢官印匯考》，頁 197。

〔註31〕《後漢書·李忠傳》，頁 283 上。

行事，尊無不對。太守奇之，除補書佐，署守屬監獄。」師古曰：「署爲守屬，令監獄主囚也。」〔註32〕「屬始長」或爲郡尉之長、守獄之長，仍待考。

　　3. 召亭之印

著錄《彙》
1346

　　漢置亭長，《漢書・百官公卿表》：「大率十里一亭，亭有長。」〔註33〕《後漢書・魯恭傳》載：「亭長乃慚悔，還牛，詣獄受罪，恭貰不問。」〔註34〕「召亭」，應即亭名，本印爲轄屬此地官署印。

　　4. 脩故亭印

著錄《彙》
1347

　　脩故亭，史籍缺載，應屬亭名。「脩故亭印」或爲轄屬此地之官署印。

　　5. 南池里印

著錄《彙》
1348

　　南池里，史籍缺載。里，爲地方基層行政單位。《周禮・地官司徒・遂人》：「五家爲鄰，五鄰爲里。」〔註35〕「南池里印」或爲轄屬南池之地官署印。

　　6. 杜昌里印

著錄《彙》
1349

〔註32〕《漢書・王尊傳》，頁 1421 上。

〔註33〕《漢書・百官公卿表》，卷上，頁 312 上。

〔註34〕《後漢書・魯恭傳》，頁 324 下。

〔註35〕《周禮・地官司徒・遂人》，頁 232 下。

杜昌里，史籍缺載。「杜昌里印」或爲轄屬杜昌之官署印。

7. 師里

著錄《匯》
1351

半通印。**師**里，史籍缺載。本印文師字部件「帀」中間豎筆向上貫穿，故《兩漢官印匯考》釋此印爲「**師**里」。然漢印文字筆劃相交之處，偶有貫穿情形，〔註36〕且該印印文筆劃不均，屬鑿刻，故「**師**」字當即爲「師」字，其豎筆貫穿恐爲刻工誤刻造成，故該印仍當釋作「師里」，而非「**師**里」。「師里」，應爲轄屬師地之官署印。

8. 傳舍

著錄《匯》
1319

半通印，日字格。《後漢書・光武帝紀》：「光武迺自稱邯鄲使者，入傳舍。傳吏方進食，從者飢，爭奪之。」注：「客館也。」〔註37〕「傳舍」，供給膳食休憩之所，此指官署。

9. 安陽鄉印

著錄《匯》
1324

安陽，古江國，秦置安陽城，漢置安陽縣。《史記・黃帝本紀》：「青陽，降居江水。」《正義》括地志云：「安陽故城在豫州新恩縣西南八十里。應劭云：『古江國也。』」〔註38〕《史記・秦本紀》：「二月，餘攻晉軍，斬首六千，晉楚流死河二萬人。攻汾城，即從唐拔寧新中，寧新中更名安陽。」〔註39〕

〔註36〕詳參第五章「第一節結體」之「三、異化（三）筆劃變異3.貫穿筆劃」論述。

〔註37〕《後漢書・光武帝紀》，卷上，頁41上。

〔註38〕《史記・黃帝本紀》，頁29上。

〔註39〕《史記・秦本紀》，頁108下。

《後漢書‧蔡邕傳》：「居五原安陽縣。」〔註40〕又漢縣下置鄉，《漢書‧百官公卿表》載：「十亭一鄉，鄉有三老、有秩、嗇夫、游徼。」〔註41〕《後漢書‧周榮傳》：「歲餘，復代陳蕃爲太尉，建寧元年薨，以預議定策立靈帝，追封安陽鄉侯。」〔註42〕「安陽鄉印」爲縣下所置之鄉官署印。

10. 長平鄉印

著錄《匯》
1325

此印爲田字印，明顯屬西漢早期印文風格。《史記‧秦始皇本紀》：「五年，將軍驁攻魏，定酸棗、燕、虛、長平、雍丘、山陽城。」駰案：「《地理志》汝南有長平縣也。」〔註43〕「長平鄉印」爲縣下所置之鄉官署印。

11. 南鄉喪事

著錄《匯》
1343

田字印，屬西漢早期風格。《史記‧留侯世家》：「陛下南鄉稱霸。」〔註44〕喪事，言亡歿之事，《周禮‧春官宗伯‧大卜》：「凡喪事命龜。」〔註45〕「南鄉喪事」爲鄉邑專掌喪歿事之官署。

12. 東鄉

著錄《匯》
1338

半通印。東鄉，縣名。《漢書‧地理志》：「沛郡……縣三十七……東鄉。」

〔註40〕《後漢書‧蔡邕傳》，頁711上。

〔註41〕《漢書‧百官公卿表》，卷上，頁312下。

〔註42〕《後漢書‧周榮傳》，頁550下。

〔註43〕《史記‧秦始皇本紀》，頁115下。

〔註44〕《史記‧留侯世家》，頁814下。

〔註45〕《周禮‧春官宗伯‧大卜》，頁373上。

〔註46〕本印爲漢縣下所置之鄉官署印。

13. 西鄉

著錄《匯》
1340

　　半通印，具界格。西鄉，地理志缺載，應爲西方所置之鄉。如東漢有西鄉封矦，《後漢書・朱雋傳》：「嵩乃上言其狀，而以功歸雋，於是進封西鄉侯，遷鎮賊中郎將。」。〔註47〕

14. 西立鄉

著錄《匯》
1335

　　半通印。西立鄉，史籍缺載。西立鄉或即西鄉。

15. 樂鄉

著錄《匯》
1337

　　半通印。《漢書・地理志》：「樂鄉，侯國。莽曰樂丘。」〔註48〕本印屬漢置矦〔註49〕國地方官署印。

〔註46〕《漢書・地理志》，卷上，頁 726 下～729 上。

〔註47〕《後漢書・朱雋傳》，頁 825 下。

〔註48〕《漢書・地理志》，卷下，頁 839 下。

〔註49〕爲區分漢印文字「侯」、「候」之別，凡本文論及「侯」字者，皆作「矦」字，以尋求漢印印文本意；唯遇引用古籍、期刊論文或參考書目時，則依書目原文字義呈現，不逕做更易。

（二）新莽時期

表二十六：新莽地方官署印一覽表

編號	印文	質地	鈕式	尺寸（厘米）	著錄	收藏
1	臨都鄉	銅	瓦	2.4×1.3		天津藝術博物館

1. 臨都鄉

著錄《匯》
1336

　　半通印。臨都，縣名。《漢書・地理志》：「沛郡……縣三十七……臨都。」〔註50〕《兩漢官印匯考》：「此印文字風格近於新莽，《後漢書・郡國志》未見臨都縣，疑臨都於新莽時已廢縣為鄉。」〔註51〕今從其說。

（三）東漢時期

表二十七：東漢地方官署印一覽表

編號	印文	質地	鈕式	尺寸（厘米）	著錄	收藏
1	三老舍印	銅	缺	1.8×1.95		天津藝術博物館
2	海曲倉	銅	鼻	2.5×1.25		故宮博物院
3	諸倉	銅	鼻	2.5×1.2		上海博物館
4	都市	銅	瓦	2.25×1.25		故宮博物院
5	市里之印	銅	鼻	2.1×1.3		上海博物館
6	東鄉	銅	鼻	2.7×1.2		上海博物館

1. 三老舍印

著錄《匯》
1354

　　《漢書・百官公卿表》：「鄉有三老、有秩、嗇夫、游徼。三老掌教化。」

〔註50〕《漢書・地理志》，卷上，頁726下～729上。

〔註51〕《兩漢官印匯考》，頁204。

〔註52〕「三老舍印」，爲掌教化之三老官署印。

2. 海曲倉

著錄《匯》
514

半通印。海曲，縣名。《漢書‧地理志》：「琅邪郡……縣五十一……海曲，有鹽官。」〔註53〕漢置倉官、倉署，主掌倉廩，如《漢書‧百官公卿表》：「又衡官、水司空、都水、農倉，又甘泉上林、都水七官長丞皆屬焉。」〔註54〕《漢書‧百官公卿表》：「武帝太初元年更名大司農。屬官有太倉、均輸、平準、都內、籍田五令丞，斡官、鐵市兩長丞。又郡國諸倉農監、都水六十五官長丞皆屬焉。」〔註55〕「海曲倉」應爲地方職掌倉廩之官署。

3. 諸倉

著錄《匯》
522

半通印。諸倉，諸郡縣倉署。《漢書‧百官公卿表》：「又郡國諸倉農監、都水六十五官長丞皆屬焉。」〔註56〕《漢書‧王莽傳》：「今東方歲荒民飢，道路不通，東岳太師亟科條，開東方諸倉，賑貸窮乏，以施仁道。」。〔註57〕

4. 市里之印

著錄《匯》
1350

〔註52〕 《漢書‧百官公卿表》，卷上，頁312下。

〔註53〕 《漢書‧地理志》，卷上，頁751上下。

〔註54〕 《漢書‧百官公卿表》，卷上，頁307下。

〔註55〕 《漢書‧百官公卿表》，卷上，頁304下。

〔註56〕 《漢書‧百官公卿表》，卷上，頁304下。

〔註57〕 《漢書‧王莽傳》，卷下，頁1752下～1753上。

市里，地方行政官署。《後漢書・劉玄傳》：「初，王莽敗，爲未央宮被焚而已，其餘宮館一無所毀。……自鍾鼓、帷帳、輿輦、器服、太倉、武庫、官府、市里，不改於舊。」〔註58〕

第二節　官名印

兩漢官名印中，根據目前所見到的資料，中央機構的官印爲數較少，而郡國、縣邑道侯國一級的官印，則數量較多，在全部傳世和考古發掘所得的漢官印中佔很大的比例。〔註59〕漢代頒授中央、地方、矦〔註60〕國、異族官名印，主要以官制決定印章質地和紐式。《漢官儀》載：「孝武皇帝元狩四年，令通官印方寸大，小官印五分，王、公、侯金、二千石銀，千石以下銅印。」〔註61〕《漢書・武帝紀》云：「（太初元年）夏五月，正曆，以正月爲歲首。色上黃，數用五，定官名，協音律。」注引張晏曰：「漢據土德，土數五，故用五，謂印文也。若丞相曰"丞相之印章"，諸卿及守相印文不足五字者，以"之"足之。」〔註62〕武帝頒布兩次漢印制規範，成爲兩漢印制基礎。漢代印制，除帝后、諸矦、丞相、大將軍璽章外，其他中央、地方文武百官職印，皆以俸祿作爲印制依據。衛宏《漢舊儀》云：

> 諸侯王印，黃金橐駝紐，文曰璽，赤地綬；列侯，黃金印，龜紐，文曰印；丞相、大將軍，黃金印，龜紐，文曰章；御史大夫章、匈奴單于，黃金印，橐駝紐，文曰章；御史二千石，銀印，龜紐，文曰章；千石、六百石、四百石銅印，鼻紐，文曰印章。二百石以上皆爲通官印。〔註63〕

〔註58〕《後漢書・劉玄傳》，頁179上。

〔註59〕王人聰：〈兩漢王國、侯國、郡縣官印匯考〉，《秦漢魏晉南北朝官印研究》（香港：香港中文大學文物館，1990年1月），頁31。

〔註60〕爲區分漢印文字「矦」、「侯」之別，凡本文論及「矦」字者，皆作「矦」字，以尋求漢印印文本意；唯遇引用古籍、期刊論文或參考書目時，則依書目原文字義呈現，不逕做更易。

〔註61〕《漢官儀》，頁49。

〔註62〕《漢書・武帝紀》，頁99上。

〔註63〕《漢舊儀・補遺》，卷上，頁6～7。

《後漢書・輿服志》劉昭注引《東觀書》曰：

> 建武元年，復設諸侯王金璽綟綬，公侯金印紫綬；九卿、執金吾，
> 河南尹秩皆中二千石；大長秋、將作大匠、度遼諸將軍、郡太守、
> 國傅相皆秩二千石；校尉、中郎將、諸郡都尉、諸國行相、中尉、
> 內史、中護軍、司直秩皆二千石，以上皆銀印青綬。中外官尚書令、
> 御史中丞、治書侍御史、公將軍長史、中二千石丞、正平諸司馬、……
> 以上皆銅印墨綬。諸署長楫櫂丞秩三百石，諸秩千石者，其丞、尉
> 秩四百石，秩六百石者，……以上皆銅印黑綬。〔註64〕

兩漢印制規範頗爲細密，除璽印質地有別，印綬顏色亦受重視。應劭《漢官儀》
云：「綬者，有所承受也，所以別尊卑，彰有德也。」〔註65〕故兩漢印制，依據
身分尊卑、俸祿多寡，有紫綬、赤綬、墨綬、黃綬之不同。漢代官名印除可據
中央、地方、矦國、異族予以劃分外，又有實用與殉葬明器之別，二者在印文
刻鑄、佈局上顯著有別，突顯漢制官名印不同用途時特殊規範。大抵說來，兩
漢印制仍以銅質實用印爲主，紐式則以鼻、瓦、龜紐最爲常見。

目前對於兩漢官名印之考釋，其成就謂爲珍貴輝煌。羅福頤《漢印文字徵》、
孫慰祖《兩漢官印匯考》、王人聰《新出歷代璽印集釋》等，旁徵史籍材料予以
印證，已確定多數兩漢官名印年代與官別。在這三本書目中，又以孫慰祖《兩
漢官印匯考》對於現存兩漢官名印羅列、著錄最爲完備，故本文探求兩漢官名
印，仍以《兩漢官印匯考》統整、歸納爲主，對於《兩漢官印匯考》未收錄卻
存在於其他相關璽印譜錄中者，亦一併予以蒐羅列舉。下即以中央官名印、地
方官名印、矦國官名印、異族官名印、其他五項，深入探究。

一、中央官名印

中央官職隸屬朝廷，上及丞相、九卿、大將軍，下有都尉、中郎將、侍郎、
博士等，秩萬石至二百石不等。《兩漢官印匯考》載中央官名印約一百九十方，
有丞相、司馬、司空、將軍、令、邑、監、長史、千人……等職別，遍及政事、
軍事、御守、典獄、禮儀、鹽鐵、馬事各層面，名目頗爲繁密。下就西漢、新

〔註64〕《後漢書・輿服志》，卷下，頁 1386 上。

〔註65〕《漢官儀》，頁 49。

莽、東漢時期中央官名遺世印予以歸納、概述：

（一）西漢時期

表二十八：西漢中央官名印一覽表

編號	印文	質地	鈕式	尺寸（厘米）	著錄	收藏
1	霸陵園丞	銅	鼻	2.3×2.3		故宮博物院
2	衛園邑印	銅	臺	2.25×2.25		上海博物館
3	渭陵園令	銅	瓦	2.4×2.4		上海博物館
4	康陵園令	銅	瓦	2.4×2.4		上海博物館
5	馬門衛候印	銅	龜	2.2×2.25	書	
6	都候之印	銅	鼻	2.2×2.2		上海博物館
7	都候丞印	銅	瓦	2.1×2.1		天津藝術博物館
8	都水丞印	銅	瓦	2.4×2.35		故宮博物院
9	都船丞印	銅	鼻	2.25×2.25	存	
10	候丞之印	銅	瓦	2.35×2.35		故宮博物院
11	未央廄丞	銅	瓦	2.3×2.3		故宮博物院
12	未央廄監	銅	瓦	2.3×2.3	符	
13	上林尉印	銅	瓦	2.1×2.1		天津藝術博物館
14	宜春禁丞	銅	鼻	2.45×2.45		故宮博物院
15	右泉苑監	銅	瓦	2.3×2.3		故宮博物院
16	北地牧師騎丞	銅	瓦	2.3×2.3		故宮博物院
17	大鴻臚	銅		3.5×1.4	符	
18	大行丞印	銅	鼻	2.3×2.5	存	
19	別火丞印	銅	無紐	2.4×2.35		上海博物館
20	郡邸丞印	銅	無紐	2.3×2.3		上海博物館
21	館陶家丞	銅		2.1×2.1	墨	
22	旃廚郎丞	銅	蛇	2.4×2.45		故宮博物院
23	榦官泉丞	銅	瓦	2.3×2.3	魏	
24	若盧令印	銅	瓦	2.4×2.4		臺北歷史博物館
25	宦者丞印	銅	瓦	2.15×2.2	舉	

26	左司空	銅	瓦	2.4×2.4	凝	
27	保虎園	銅	瓦	2.5×1.3		天津藝術博物館
28	尚符璽之印	銅質鎏金	龜	2.3×2.3		上海博物館
29	輕車令印	銅	瓦	2.3×2.3		故宮博物院
30	將軍之印章	銅	龜	2.3×2.4		陝西寶雞博物館
31	將軍長史	銅	瓦	2.1×2.1	素	故宮博物院
32	上將軍印章	銅	瓦	2.3×2.3		
33	廣漢大將軍章	銀	龜	2.35×2.35		上海博物館
34	中部將軍章	銅	龜	2.35×2.35		上海博物館
35	中部護軍章	銅	龜	2.3×2.4		故宮博物院
36	禽適將軍章	銅	龜	2.35×2.35		臺北故宮博物院
37	翼漢將軍章	銅	龜	2.35×2.35	罍	
38	偏將軍印章	金	龜	2.4×2.4		重慶博物館
39	偏將軍印章	銅	龜	2.3×2.35		上海博物館
40	裨將軍印	銅	龜	2.3×2.3		故宮博物院
41	裨將軍印	銅	瓦	2.3×2.3		故宮博物院
42	折衝裨將軍印章	銅	龜	2.3×2.3		故宮博物院
43	營軍司空	銅	鼻	2.1×2.1		上海博物館
44	軍司空丞	銅	瓦	2.3×2.3		故宮博物院
45	軍監之印	銅	瓦	2.15×2.15		故宮博物院
46	軍武庫丞	銅	瓦	2.3×2.3		上海博物館
47	票軍庫丞	銅	瓦	2.2×2.3		故宮博物院
48	強弩軍市長	銅	鼻	2.45×2.55		上海博物館
49	軍中馬丞	銅	瓦	2.15×2.15	舉	
50	校尉之印	銅	龜	2.35×2.35		
51	校尉之印	銅	鼻	2.4×2.4		上海博物館
52	校尉丞印	銅	瓦	2.1×2.15		故宮博物院
53	校尉之印章	銀	龜	2.4×2.4		
54	校尉丞之印	銅	龜	2.4×2.4		上海博物館

55	長水校尉丞	銅	龜	2.35×2.35		故宮博物院
56	建威校尉	銅	龜	2.3×2.3	亭	
57	騎都尉印	銀	龜	2.4×2.4		上海博物館
58	車騎左都尉	銅	瓦	2.3×2.3		上海博物館
59	前將軍司馬	銅	鼻	2.15×2.2	鼓	
60	軍司馬印	銅	鼻	2.35×2.35	談	
61	軍司馬印	銅		2.3×2.3	舉	
62	營軍司馬	銅	鼻	2×2		湖南省博物館
63	中營司馬	銅	橋	2.3×2.3		
64	校司馬印	銅	龜	2.35×2.4		故宮博物院
65	騎司馬印	銅	鼻	2.1×2.1		天津藝術博物館
66	騎司馬印	銅	瓦	2.35×2.4		故宮博物院
67	趨張司馬	銅	拱	2.2×2.2		陝西寶雞博物館
68	猥司馬印	銅		2.4×2.4	盧	
69	司馬丞印	銅	鼻	2.4×2.4		上海博物館
70	營軍司馬丞	銅	瓦	2.3×2.4		上海博物館
71	校尉司馬丞	銅	瓦	2.35×2.35		故宮博物院
72	軍曲候之印	銅	龜	2.4×2.4		上海博物館
73	軍曲候丞印	銅	鼻	2.45×2.45	舉	
74	屯田丞印	銅		2.3×2.3	舉	
75	軍候之印	銅	瓦	2.3×2.3		上海博物館
76	校尉候印	銅		2.3×2.25	范	
77	營候之印	銅	鼻	2.15×2.1	談	
78	橫海候印	銅	瓦	2.35×2.35	魏	
79	左甲僕射	銅	瓦	2.3×2.3	壺	
80	左校令印	銅		2.25×2.2		南京博物館
81	水衡畜丞章	銅	瓦	2.4×2.4		上海博物館
82	千歲單護	銅	瓦	2.05×2.1		上海博物館
83	軍候丞印	銅	瓦	2.4×2.4		上海博物館
84	校尉千人	銅	瓦	2.3×2.3		上海博物館

85	校尉左千人	銅	龜	2.45×2.45		上海博物館
86	騎千人印	銅		2.1×2.1		
87	騎千人丞	銅	瓦	2.2×2.2	舉	
88	侵騎千人	銅	瓦	2.3×2.3		上海博物館
89	折衝猥千人	銅		2.3×2.3	舉	
90	騎五百將	銅	鼻	2.25×2.35	魏	
91	陷陳募人	銅	瓦	2.2×2.2	舉	
92	募五百將	銅	瓦	2.3×2.3	舉	
93	兼倉廥	銅	瓦	2.1×1.2		天津藝術博物館
94	邦候	銅	鼻	2.4×1.6		故宮博物院

　　漢初官名印沿用秦制，具田字格，如「衛園邑印」、「宜春禁丞」二印。武帝時田字格漸廢，〔註66〕並頒布二次〔註67〕印制規範，漢代印制逐漸確立。西漢帝王、皇后崩，歸葬陵寢，別置守園官吏，如「霸陵園丞」、「衛園邑印」、「渭陵園令」、「康陵園令」為分守文帝〔註68〕、衛皇后〔註69〕、元帝〔註70〕、平帝〔註71〕寢陵佐官之印。另，漢宮警備森嚴，置御守以防禦，《後漢書‧百官志》載：「左右都候各一人，六百石。」〔註72〕見於官名印有：「馬門衛候印」、「都候之印」、「都候丞印」、「都水丞印」、「都船丞印」、「候丞之印」。而漢代重視馬政，置馬

〔註66〕對於漢代田字格使用下限，目前持有二說，一為漢武帝太初元年，一為漢成帝永始四年。詳參第四章第一節姓名印「一、漢姓名印各期特色（一）西漢時期」論述。

〔註67〕《漢書‧武帝紀》：「（太初元年）夏五月，正曆，以正月為歲首。色上黃，數用五，定官名，協音律。」注引張晏曰：「漢據土德，土數五，故用五，謂印文也。若丞相曰"丞相之印章"，諸卿及守相印文不足五字者，以"之"足之。」，頁99上。
《漢官儀》：「孝武皇帝元狩四年，令通官印方寸大，小官印五分，王、公、侯金、二千石銀，千石以下銅印。」，頁49。

〔註68〕《漢書‧文帝紀》：「七年夏六月己亥，帝崩于未央宮。……乙巳，葬霸陵。」，頁77上～78上。

〔註69〕《漢書‧孝武衛皇后傳》：「宣帝立，乃改葬衛后，追諡曰思后，置園邑三百家，長丞周衛奉守焉。」，頁1683下。

〔註70〕《漢書‧元帝紀》：「（竟寧元年）秋七月戊，葬渭陵。」，頁128上。

〔註71〕《漢書‧平帝紀》：「（元始五年）冬十二月丙午，帝崩于未央宮，……奏可葬康陵。」，頁145下。

〔註72〕《後漢書‧百官志》，頁1342下。

廄官丞以便管理，《漢書・百官公卿表》載：「太僕，秦官，掌輿馬，有兩丞。屬官有大殿、未央、家馬三令，各五丞一尉。」〔註73〕見於官名印者則有：「未央廄丞」、「未央廄監」、「北地牧師騎丞」。

　　漢初高祖治國，命「蕭何次律令，韓信申軍法，張蒼定章程，叔孫通制禮儀，陸賈造新語」，〔註74〕文武百官始行臣儀上奏於朝，除制定朝廷君臣禮儀規範外，於諸歸義〔註75〕蠻夷間亦置署官掌其行禮儀節，《漢書・百官公卿表》云：「典客，秦官，掌諸歸義蠻夷，有丞。景帝中六年更名大行令，武帝太初元年更名大鴻臚。」〔註76〕又《後漢書・百官志》載：「大鴻臚，卿一人，中二千石。本注曰：掌諸侯及四方歸義蠻夷。其郊廟行禮，贊導，請行事，即可，以命羣司。諸王入朝，當郊迎，典其禮儀。及郡國上計，匡四方來，亦屬焉。」〔註77〕《後漢書・百官志》：「大行令一人，六百石。……屬大鴻臚，本注曰：『承秦有典屬國別，主四方夷狄朝貢侍子。成帝時，省并大鴻臚，中興省驛官別火二令丞及郡邸長丞，但令郎治郡邸。』」〔註78〕又見於西漢官名印者有：「大鴻臚」、「大行丞印」、「別火丞印」、「郡邸丞印」。其中，「大鴻臚」屬半通印，另如：「左司空」〔註79〕、「保虎圈」〔註80〕、「邦候」〔註81〕、「兼倉嗇」〔註82〕等印亦屬半通印。

　　西漢地方置鹽鐵、均輸之官，《漢書・百官公卿表》：「斡官、鐵市兩長丞。」師古注引如淳曰：「斡音筦，或作幹。幹，主也，主均輸之事，所謂斡鹽鐵而榷

〔註73〕《漢書・百官公卿表》，卷上，頁303下。

〔註74〕《漢書・高帝紀》，卷下，頁58下。

〔註75〕黃盛璋〈匈奴官印綜論〉云：「"歸義"一詞最早見於《漢書・功臣表》武帝元鼎四年"滕侯次公以匈奴歸義王降，侯"，次為同書《趙充國傳》有"歸義羌侯楊玉等"，"歸義"意為歸降。」，《社會科學戰線》1987年第3期，頁142。

〔註76〕《漢書・百官公卿表》，卷上，頁304上。

〔註77〕《後漢書・百官志》，頁1343下。

〔註78〕《後漢書・百官志》，頁1344上。

〔註79〕《漢書・百官公卿表》：「少府，秦官，掌山海地澤之稅，以給共養。……屬官有尚書、符節、太醫、……左右司空……。」，卷上，頁305上。

〔註80〕保虎圈，掌苑囿豢養獸類官職。《漢書・外戚傳下》：「建昭中，上幸虎圈鬥獸，後宮皆坐。」，頁1700下。

〔註81〕邦候一職，漢史缺載。《兩漢官印匯考》：「此當為護衛城門之候印。」，頁27。

〔註82〕兼倉嗇一職，漢史缺載。《兩漢官印匯考》：「疑此為兼主倉嗇之官。」，頁201。

酒酤也。」〔註83〕見於官名印者有：「斡官泉丞」。另如：「若盧令印」〔註84〕，則爲掌典獄、刺姦執法官名印。西漢官名印中，以職掌武職之官名印佔多數比例，如名爲「將軍」者有：「將軍之印章」、「上將軍印章」、「廣漢大將軍章」、「中部將軍章」、「禽適將軍章」、「翼漢將軍章」、「偏將軍印章」、「裨將軍印」、「折衝裨將軍」等；名爲「校尉」者有：「校尉之印」、「校尉之印章」、「建威校尉」、「校尉丞之印」、「長水校尉丞」等；名爲「司馬」者有：「軍司馬印」、「前將軍司馬」、「營軍司馬」、「中營司馬」、「校司馬印」、「騎司馬印」、「校尉司馬丞」等；名爲「千人」者有：「校尉千人」、「騎千人印」、「侵騎千人」、「折衝猥千人」。在眾多軍武官名印中，以將軍爲高級武將，《漢書・百官公卿表》云：「元狩四年初置大司馬，以冠將軍之號。」師古曰：「冠者，加於其上，共爲一官也。」〔註85〕至於校尉，則爲次於將軍之武官，《漢書・百官公卿表》：「凡八校尉，皆武帝初置，有丞、司馬。」〔註86〕而名爲司馬者，則是次於校尉諸武官將，《後漢書・百官志》：「大將軍營五部，部校尉一人，比二千石；軍司馬一人，比千石。」〔註87〕至於名爲千人者，則是統轄千人士兵之武官。另如「尚符璽之印」〔註88〕，即掌符節璽印之官。

　　另有「婕伃妾娋」一印，玉質，紐制鳥，雖不是中央官名印，卻是侍於中央，屬卒後賜爵印。《漢書・外戚傳》載：「至武帝制倢伃、娙娥、傛華、充依各有爵位，而元帝加昭儀之號，凡十四等云。」師古曰：「倢，言接幸於上也。伃，美稱也。」〔註89〕羅福頤〈史印新證舉隅〉云：「前人或作附會之談，以爲是漢宮趙飛燕物，自不可信。……此印文之倢伃，乃其卒時之爵位。妾字乃其自稱，娋，則是其名。古人下對上稱多不用姓，單用名。」〔註90〕「婕伃妾娋」

〔註83〕《漢書・百官公卿表》，卷上，頁 304 下。

〔註84〕《漢書・百官公卿表》：「少府，秦官。……屬官有尚書符節、太醫、太官……若盧。」服虔曰：「若盧，詔獄也。」，卷上，頁 305 上。

〔註85〕《漢書・百官公卿表》，卷上，頁 299 下。

〔註86〕《漢書・百官公卿表》，卷上，頁 309 上。

〔註87〕《後漢書・百官志》，頁 1337 上。

〔註88〕《漢書・惠帝紀》：「宦官尚食比郎中。」注引如淳曰：「主天子物曰尚，主文書曰尚書，又有尚符璽郎也。」，頁 60 下。

〔註89〕《漢書・外戚傳》，卷上，頁 1678 下。

〔註90〕羅福頤：〈史印新證舉隅〉，《古文字研究》第 11 輯，頁 87。

爲將印主姓名連同爵尉合刻於印面，舊稱爲趙飛燕遺印，當誤。

圖一：西漢中央官名印印文圖版

衛園邑丞
《匯》26

宜春禁丞
《匯》136

霸陵園丞
《匯》23

渭陵園令
《匯》28

馬門衛候印
《匯》43

都候丞印
《匯》45

未央廐丞
《匯》53

未央廐監
《匯》54

北地牧師騎丞
《匯》59

別火丞印
《匯》64

郡邸丞印
《匯》65

斡官泉丞
《匯》69

將軍之印章
《匯》146

校尉之印
《匯》186

騎千人印
《匯》263

倢伃妾娋
《概》頁 7

大鴻臚
《匯》61

左司空
《匯》95

保虎園
《匯》133

兼倉厴
《匯》1311

（二）新莽時期

表二十九：新莽中央官名印一覽表

編號	印文	質地	鈕式	尺寸（厘米）	著錄	收藏
1	漢氏文園宰	銅	龜	2.35×2.35	待	
2	漢氏成園丞印	銅		2.35×2.4	墨	
3	中壘左執姦	銅	龜	2.3×2.3		天津藝術博物館
4	甘泉右執姦	銅	瓦	2.35×1.35		故宮博物院
5	常樂蒼龍曲候	銅	龜	2.3×2.35		故宮博物院
6	大司空士姚匡	銅	駝	2.4×2.4		故宮博物院
7	司徒中士張尙	銅	鼻	2.2×2.2		陝西省博物館
8	納言右命士中	銅	龜	2.2×2.2		天津藝術博物館
9	尙書大夫章	銅	龜	2.4×2.35	范	
10	尙書散郎田邑	銅	龜	2.3×2.35		故宮博物院
11	黃室私官右丞	銅	瓦	2.3×2.35		上海博物館
12	中私府長李封字君游	銅	龜	2.4×2.1		上海博物館
13	尙浴	銅	瓦	2.3×1.25		故宮博物院
14	昭城門候印	銅	瓦	2.3×2.3		上海博物館
15	太師軍壘壁前和門丞	銅	龜	2.3×2.3		天津藝術博物館
16	奮武中士印	銅	龜	2.4×2.15		上海博物館
17	偏將軍理軍	銅	龜	2.2×2.3		天津藝術博物館
18	討薉辦軍印	銅	龜	2.3×2.3		天津藝術博物館
19	右關軍庫長	銅	龜	2.4×2.4		上海博物館
20	破姦軍馬丞	銅	瓦	2.35×2.35		故宮博物院
21	五威將焦掾並印	銅	龜	2.3×2.3		上海博物館
22	校尉之印章	銅	瓦	2.4×2.4		
23	立國校尉丞	銅	瓦	2.35×2.35		上海博物館
24	厭難都尉印	銅	瓦	2.3×2.3		上海博物館
25	太師公將軍司馬印	銅	龜	2.4×2.4		故宮博物院
26	軍司馬之印	銅	龜	2.3×2.35		上海博物館

27	塡蠻軍司馬	銅	瓦	2.3×2.35		天津藝術博物館
28	平狄中司馬	銅	鼻	2.2×2.25	赫	
29	定胡軍司馬	銅	龜	2.4×2.35		上海博物館
30	文竹門掌戶	銅	龜	2.35×2.35		天津藝術博物館
31	執灑直二十二	銅	龜	2.3×2.35		故宮博物院

　　新莽時期因王莽復古改制，連帶官名印職稱迥然異於西漢。其中，將印主姓名連同官職名合刻於印面之官印叢出，成爲此時期官印特色。對於這些特殊官名印，羅福頤《古璽印概論》云：

> 傳世漢銅印中有一種如「河間私長朱宏」、「司徒中士張尙」等，這類印章上署官職，下附姓名，不同於一般官印。過去不明其用途，而發生強解。如瞿氏《集古官印考》解釋這類印：「諸曹掾吏甚多，皆由縣令自署，而給以印信，并著以姓名爲別爾。」這種解釋是不對的。自從朝鮮漢墓出「樂浪太守掾王光」兩面木印，才證明這類官職附姓名印不是生人所佩，而是殉葬專用，以表示死者的身分。隨葬這種印的，官職多不高。〔註91〕

以目前遺世官名印來看，這種官職附姓名印多屬新莽時期，故此制印規範可能起於西漢晚期至新莽之間，而盛於新莽。新莽中央官名印中屬此類性質者有：「大司空士姚匡」、「司徒中士張尙」、「尙書散郎田邑」、「中私府長李封字君游」、「五威將焦掾並印」。

　　新莽時期亦置帝王陵寢守園官吏，其官名印有：「漢氏文園宰」、「漢氏成園丞印」，二印屬官分別護守文帝〔註92〕、成帝〔註93〕陵園。另，新莽官名印多存在官名未見於《漢書・百官公卿表》、《後漢書・百官志》者，這些官名印可補史籍之不足。如：「執灑直二十二」、「文竹門掌戶」，據印文推測，「執灑直二十二」當爲執法之官，至於二十二屬何義，仍待考。另如：「中壘左執

〔註91〕羅福頤：《古璽印概論》（臺北：學海出版社，1983年9月），頁30。

〔註92〕《史記・司馬相如傳》：「相如拜爲孝文園令。」《索隱》：「〈百官志〉云：『陵園令，六百石，掌按行掃除也。』」，頁1246上；《漢書・王莽傳》：「縣令長曰宰。」，卷中，頁1730下。

〔註93〕成園，漢成帝陵寢名。《漢書・成帝紀》：「（綏和二年）丙戌，帝崩於未央宮。皇太后詔有司復長安南北郊。四月己卯，葬延陵。」，頁136下。

姦」〔註94〕、「甘泉右執姦」〔註95〕二印，亦是執法刺姦之官吏，而「文竹門掌戶」應是掌護宮殿門戶之官。至於新莽「常樂蒼龍曲候」印，《漢書‧王莽傳》載：「長樂宮曰常樂室，未央宮曰壽成室，前殿曰王路堂，長安曰常安。」〔註96〕此言王莽即位，改易漢諸宮室名，又《漢書‧王莽傳》載：「莽使尚書劾仁：『乘前車，駕𠍴馬，左蒼龍，右白虎，前朱雀，後玄武，⋯⋯。』」〔註97〕乃以「四靈」稱謂宮殿前後左右，故知常樂蒼龍曲候，即護衛常樂宮左宮門官吏。又「納言右命士中」印，《漢書‧王莽傳》：「更名大司農曰羲和，後更為納言。」〔註98〕《漢書‧食貨志》云：「羲和置命士督五均六斡，郡有數人，皆用富賈。」〔註99〕新莽置命士官掌均輸、鹽鐵，並有左右官之分，納言右命士中即專長此業官吏，唯印文「中」字，其義未解。

　　新莽中央官名印中，職掌軍事之官名印亦佔多數比例。有：「偏將軍理軍」、「討薉辦軍印」、「右關軍庫長」、「破姦軍馬丞」、「太師軍疊壁前和門丞」、「立國校尉丞」、「厭難都尉印」、「太師公將軍司馬印」、「填蠻軍司馬」、「平狄中司馬」、「定胡軍司馬」等，這些武官之印，均僅見於新莽，是王莽改制遺留痕跡。

圖二：新莽中央官名印印文圖版

| 大司空士姚匡 《匯》10 | 司徒中士張尚 《匯》13 | 尚書散郎田邑 《匯》76 | 中私府長李封字君游 《匯》127 |

〔註94〕《漢書‧百官公卿表》：「中尉，秦官，掌徼循京師。⋯⋯武帝太初元年更名執金吾，屬官有中壘⋯⋯。」，卷上，頁306上，又《漢書‧王莽傳》：「置執法左右刺姦。」，卷下，頁1745下。

〔註95〕甘泉，甘泉宮。《漢書‧王莽傳》：「置執法左右刺姦。」，卷下，頁1745下。

〔註96〕《漢書‧王莽傳》，卷中，頁1730下。

〔註97〕《漢書‧王莽傳》，卷下，頁1746上。

〔註98〕《漢書‧王莽傳》，卷中，頁1730上。

〔註99〕《漢書‧食貨志》，卷下，頁534上。

五威將焦掾並印
《匯》185

漢氏文園宰
《匯》24

漢氏成園丞印
《匯》29

執濃直二十二
《匯》11

文竹門掌戶
《匯》49

常樂蒼龍曲候
《匯》47

納言右命士中
《匯》70

偏將軍理軍
《匯》167

討薉辦軍印
《匯》172

太師軍壘壁前
和門丞
《匯》184

太師公將軍司馬印
《匯》214

塡蠻軍司馬
《匯》215

（三）東漢時期

表三十：東漢中央官名印一覽表

編號	印文	質地	鈕式	尺寸（厘米）	著錄	收藏
1	順陵園丞	銅	瓦	2.35×2.35		上海博物館
2	御史大夫	銅	鼻	2.4×2.35	存	
3	司徒護軍章	銅	龜	2.5×2.45	存	
4	郎中戶將	銅	鼻	2.1×2.2		天津藝術博物館
5	太醫丞印	銅	瓦	2.4×2.4		故宮博物院
6	太官監丞	銅	鼻	2.5×2.6		故宮博物院
7	鞏官丞印	銅	鼻	2.4×2.4		陝西省博物館
8	織室令印	銅	鼻	2.6×2.5	符	
9	園里監印	銅	龜	2.2×2.2		故宮博物院
10	武庫中丞	銅	鼻	2.25×2.15	存	
11	中廚印信	銅	瓦	2.0×2.05	簠	

12	華閨苑監	銅	瓦	2.5×2.5		上海博物館
13	宣德將軍章	銅質鎏金	鼻	2.4×2.4	鶴	
14	平東將軍章	金	龜	2.4×2.4		
15	橫野將軍章	銀	龜	2.3×2.3	書	
16	虎牙將軍章	銀	龜	2.3×2.3		上海博物館
17	虎牙將軍章	銀	龜	2.3×2.3		上海博物館
18	虎奮將軍章	銅	龜	2.3×2.35	籭	
19	掃難將軍章	銀	龜	2.35×2.3		天津藝術博物館
20	偏將軍印章	銀	龜	2.3×2.3		上海博物館
21	宗正偏將軍章	銅		2.35×2.4	舉	
22	建威偏將軍	銅	龜	2.4×2.4	叢	
23	裨將軍張賽	銅	紐損	2.2×2.3		上海博物館
24	軍倉丞印	銅		2.1×2.1	符	
25	中部校尉章	銅	龜	2.4×2.4	舉	
26	輔漢校尉印	銅	龜	2.3×2.3		上海博物館
27	壘尉之印	銅	瓦	2.4×2.45	存	
28	胡騎校尉	銅	鼻	2.1×2.1		上海博物館
29	越騎校尉	銅		2.2×2.2	碧	
30	武猛校尉	銀	龜	2.45×2.45		上海博物館
31	強弩都尉章	銅	瓦	2.25×2.25		上海博物館
32	陷陳都尉	銅	瓦	2.4×2.5		上海博物館
33	軍司馬印	銅	瓦	2.35×2.4	談	
34	左將軍軍司馬	銅	瓦	2.45×2.45		上海博物館
35	監軍司馬	銅	瓦	2.4×2.4		上海博物館
36	校尉司馬印	銅	龜	2.25×2.3		故宮博物院
37	傅戰司馬印	銅	鼻	2.6×2.5		南京博物館
38	前鋒司馬	銅	瓦	2.4×2.4		故宮博物院
39	陷陣司馬	銅	瓦	2.35×2.35		上海博物館
40	叟陷陣司馬	銅	鼻	2.35×2.35		上海博物館
41	屯田司馬	銅	瓦	2.4×2.4		上海博物館
42	赤甲司馬	銅	瓦	2.4×2.4		上海博物館
43	撫戎司馬	銅	瓦	2.4×2.4		故宮博物院
44	強弩司馬	銅	鼻	2.3×2.3		上海博物館

45	太醫司馬	銅	鼻	2.4×2.4		天津藝術博物館
46	軍稟司馬	銅	瓦	2.45×2.4		上海博物館
47	農司馬印	銅	瓦	2.4×2.4		天津藝術博物館
48	軍假司馬	銅	鼻	2.3×2.3	齋	
49	軍假司馬	銅	橋	2.1×2.3		
50	軍假司馬	銅	瓦	2.4×2.4		上海博物館
51	假司馬印	銅	瓦	2.4×2.4		上海博物館
52	後將軍假司馬	銅	鼻	2.45×2.5		上海博物館
53	鎮南軍假司馬	銅		2.4×2.4	合	
54	昭假司馬	銅	瓦	2.6×2.65		上海博物館
55	別部司馬	銅	鼻	2.4×2.4		上海博物館
56	後將別部司馬	銅	瓦	2.5×2.5	存	
57	左將別部司馬	銅	鼻	2.4×2.4		故宮博物院
58	軍曲候印	銅	鼻	2.3×2.3		上海博物館
59	軍假候印	銅	鼻	2.35×2.4		上海博物館
60	強弩假候	銅	鼻	2.3×2.3		故宮博物院
61	部曲將印	銅	鼻	2.45×2.45		鎮江博物館
62	畜官	銅	鼻	2.6×1.55	碧	

遺世東漢中央官名印所呈現東漢文官職印有別於西漢、新莽時期，均爲前二時期遺存所乏，有：「御史大夫」、「太醫丞印」、「太官監丞」、「䆃官丞印」、「織室令印」、「中廚印信」、「蕐闈苑監」、「畜官」。「御史大夫」，《漢書・百官公卿表》：「御史大夫，秦官，位上卿，銀印青綬，掌副丞相。」〔註100〕「太醫丞印」，《漢書・百官公卿表》：「奉常，秦官，掌宗廟禮儀，有丞。景帝中六年更名太常。屬官有太樂、太祝、太宰、太史、太卜、太醫六令丞。」〔註101〕「太官監丞」，《後漢書・百官志》：「太官令一人，六百石。本注曰：掌御飲食。」〔註102〕「䆃官丞印」，䆃官係導官，《後漢書・百官志》：「導官令一人，六百石。本注曰：主舂御米，及作乾糒。導，擇也。」〔註103〕「織室令印」，《漢書・五行志》：「其乙

〔註100〕《漢書・百官公卿表》，卷上，頁 300 上。

〔註101〕《漢書・百官公卿表》，卷上，頁 300 下。

〔註102〕《後漢書・百官志》，頁 1347 上。

〔註103〕《後漢書・百官志》，頁 1346 下。

亥，凌室災。明日，織室災。凌室所以供養飲食，織室所以奉宗廟衣服。」〔註104〕「中廚印信」，中廚，史籍缺載，按漢時皇后所居曰中宮，中廚或即皇后宮之廚。〔註105〕「蘩圭苑監」，蘩圭苑，漢宮室名，《後漢書・靈帝紀》：「作蘩圭、靈昆苑。」〔註106〕「畜官」，半通印，《漢書・尹翁歸傳》：「盜賊發其比伍中，翁歸輒召其縣長吏，曉告以姦黠主名，教使用類推迹盜賊所過抵，類常如翁歸言，無有遺託。緩於小弱，急於豪彊，豪彊有論罪，輸掌畜官，使斫莝，責以員程，不得取代。」師古曰：「扶風畜牧所在，有苑師之屬，故曰掌畜官也。」。〔註107〕

東漢武官遺世印居兩漢之冠，約莫五十方，其武職稱謂亦多僅見於東漢。《後漢書・百官志》載：

> 大將軍營五部，部校尉一人，比二千石。軍司馬一人，比千石。部下有曲，曲有軍候一人，比六百石。曲下有屯，屯長一人，比二百石。其不置校尉部，但軍司馬一人。又有軍假司馬、假候皆為副貳。
> 其別營領屬為別部司馬，其兵多少各隨時宜。〔註108〕

見於官印者有：「宣德將軍章」、「司徒護軍章」、「武庫中丞」、「平東將軍章」、「橫野將軍章」、「虎牙將軍章」、「虎奮將軍章」、「掃難將軍章」、「宗正偏將軍章」、「建威偏將軍」、「軍倉丞印」、「中部校尉章」、「輔漢校尉印」、「胡騎校尉」、「越騎校尉」、「武猛校尉」、「強弩都尉章」、「陷陳都尉」、「左將軍軍司馬」、「前鋒司馬」、「叟陷陣司馬」、「屯田司馬」、「赤甲司馬」、「太醫司馬」、「農司馬印」、「後將軍假司馬」、「鎮南軍假司馬」、「別部司馬」、「軍曲候印」、「部曲將印」……等，其中「掃難將軍章」、「陷陳都尉」、「叟陷陣司馬」顯現陷陣殺敵情形，而「輔漢校尉印」、「武猛校尉」、「強弩都尉章」有奮勇懾敵氣勢，另如「胡騎校尉」則帶邊塞戈武景象。此外，東漢亦置帝王陵寢守園官吏，有「順陵園丞」，乃護守和帝陵園〔註109〕官名印。

〔註104〕《漢書・五行志》，卷上，頁604下。

〔註105〕《兩漢官印匯考》，頁22。

〔註106〕《後漢書・靈帝紀》，頁138上。

〔註107〕《漢書・尹翁歸傳》，頁1415上。

〔註108〕《後漢書・百官志》，頁1337上下。

〔註109〕《後漢書・和熹鄧皇后紀》：「在位二十年，年四十一。合葬順陵。」，頁164下。

圖三：東漢中央官名印印文圖版

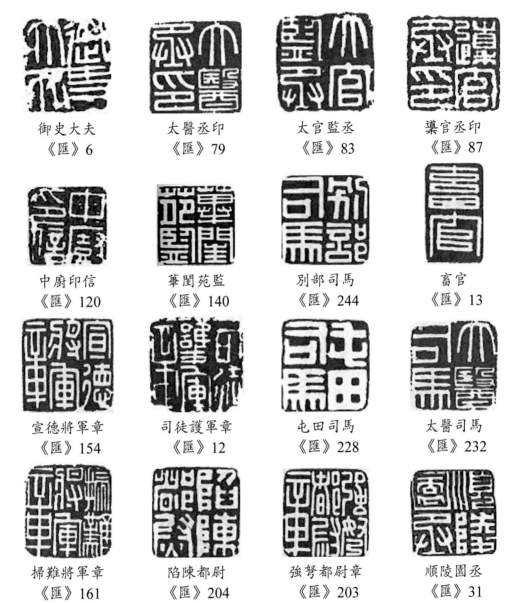

御史大夫
《匯》6

太醫丞印
《匯》79

太官監丞
《匯》83

藥官丞印
《匯》87

中廚印信
《匯》120

華閭苑監
《匯》140

別部司馬
《匯》244

畜官
《匯》13

宣德將軍章
《匯》154

司徒護軍章
《匯》12

屯田司馬
《匯》228

太醫司馬
《匯》232

掃難將軍章
《匯》161

陷陳都尉
《匯》204

強弩都尉章
《匯》203

順陵園丞
《匯》31

二、地方官名印

　　兩漢地方官名印傳世頗多，《兩漢官印匯考》著錄共約三百三十方。對於傳世地方官名印由來，羅福頤〈僂翁印話〉文云：「其實傳世古官印固多將軍及軍司馬、部曲將、軍曲候等官，謂出於古戰役所遺，只一小部分耳。傳世印中縣、令、長、丞，或中朝官印亦自不少，究其來由，亦半出壙墓者矣。」〔註110〕兩漢地方官設立遍及州、縣、邑、道、鄉、里，而地方官名印亦分立大、小官職，

―――――――――――――――――――

〔註110〕羅福頤：〈僂翁印話〉，《古文字研究》第11輯，頁112。

《漢書・百官公卿表》載：「縣令、長，皆秦官，掌治其縣。萬戶以上爲令，秩千石至六百石。減萬戶爲長，秩五百石至三百石，皆有丞、尉，秩四百石至二百石，是爲長吏，百石以下有斗食佐史之秩，是爲少吏。」〔註111〕這些地方官名印保留許多兩漢地理名稱，可與《漢書・百官公卿表》、《漢書・地理志》、《後漢書・百官志》相互印證，亦可補證兩漢典籍官制記載，是校勘史籍重要實物。茲予以西漢、新莽、東漢時期地方官名印列舉論述：

（一）西漢時期

表三十一：西漢地方官名印一覽表

編號	印文	質地	鈕式	尺寸（厘米）	著錄	收藏
1	京兆尹史石揚	銅	鼻	2.2×2.2		天津藝術博物館
2	左奉翊掾王訢印	銅	瓦	2.4×2.4		上海博物館
3	隃麋集掾田宏	銅	瓦	2.3×2.4		故宮博物院
4	長安獄丞□園□印	鉛	無紐兩面印	2.4×2.3	符	
5	五原都尉章五原候印	鉛	無紐兩面印	2.3×2.3		故宮博物院
6	西都三老	銅		1.8×1.8	碧	
7	萬歲單三老	銅	龜	2.4×2.35		故宮博物院
8	新昌始安父老	銅		1.65×1.65		故宮博物院
9	左馮翊丞	銅	瓦	2.3×2.4		臺北故宮博物院
10	臨湘令印	滑石	鼻	2.8×2.8		湖南省博物館
11	稟犧令印	銅	鼻	2.45×2.45	范	
12	渭成令印	銅	瓦	2.35×2.4		故宮博物院
13	安陵令印	銅		2.3×2.4	舉	
14	汾陰令印	銅	瓦	2.3×2.3	簠	
15	贛揄令印	銅	瓦	2.25×2.25		故宮博物院
16	單父令印	銅	鼻	2.35×2.35	符	
17	狼邪令印	銅	瓦	2.3×2.3		故宮博物院

〔註111〕《漢書・百官公卿表》，卷上，頁312上。

18	泉陵令印	銅	鼻	2.2×2	存	
19	逃陽令印	滑石	壇	2.2×2.2		湖南省博物館
20	廣信令印	滑石	鼻	2.4×2.4		湖南省博物館
21	陽曲令印	銅		2.2×2.3		天津藝術博物館
22	臨沅令印	滑石	覆斗	2.1×1.8		湖南省博物館
23	鞏右尉印	銅	瓦	2.3×2.3		天津藝術博物館
24	汝南尉印	銅	鼻	2.35×2.3	符	
25	歸德尉印	銅	鼻	2.3×2.35	存	
26	茂陵尉印	滑石	無紐	2.5×2.5		上海博物館
27	梧左尉印	銅	瓦	2.25×2.25		故宮博物院
28	靈右尉印	銅	瓦	2.35×2.35		故宮博物院
29	泠道尉印	石	鼻	2.3×2.3		湖南省博物館
30	牟右尉印	銅	瓦	2.4×2.4		上海博物館
31	勮左尉印	銅	鼻	2.3×2.3	存	
32	武陵尉印	銅	瓦	2.2×2.3		故宮博物院
33	勮右尉印	銅	鼻	2.35×2.35		故宮博物院
34	張掖尉丞	銅	鼻	2.3×2.35	合	
35	琅邪尉丞	銅	瓦	2.3×2.3		上海博物館
36	日南尉丞	銅	瓦	2.35×2.3		上海博物館
37	濟南尉丞	銅	瓦	2.3×2.25		故宮博物院
38	山陽尉丞	銅	瓦	2.3×2.3		故宮博物院
39	渭成右尉	銅	鼻	2.2×2.15	程	
40	鰲座右尉	銅	瓦	2.3×2.3		上海博物館
41	陽夏右尉	銅	鼻	2.35×2.3	存	
42	建陽右尉	銅	鼻	2.25×2.3	存	
43	梧成右尉	陶	鼻	2×2.25		上海博物館
44	杜陵右尉	銅	鼻	2.45×2.3	存	
45	肥城右尉	銅	瓦	2.25×2.25	存	
46	漁陽右尉	銅	瓦	2.3×2.5		上海博物館
47	育黎右尉	銅	鼻	2.3×2.3		故宮博物院
48	朱吾右尉	銅	瓦	2.25×2.25		故宮博物院
49	丹徒右尉	銅	鼻	2.2×2.2		鎮江博物館

50	涅陽右尉	銅		2.25×2.2	凝	
51	涅陽左尉	銅	鼻	2.2×2.2		故宮博物院
52	三封左尉	銅	瓦	2.3×2.3		故宮博物院
53	皋猷左尉	銅	鼻	2.1×2.2		故宮博物院
54	曲陽左尉	銅	瓦	2.2×2.2		天津藝術博物館
55	濕成左尉	銅	鼻	1.9×2		天津藝術博物館
56	上曲左尉	銅		2.2×2.3	得	
57	朝那左尉	銅	瓦	2.25×2.25		故宮博物院
58	蘭陵左尉	銅	鼻	2.35×2.35	墨	
59	大成左尉	銅	鼻	2.3×2.3	存	
60	虹之左尉	銅	鼻	2.2×2.2		南京博物院
61	豐長之印	銅	鼻	2.4×2.3	存	
62	柜長之印	銅	瓦	2.35×2.3		故宮博物院
63	羅長之印	滑石	鼻	2.5×2.5		湖南省博物館
64	春陵之印	滑石	鼻	2.5×2.1		湖南省博物館
65	字丞之印	銅	蛇	2.45×2.45		上海博物館
66	鄴丞之印	銅	瓦	2.2×2.2		臺北故宮博物院
67	雝丞之印	銅	蛇	2.4×2.4		故宮博物院
68	朐長之印	銅	瓦	2.4×2.4		故宮博物院
69	益長之印	銅	鼻	2.2×2.2	叢	
70	犛田之史	銅	橋	2.6×2.6		陝西寶雞博物館
71	利成長印	銅	瓦	2.4×2.4		上海博物館
72	睢陵長印	銅	鼻	2.25×2.3	叢	
73	阿陽長印	銅	瓦	2.3×2.2		臺北故宮博物院
74	臨羌長印	銅	鼻	2.3×2.3	秦	
75	高樂長印	銅	鼻	2.3×2.35	存	
76	新陽長印	銅	瓦	2.35×2.3		上海博物館
77	洮陽長印	滑石	壇	2.6×2.6		湖南省博物館
78	夷道長印	銅	鼻	2.3×2.3	存	
79	酉陽長印	滑石	鼻	2.4×2.2		湖南省博物館
80	襄洛長印	銅	鼻	2.3×2.35	凝	
81	武進長印	銅	鼻	2.4×2.4	符	

82	益陽長印	滑石		2.3×2.3	存	
83	厚丘長印	銅	鼻	2.35×2.35	簠	
84	浮陽丞印	銅	瓦	2.35×2.3		故宮博物院
85	成皋丞印	銅	瓦	2.5×2.4		天津藝術博物館
86	脩武丞印	銅	瓦	2.35×2.35	堂	
87	舞陽丞印	銅	瓦	2.5×2.45	書	
88	宣成丞印	銅	鼻	2.4×2		上海博物館
89	寧陽丞印	銅	瓦	2.35×2.35		故宮博物院
90	平陸丞印	銅	蛇	2.55×2.5		上海博物館
91	臨湘丞印	滑石	鼻	2.4×2.4		湖南省博物館
92	弋居丞印	銅		2.3×2.3		上海博物館印文資料
93	安漢丞印	銅	鼻	2.45×2.4	簠	
94	靈州丞印	銅	瓦	2.35×2.3		故宮博物院
95	武都丞印	銅	瓦	2.2×2.2		故宮博物院
96	上祿丞印	銅	鼻	2.35×2.3		故宮博物院
97	彭城丞印	銅	蛇	2.53×2.5	書	
98	琅槐丞印	銅	瓦	2.3×2.3		上海博物館
99	洮陽丞印	滑石	鼻	2.6×2.5		
100	賓徒丞印	銅	瓦	2.4×2.4	談	
101	濕成丞印	銅	鼻	2.25×2.2	存	
102	雲中丞印	銅	瓦	2.4×2.4		內蒙古博物館
103	北輿丞印	銅	鼻	2.3×2.35	存	
104	臨菑丞印	銅		2.5×2.6	魏	
105	西安丞印	銅	瓦	2.35×2.3		天津藝術博物館
106	海鹽右丞	銅	瓦	2.25×2.3		故宮博物院
107	東萊守丞	銅	鼻	2.35×2.3	存	
108	南陽水丞	銅	鼻	2.15×2.2	簠	
109	西河農令	銅	橋	2.35×2.35		
110	朔力農丞	銅	鼻	3×1.6		上海博物館
111	楗爲農丞	銅	鼻	2.3×2.3	存	
112	隴前農丞	銅	瓦	2.35×2.3		故宮博物院

113	稻左農長	銅	瓦	2.35×1.4		上海博物館
114	代郡農長	銅	瓦	2.3×2.4		故宮博物院
115	梁菑農長	銅	瓦	2.95×1.5		故宮博物院
116	夕陽候長	銅	鼻	2.2×2.15	凝	
117	蒼梧候丞	銅		2.4×2.4	碧	
118	濟南候印	銅	瓦	2.25×2.4		故宮博物院
119	南郡候印	銅	魚	2.1×2.1	舉	
120	胥浦候印	銅	魚	2.1×2.1		布魯塞爾皇家藝術與歷史博物館
121	千乘均監	銅	瓦	2.3×2.3	訒	
122	溫水都監	銅	瓦	2.25×2.25	舉	
123	昫衍道尉	銅	瓦	2.3×2.3		天津藝術博物館
124	高柳塞尉	銅	鼻	2.45×2.4	磬	
125	濟南司馬	銅	瓦	2.3×2.5		上海博物館
126	西河馬丞	銅	瓦	2.4×2.4		天津藝術博物館
127	安屬左騎千人	銅		2.3×2.35	衡	
128	張掖水章長	銅	龜	2.35×2.35		臺北歷史博物館
129	屬國倉丞	銅	瓦	2.4×2.4		天津藝術博物館
130	浙江都水	銅	蛇	2.5×2.5		上海博物館
131	宣曲喪事	銅	瓦	2.4×2.4		故宮博物院
132	武岡長印	滑石	鼻	2.2×2.2		湖南省博物館
133	陸糧尉印	滑石	壇	2.4×2.4		湖南省博物館
134	上沅漁監	銅	瓦	2×2		湖南省博物館
135	方除長印	銅	鼻	2.3×2.4		陝西省博物館
136	高武左尉	銅	瓦	2.4×2.35		上海博物館
137	立降右尉	銅	瓦	2.3×2.4		故宮博物院
138	屬會左尉	銅	瓦	2.35×2.4		天津藝術博物館
139	西眩都丞	銅	未註明	2.4×2.3	尊	
140	上昌農長	銅	瓦	3×1.6		上海博物館
141	上久農長	銅	瓦	2.95×1.55		故宮博物院
142	霸西祭尊	銅	瓦	2.35×2.2		上海博物館

143	衛舍祭尊	銅	龜	2.3×2.25		上海博物館
144	安民里祭尊印	銅	瓦	2×2	舉	
145	少年單印	銅	瓦	2.1×2.1		上海博物館
146	長生單祭尊印	銅		2.25×2.25	舉	
147	長壽萬年 單左平政	銅	龜	1.85×1.95		故宮博物院
148	斜傳	銅	橋	2.6×1.5		陝西寶雞博物館
149	桂丞	滑石	壇	2.4×2		湖南省博物館
150	荼陵	滑石	鼻	2.6×1.8		湖南省博物館
151	攸丞	滑石	覆斗	2.35×2.35		湖南省博物館
152	圖水	銅	瓦	2.5×1.3		故宮博物院
153	左礜桃支	銅	蛇	2.5×2.5		天津藝術博物館

　　西漢地方官名印印文，同具新莽時期官名附姓名之印，有：「京兆尹史石揚」、「左奉翊掾王訢印」、「隃麋集掾田宏」，其中京兆尹地屬京畿，左奉翊又爲左馮翊，地屬長安，隃麋屬漢縣名。從這三方官印看來，官名附姓名印制度，顯然並不侷限於中央官名印，各地州郡縣吏殉葬時亦可鑄之。另，西漢地方官名印出現二方兩面印，即「長安獄丞」（□園□印）、「五原都尉章」（五原候印），羅福頤根據兩面印特徵，稱其爲「漢鑄印母范」。〔註112〕在上表舉列一百五十三方地方官名印中，其印文刻鑄地名多數可從《漢書・地理志》、《後漢書・郡國志》中獲得引證，少數如「武岡長印」、「陸糧尉印」、「上沅漁監」、「方除長印」、「高武左尉」、「立降右尉」、「屬膾左尉」、「西眩都丞」、「上昌農長」、「上久農長」等印爲史籍未載。其中有關「方除長印」印，劉釗〈釋兩方漢代官印〉一文云：「按"方除"之"除"應讀爲"與"，古音除在定紐魚部，與在喻紐魚部，喻紐古讀爲定紐，故"除"、"與"二字於音可通。……《漢書・地理志》山陽郡屬下有方與縣，其地在今山東魚臺西。印文"方除"應即《漢書・地理志》之"方與"。"方除長印"是方與縣長所持之印。」〔註113〕劉氏考釋頗可採信。

　　西漢官名印職稱，以史、長、令、丞、尉職最屬常見，《漢書・百官公卿表》

〔註112〕羅福頤：《古璽印概論》（臺北：學海出版社，1983年9月），頁38。

〔註113〕劉釗：〈釋兩方漢代官印〉，《古文字考釋叢稿》（湖南：岳麓書社，2005年7月），頁205。

載：「縣令、長，皆秦官，掌治其縣。萬戶以上爲令，秩千石至六百石。減萬戶爲長，秩五百石至三百石，皆有丞、尉，秩四百石至二百石，是爲長吏，百石以下有斗食佐史之秩，是爲少吏。」〔註114〕然亦有特殊職官稱謂，如：三老、祭尊。三老，《漢書・百官公卿表》：「鄉有三老、有秩、嗇夫、游徼。三老掌教化。」〔註115〕見於西漢地方官名印有：「西都三老」、「萬歲單三老」，至於東漢地方官署印則有「三老舍印」。祭尊，史籍未載，《兩漢官印匯考》云：「祭尊，猶祭酒。」〔註116〕《史記・淮南衡山列傳》：「夫吳王賜號爲劉氏祭酒。」《集解》應劭曰：「禮『飲酒必祭，示有先也。』故稱祭酒，尊也。」〔註117〕祭尊官名見於西漢地方官名印有：「東昌祭尊」、「霸西祭尊」、「衛舍祭尊」、「安民里祭尊印」、「長生單祭尊印」，其中「霸西祭尊」、「衛舍祭尊」、「安民里祭尊印」、「長生單祭尊印」史籍均未載其地名。另如「斜傳」、「桂丞」、「攸丞」、「荼陵」、「圖水」、「上昌農長」、「上久農長」等則屬半通印。

另外，有關「左礜桃支」印文考釋方面，羅福頤《秦漢南北朝官印徵存》將其收錄於“漢初官印”，釋其爲西漢地方官名印，而劉釗〈說漢“左礜桃支”印〉一文則釋云：

> 《說文》：『礜，毒石也，出漢中。』……可見“礜”確實又稱爲“白石”。古代方術家認爲“白石”可以驅鬼，……“桃支”應讀作“桃枝”。“枝”從“支”聲，故“支”可用作“枝”。桃枝即桃樹的枝條。桃枝在古代也被用來當做驅鬼之物。……璽文中的“左”字應該就是指方位而言。至於“左”字到底是泛指左邊“左”，還是指房屋或門戶等具體之“左”，則一時還不得而知。……“左礜桃支”印與前所列諸多道家印具有相同性質。這一方璽印的破釋，可爲漢代道家印增加一個新的品類，也爲研究漢代道教及方術提供了一條新資料。〔註118〕

〔註114〕《漢書・百官公卿表》，卷上，頁 312 上。

〔註115〕《漢書・百官公卿表》，卷上，頁 312 下。

〔註116〕《兩漢官印匯考》，頁 207。

〔註117〕《史記・淮南衡山王列傳》，頁 1259 上。

〔註118〕劉釗：〈說漢“左礜桃支”印〉，《古文字考釋叢稿》（湖南：岳麓書社，2005 年 7 月），頁 207～209。

劉釗根據「左礜桃支」字義，釋本印爲道教印。然觀遺存漢代道教印，諸如：
「黃神越章」、「黃神之印」、「天帝使者之印」、「天帝神之印」、「黃神越章天
帝神之印」、「神通」、「神通印」……等，印文名稱不離“黃神”、“天帝”、
“神通”字語，未見與「左礜桃支」相似者，故根據字義釋其爲道家印，仍
頗具爭議，待考。

圖四：西漢地方官名印印文圖版

京兆尹史石揚
《匯》273

左奉翊掾王訢印
《匯》294

隃麋集掾田宏
《匯》320

高武左尉
《匯》960

長安獄丞
《匯》280

□園□印
《匯》280

上沅漁監
《匯》713

方除長印
《匯》952

西眩都丞
《匯》1278

上久農長
《匯》1282

西都三老
《匯》1352

萬歲單三老
《匯》1353

東昌祭尊
《匯》1357

霸西祭尊
《匯》1358

荼陵
《匯》711

左礜桃支
《存》61

（二）新莽時期

表三十二：新莽地方官名印一覽表

編號	印文	質地	鈕式	尺寸（厘米）	著錄	收藏
1	洽平馬丞印鞏縣徒丞印	黑石	無紐兩面印	2.3×2.3		故宮博物院
2	虢縣馬丞印	銅	瓦	2.4×2.4	墨	
3	汾陰馬丞印	銅	瓦	2.35×2.4	亭	
4	陝縣馬丞印	銅	瓦	2.35×2.35	簠	
5	贛揄馬丞印	銅	瓦	2.3×2.4		故宮博物院
6	昌縣馬丞印	銅	瓦	2.35×2.35		故宮博物院
7	鄭縣馬丞印	銅	瓦	2.25×2.3		臺北故宮博物院
8	甄城馬丞印	銅	瓦	2.3×2.3		天津藝術博物館
9	傿陵馬丞印	銅	瓦	2.3×2.3		臺北故宮博物院
10	圜陽馬丞印	銅	瓦	2,35×2.35		故宮博物院
11	睢陵馬丞印	銅	瓦	2.3×2.3		上海博物館
12	下密馬丞印	銅	瓦	2.35×2.4		上海博物館
13	竇安馬丞印	銅	瓦	2.3×2.3		故宮博物院
14	原都馬丞印	銅	瓦	2.35×2.35		故宮博物院
15	東平陸馬丞	銅	瓦	2.35×2.35		故宮博物院
16	爰得徒丞印	銅	瓦	2.3×2.4		天津藝術博物館
17	陝縣徒丞印	銅		2.35×2.35	簠	
18	雛盧徒丞印	銅	瓦	2.3×2.3	舉	
19	犖縣徒丞印	銅	瓦	2.3×2.3		天津藝術博物館
20	離丘徒丞印	銅		2.3×2.35	舉	
21	鞣昌縣徒丞	銅	瓦	2.3×2.3		故宮博物院
22	故且蘭徒丞	銅	瓦	2.3×2.35	存	
23	烏傷空丞印	銅	瓦	2.3×2.3		故宮博物院
24	阿陵空丞印	銅	瓦	2.35×2.35		故宮博物院
25	中都空丞印	銅	瓦	2.4×2.4		上海博物館
26	班氏空丞印	銅	瓦	2.2×2.3		天津藝術博物館
27	靈武尹丞印	銅	瓦	2.4×2.35		天津藝術博物館
28	武威後尉丞	銅	龜	2.3×2.3		天津藝術博物館

29	樂浪前尉丞	銅		2.35×2.35	磊	
30	設屏農尉章	銀	龜	2.35×2.35		上海博物館
31	義溝道宰印	銅	龜	2.25×2.25	存	
32	建伶道宰印	銅	龜	2.15×2.2		故宮博物院
33	脩合縣宰印	銅	龜	2.3×2.3		故宮博物院
34	棘陽縣宰印	銅	龜	2.4×2.4		故宮博物院
35	陸渾關宰印	銅	龜	2.3×2.3	書	
36	望平宰之印	銅	龜	2.3×2.3		天津藝術博物館
37	含洭宰之印	銅	龜	2.3×2.3	書	
38	有年宰之印	銅	龜	2.4×2.4		上海博物館
39	穎陰宰之印	銅	龜	2.3×2.3	符	
40	圜陽宰之印	銅	龜	2.3×2.3		天津藝術博物館
41	蒙陰宰之印	銅	龜	2.3×2.35		故宮博物院
42	廬江亭閒田宰	銅	龜	2.2×2.2		天津藝術博物館
43	成紀閒田宰	銅	龜	2.2×2.2		天津藝術博物館
44	夙夜閒田宰	銅	龜	2.2×2.2	存	
45	屬國倉宰印	銅	龜	2.4×2.4		中國歷史博物館
46	水順副貳印	銅	鼻	2.35×2.35		上海博物館
47	魏部牧貳印	銅	龜	2.25×2.3		中國歷史博物館
48	楊州理軍一印	銅		2.2×2.2	存	
49	敦德步廣曲候	銅	龜	2.3×2.3		故宮博物院
50	敦德尹曲後候	銅	龜	2.35×2.35		上海博物館
51	文德左千人	銅	龜	2.35×2.35		故宮博物院
52	木禾右執姦	銅	瓦	2.7×1.4		上海博物館
53	西海羌騎司馬	銅	瓦	2.3×2.35	簠	
54	槙翰寧部司馬	銅	龜	2.4×2.4		上海博物館
55	西海沙塞右尉	銅	瓦	2.3×2.35		上海博物館
56	得降卻胡候	銅	龜	2.3×2.3		故宮博物院
57	漁陽長平候	銅	龜	2.3×2.3	存	
58	集降尹中後候	銅	龜	2.3×2.35		故宮博物院
59	將田己部右候	銅	龜	2.35×2.24		上海博物館
60	新成左祭酒	銅	龜	2.15×2.15	魏	
61	孝子單祭尊	銅	瓦	2.2×2.25		故宮博物院
62	慈孝單左史	銅	鼻	2.35×2.5		天津藝術博物館

63	孝弟單右史訒	銅	龜	2.3×2.3		故宮博物院
64	長壽單右廚護	銅		2.3×2.3	舉	
65	新成順德單右集之印	銅	瓦	2.3×2.3		上海博物館
66	五屬嗇	銅	瓦	2.6×1.25		故宮博物院

　　王莽治國，依《周官》、《王制》託古改制，改易許多西漢時期官名和地名，故使新莽地方官名印印文異於前代，最爲顯著者即「宰」字大量運用。西漢地方官名印中「縣令稱長」，如：「高樂長印」、「利成長印」、「睢陵長印」、「洮陽長印」、「夷道長印」等，然《漢書·王莽傳》載：「縣令長曰宰。」〔註119〕故新莽時期地方官名印中，凡縣令之長皆曰宰，有：「脩合縣宰印」、「有年宰之印」、「潁陰宰之印」、「陸渾關宰印」、「蒙陰宰之印」、「棘陽縣宰印」、「含洭宰之印」、「廬江亭閒田宰」、「建伶道宰印」、「成紀閒田宰」、「義溝道宰印」、「圜陽宰之印」、「望平宰之印」、「屬國倉宰印」。又如：「洽平馬丞印」〔註120〕、「幹昌縣徒丞」〔註121〕、「有年宰之印」〔註122〕、「水順副貳印」〔註123〕、「夙夜閒田宰」〔註124〕、「廬江亭閒田宰」〔註125〕、「西海羌騎司馬」〔註126〕、「武威後尉丞」〔註127〕、「設屏農尉章」〔註128〕、「敦德步廣曲候」〔註129〕、「楨翰寧部司馬」

〔註119〕《漢書·王莽傳》，卷中，頁1730下。

〔註120〕《漢書·地理志》：「河南郡……縣二十二……平，莽曰治平。」，卷上，頁693上～695下。

〔註121〕《漢書·地理志》：「河東郡……縣二十四……襄陵，有班氏香亭，莽曰幹昌。」，卷上，頁683上～685下。

〔註122〕《漢書·地理志》：「河東郡……縣二十四……楊，莽曰有年亭。」，卷上，頁683上～686上。

〔註123〕《漢書·地理志》：「泗水國，故東海郡，武帝元鼎四年別爲泗水國，莽曰水順。」，卷下，頁848上。

〔註124〕《漢書·地理志》：「東萊郡……縣十七……不夜，有成山日祠，莽曰夙夜」，卷上，頁750上～751上。

〔註125〕《漢書·地理志》：「廬江郡……縣十二……襄安，莽曰廬江亭也。」，卷上，頁719下～721上。

〔註126〕《漢書·地理志》：「金城郡，昭帝始元六年置，莽曰西海。」，卷下，頁801下。

〔註127〕《漢書·地理志》：「武威郡，故匈奴休屠王地，武帝太初四年開，莽曰張掖。」，卷下，頁805上。

〔註128〕《漢書·地理志》：「張掖郡，故匈奴昆邪王地，武帝太初元年開，莽曰設屏。」，

〔註130〕、「得降卻胡候」〔註131〕等印，且其地名皆爲王莽改易西漢地名。另，「脩合縣宰印」、「文德左千人」、「集降尹中後候」、「將田己部右候」、「竇安馬丞印」，地名史籍未載，或爲王莽新置。新莽地方官名印中亦具兩面印，如：「洽平馬丞印」（鞏縣徒丞印）一印，應當是鑄印母范。而新莽亦置祭尊，有「孝子單祭尊」、「新成左祭酒」，此時期分稱祭尊、祭酒，更能確應劭曰：「禮『飲酒必祭，示有先也。』故稱祭酒，尊也。」無誤。

圖五：新莽地方官名印印文圖版

脩合縣宰印
《匯》297

有年宰之印
《匯》358

穎陰宰之印
《匯》377

蒙陰宰之印
《匯》478

盧江亭閒田宰
《匯》726

西海羌騎司馬
《匯》820

幹昌縣徒丞
《匯》356

水順副貳印
《匯》508

夙夜閒田宰
《匯》624

敦德步廣曲候
《匯》839

將田己部右候
《匯》951

竇安馬丞印
《匯》958

卷下，頁806上。

〔註129〕《漢書・地理志》：「敦煌郡，……莽曰敦德。……縣六。敦煌，中部都尉治步廣候官。」，卷下，頁807上下。

〔註130〕《漢書・地理志》：「上郡……縣二十三……楨林，莽曰楨幹。」，卷下，頁811上～812上。

〔註131〕《漢書・地理志》：「定襄郡，高帝置，莽曰得降，屬并州。」，卷下，頁816上。

洽平馬丞印	鞏縣徒丞印	孝子單祭尊	新成左祭酒
《匯》338	《匯》338	《匯》1366	《匯》1356

（三）東漢時期

表三十三：東漢地方官名印一覽表

編號	印文	質地	鈕式	尺寸（厘米）	著錄	收藏
1	樂浪太守掾王光之印	木	無紐兩面印	2.2×2.2	書	
2	高陵丞印 陽陵丞印	銅	無紐兩面印	2.3×2.3	舉	
3	武原令印 武原令印	黑石	無紐兩面印	2.3×2.3		棗莊市博物館
4	河東太守章	銅	龜	2.55×2.5		臺北歷史博物館
5	內黃令印	銅	鼻	2.4×2.4	澂	
6	長安令印	銅	瓦	2.25×2.2		臺北歷史博物館
7	頻陽令印	銅	橋	2.5×2.55		洛陽市博物館
8	陽陵令印	銅	瓦	2.5×2.4		上海博物館
9	雲陽令印	銅	瓦	2.5×2.5		上海博物館
10	長平令印	銅	鼻	2.5×2.55	談	
11	雒陽令印	銅	瓦	2.5×2.5		上海博物館
12	穀成令印	銅	鼻	2.4×2.3		上海博物館
13	南頓令印	銅	鼻	2.5×2.5	存	
14	晉陽令印	銅	瓦	2.55×2.5		天津藝術博物館
15	廣武令印	銅	瓦	2.5×2.5		涇川縣文化館
16	遂久令印	銅	瓦	2.5×2.5		故宮博物院
17	雲南令印	銅	瓦	2.5×2.45	簠	
18	善無令印	銅		2.6×2.55	符	
19	雲南令印	銅	鼻	2.55×2.55	考	

20	陽翟令印	銅	鼻	2.5×2.5		上海博物館
21	尋陽令印	銅	鼻	2.55×2.5	澂	
22	梓潼令印	銅	瓦	2.6×2.55		上海博物館
23	東武令印	銅	瓦	2.4×2.4		故宮博物院
24	新野令印	銅	鼻	2.55×2.55	伏	
25	平原令印	銅	鼻	2.65×2.6		南京市博物館
26	膠東令印	銅	鼻	2.5×2.4	凝	
27	堵陽右尉	銅	鼻	2.4×2.4	罄	
28	梓潼右尉	銅	鼻	2.1×2.15	庵	
29	新都右尉	銅	瓦	2.6×2.65		上海博物館
30	襄賁右尉	銅	瓦	2.45×2.45		故宮博物院
31	臨朐右尉	銅	瓦	2.45×2.45		天津藝術博物館
32	朝陽右尉	銅	鼻	2.5×2.5	堂	
33	魯陽右尉	銅	鼻	2.4×2.5		天津藝術博物館
34	臨湘右尉	銅	橋	2.5×2.5		湖南省常德地區博物館
35	櫟榆右尉	銅	瓦	2.5×2.45		上海博物館
36	高奴左尉	銅	瓦	2.5×2.5		天津藝術博物館
37	浚國左尉	銅	鼻	2.45×2.4	存	
38	蘭干左尉	銅	龜	2.7×2.65		上海博物館
39	來安左尉	銅	瓦	2.35×2.35		故宮博物院
40	南鄉左尉	銅	鼻	2.5×2.5		故宮博物院
41	東莞左尉	銅	鼻	2.5×2.5	凝	
42	堂邑左尉	銅	瓦	2.5×2.5		上海博物館
43	南皮左尉	銅	瓦	2.3×2.3		上海博物館
44	湏昌左尉	銅	瓦	2.3×2.3		天津藝術博物館
45	新汲左尉	銅	瓦	2.6×2.5		上海博物館
46	林慮左尉	銅	鼻	2.4×2.4	范	
47	陸渾左尉	銅	瓦	2.35×2.35	亭	
48	新野左尉	銅	鼻	2.2×2.2	存	
49	棘陽左尉	銅	鼻	2.35×2.3	後	
50	彭城左尉	銅	瓦	2.25×2.5		上海博物館
51	軍都左尉	銅	瓦	2.5×2.4	亭	
52	雕奴左尉	銅		2.5×2.5	叢	
53	南深澤尉	銅	鼻	2.6×2.6		故宮博物院
54	廣陵尉丞	銅	鼻	2.35×2.45	墨	

55	馬城尉印	銅	瓦	2.4×2.45		天津藝術博物館
56	泥陽尉印	銅	瓦	2.4×2.4		上海博物館
57	談指尉印	銅	瓦	2.45×2.45	魏	
58	承左尉印	銅	瓦	2.2×2.3		天津藝術博物館
59	穰左尉印	銅	鼻	2.6×2.6	齋	
60	故郜尉印	銅	鼻	2.35×2.3		臺北故宮博物院
61	剡左尉印	銅	鼻	2.4×2.4		臺北故宮博物院
62	索左尉印	滑石	盝頂	2.8×2.8		湖南省常德地區博物館
63	武德長印	銅	瓦	2.5×2.5		上海博物館
64	河陽長印	銅	瓦	2.6×2.5		中國歷史博物館
65	吳房長印	銅	鼻	2.4×2.35	舉	
66	新陽長印	銅	瓦	2.6×2.6		臺北故宮博物院
67	房子長印	銅	鼻	2.5×2.5	澂	
68	厚丘長印	銅	鼻	2.4×2.4		上海博物館
69	平棘長印	銅	鼻	2.6×2.6	存	
70	安憙長印	銅	鼻	2.3×2.3	存	
71	廩丘長印	銅	鼻	2.45×2.4		故宮博物院
72	東安長印	銅	鼻	2.4×2.4		故宮博物院
73	平安長印	銅	橋	2.55×2.55	符	
74	海陵長印	銅	瓦	2.5×2.4		中國歷史博物館
75	營浦長印	銅	鼻	2.4×2.4	存	
76	酉陽長印	滑石	壇	2.5×2.5		湖南省博物館
77	休著長印	銅	鼻	2.5×2.5		故宮博物院
78	離石長印	銅	瓦	2.55×2.5		上海博物館
79	臨卭長印	銅	瓦	2.45×2.35		故宮博物院
80	離水長印	銅	龜	2.4×2.4	亭	
81	巂泠長印	銅	瓦	2.5×2.6		故宮博物院
82	東牟長印	銅	鼻	2.6×2.55	罄	
83	汪陶長印	銅	瓦	2.55×2.55		上海博物館
84	朔方長印	銅	鼻	2.3×2.35		臺北故宮博物院
85	故安長印	銅	鼻	2.5×2.45		上海博物館
86	楪榆長印	銅	瓦	2.55×2.55		故宮博物院
87	平舒長印	銅	瓦	2.4×2.4		上海博物館
88	長安市長	銅	鼻	2.4×2.4		上海博物館
89	譙令之印	銅	鼻	2.45×2.45		故宮博物院
90	蕃令之印	銅	瓦	2.3×2.3		天津藝術博物館
91	薛令之印	銅	鼻	2.55×2.55		故宮博物院

92	費丞之印	銅	鼻	2.3×2.25	凝	
93	酇丞之印	銅	鼻	2.6×2.5	存	
94	隋長之印	銅		2.4×2.45	存	
95	隋丞之印	銅		2.5×2.55	尊	
96	鄂丞之印	銅	鼻	2.55×2.65	郵	
97	東郡守丞	銅	鼻	2.45×2.5		故宮博物院
98	南陽守丞	銅質鎏金	鼻	2.3×2.4		上海博物館
99	武陵守丞	銅	鼻	2.1×2.15	簠	
100	南海守丞	銅	鼻	2.55×2.55	叢	
101	九原丞印	銅	鼻	2.5×2.5		故宮博物院
102	朱虛丞印	銅	鼻	2.5×1.25		故宮博物院
103	俞元丞印	銅	鼻	2.5×2.4	存	
104	酉陽丞印	滑石	盝頂	2.7×2.7		湖南省常德地區博物館
105	鐘壽丞印	銅	鼻	2.45×2.4		上海博物館
106	屯留丞印	銅	鼻	2.6×2.5		故宮博物院
107	海鹽丞印	銅	瓦	2.45×2.5		上海博物館
108	容城丞印	銅	橋	2.5×2.4	叢	
109	南孟祭尊	銅	瓦	2.55×2.5		上海博物館
110	米粟祭尊	銅	龜	2.35×2.2	舉	
111	金門祭尊	銅		2.25×2.25	舉	
112	新安平政單印	銅	瓦	2.2×2.2	舉	

　　東漢地方官名印依循西漢舊制，復新莽「縣令長曰宰」為令、長，《漢書‧百官公卿表》載：「縣令、長皆秦官，掌治其縣。萬戶以上為令，秩千石至六百石。減萬戶為長，秩五百石至三百石。」〔註132〕見於東漢地方令、長官職印有：「長安令印」、「頻陽令印」、「陽陵令印」、「雲陽令印」、「武德長印」、「河陽長印」、「吳房長印」、「新陽長印」、「房子長印」、「安憙長印」、「廩丘長印」、「厚丘長印」、「東安長印」等，數量繁多，足佔遺世東漢地方官名印近一半左右。東漢亦具兩面鑄印母范，有「高陵丞印」（陽陵丞印）、「武原令印」（武原令印）。另有官名附姓名印，如「樂浪太守掾王光之印」，此當是殉葬明器。東漢地方官名印地名，多可從地理志當中獲得徵引，唯「鐘壽丞印」、「浚國左尉」、「米粟祭尊」、「新安平政單印」乃漢志未載。

圖六：東漢地方官名印印文圖版

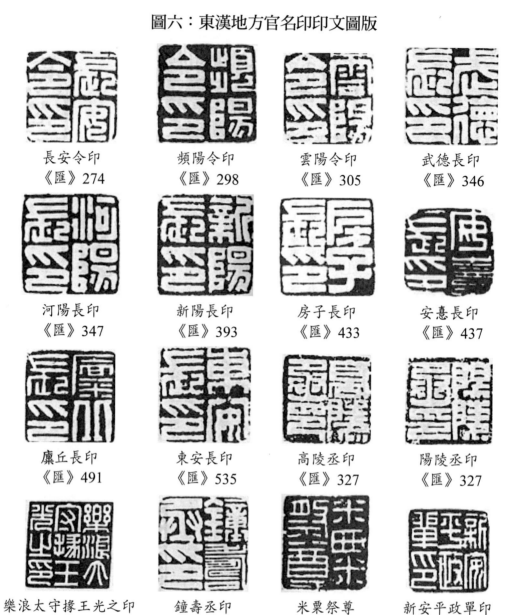

長安令印	頻陽令印	雲陽令印	武德長印
《匯》274	《匯》298	《匯》305	《匯》346
河陽長印	新陽長印	房子長印	安惠長印
《匯》347	《匯》393	《匯》433	《匯》437
廪丘長印	東安長印	高陵丞印	陽陵丞印
《匯》491	《匯》535	《匯》327	《匯》327
樂浪太守掾王光之印	鐘壽丞印	米粟祭尊	新安平政單印
《匯》937	《匯》959	《匯》1361	《匯》1368

三、矦國官名印

　　兩漢分封異姓、同姓諸矦王以鞏固朝政。《漢書・百官公卿表》載：「諸侯王，高帝初置，金璽盭綬，掌治其國。有太傅輔王，內史治國民，中尉掌武職，丞相統眾官，羣卿大夫都官如漢朝。」〔註133〕《漢舊儀・補遺》云：「諸侯王印，黃金橐駝紐，文曰璽，赤地綬；列侯，黃金印，龜紐，文曰印。」〔註134〕史籍雖如

***

〔註133〕《漢書・百官公卿表》，卷上，頁 310 下。

〔註134〕《漢舊儀・補遺》，卷上，頁 6。

是云，然目前卻未有西漢諸矦王金質璽印遺世，僅有 1981 年於山東劉荊墓出土之東漢廣陵王璽屬金質，但爲龜紐，與漢史所載駝紐亦不相符，而兩漢駝紐主要用在異族官印頒授上，故《漢舊儀》記載似不確。《漢書·百官公卿表》載諸矦王掌治其國，群卿百官如漢朝所設，此說與遺世近一百三十方矦國官名對比印證，並無差池。兩漢矦國官名印以銅質爲主，紐式較有變化，有鼻、瓦、龜、蛇紐，印面尺寸界在2.2×2.2 厘米至2.6×2.6 厘米之間，少數有至3.0×2.6 厘米尺寸，此屬殉葬明器。茲予以西漢、新莽、東漢時期矦國官名印分述：

（一）西漢時期

表三十四：西漢矦國官名印一覽表

編號	印文	質地	鈕式	尺寸（厘米）	著錄	收藏
1	河間私長朱宏	銅	龜	2.4×2.4		天津藝術博物館
2	關內矦戈晏印	銅	龜	2.7×2.75		上海博物館
3	五大夫譚	銅	龜	1.9×1.9		上海博物館
4	五大夫弘	銅	虎	1.8×1.8		上海博物館
5	淮陽王璽	玉	覆斗	2.2×2.2		中國歷史博物館
6	君矦之璽	銅	龜	1.9×1.9		天津藝術博物館
7	中山司空	銅	瓦	2.3×2.3		上海博物館
8	趙太子丞	銅	鼻	2.3×2.35	墨	
9	楚宮司丞	銅	鼻	2.2×2.2		南京博物院
10	楚永巷丞	銅	鼻	2.1×2.1		故宮博物院
11	楚邸	銅質鎏金	鼻	2.25×0.9		徐州市博物館
12	楚御府印	銅	鼻	2.3×2.3		徐州市博物館
13	楚武庫印	銅	鼻	2.3×2.25		徐州市博物館
14	長沙丞相	銅質鎏金	龜	2.2×2.2		湖南省博物館
15	長沙祝長	滑石	鼻	2.2×2.2		湖南省博物館
16	靖園長印	滑石	鼻	2.9×2.9		湖南省博物館
17	長沙頃廟	滑石	鼻	2.7×2.9		湖南省博物館
18	長沙僕	滑石	鼻	3×2.8		湖南省博物館
19	軑矦之印	銅質鎏金	龜	2.2×2.2		湖南省博物館

20	御府長印	滑石	鼻	1.9×1.9		湖南省博物館
21	琅左鹽丞	銅	蛇	2.5×2.5		上海博物館
22	石山國丞	銅	瓦	2.3×2.3	舉	
23	金鄉國丞	銅	瓦	2.3×2.3		故宮博物院
24	平旳國丞	銅	瓦	2.35×2.35		上海博物館
25	阜陵國丞	銅		2.35×2.35	墨	
26	卑梁國丞	銅	瓦	2.35×2.35		上海博物館
27	綏仁國丞	銅	瓦	2.35×2.35	舉	
28	眾鄉國丞	銅	瓦	2.5×2.5		上海博物館
29	昌信矦國相	銅	龜	2.15×2.15	簠	
30	陽樂矦相	銅	瓦	2.3×2.3		上海博物館
31	湘成矦相	銅	瓦	2.4×2.4		上海博物館
32	石洛矦印	銅		2.3×2.3		中國歷史博物館
33	關內矦印	銅	龜	2.3×2.5	伏	
34	膠西候印	銅	瓦	1.6×1.6		上海博物館
35	樂昌矦印	銅	龜	2.25×2.25	亭	
36	蓄川候印	銅	瓦	2.25×2.1		故宮博物院
37	石洛家丞	金	龜	2.25×2.25	舉	
38	睢陵家丞	銅	瓦	2.3×2.3		故宮博物院
39	防鄉家丞	銅	鼻	2.35×2.35	存	
40	牧丘家丞	銅	鼻	2.35×2.45	范	
41	代馬丞印	銅	蛇	2.55×2.6		故宮博物院
42	趙候之印	銅	瓦	2.3×2.3		天津藝術博物館
43	宮丞之印	滑石	壇	2.1×2.1		湖南省博物館
44	淮南之僕	銅	鼻	2.6×2.5		故宮博物院
45	宮司空丞之印	滑石	鼻	2.4×2.4		湖南省博物館
46	膠西司馬	銅	瓦	2.3×2.3		上海博物館
47	長沙司馬	滑石	鼻	2.6×2.6		湖南省博物館
48	陽周僕印	銅	瓦	2.35×2.25		上海博物館
49	朱盧執刲	銀	蛇	2.4×2.4		
50	北安邑丞	銅	瓦	2.2×2.2		天津藝術博物館
51	新鄭邑長	銅	鼻	2.25×2.25	存	
52	城父邑左尉	銅	瓦	2.3×2.3		天津藝術博物館

　　西漢矦國官名印具有一方「淮陽王璽」，玉質，覆斗紐。《漢書・高帝紀》：
「三月，梁王彭越謀反，夷三族。詔曰：『擇可以爲梁王、淮陽王者。』燕王
綰、相國何等請立子恢爲梁王，子友爲淮陽王。」〔註135〕此印無論質地、紐
式均與史載不符，應是殉葬明器。另在西漢矦國官名印中，出現多方冠以「楚」
字之印，屬於這類印文者，皆爲西漢楚王墓出土。《史記・楚元王世家》載：
「高祖六年，已禽楚王韓信於陳，乃以弟交爲楚王，都彭城。」〔註136〕楚王
即高祖弟劉交受封爵名。耿建軍〈試析徐州西漢楚王墓出土官印及封泥的性
質〉一文根據徐州北洞山、獅子山發現漢楚王墓所出印章印文，將其分爲三
類：（一）楚國宮廷職官，如：「楚御府印」、「楚永巷丞」、「楚邸」等；（二）
楚國軍隊職官，如：「楚都尉印」、「楚中司馬」、「楚中司空」、「楚騎千人」等
印；（三）楚國屬縣職官，如：「谷陽丞印」、「武原之印」、「虹之左尉」、「彭
之右尉」等印；〔註137〕爲數眾多，連同出土封泥數量，計約三百方左右。

　　西漢矦國官名印中，具有封矦國名乃漢史未載者，有「牧丘家丞」、「昌信
矦國相」、「卑梁國丞」、「綏仁國丞」、「眾鄉國丞」、「北安邑丞」、「防鄉家丞」。
此外，亦有官名附姓名印者，如「河間私長朱宏」、「關內矦戈晏印」、「五大夫
譚」、「五大夫弘」。《漢書・諸侯王表》：「河間獻王德，景帝子。」〔註138〕《漢
書・路溫舒傳》：「上善其言，遷廣陽私府長。」師古注曰：「藏錢之府，天子曰
少府，諸侯曰私府。長者，其官之長也。」〔註139〕故「河間私長朱宏」乃私府
長吏的官職。又《後漢書・百官志》：「關內侯，承秦賜爵十九等，爲關內侯，
無土，寄食在所縣，民租多少，各有戶數爲限。」〔註140〕「關內矦戈晏印」即
受爵之印。又《漢書・百官公卿表》載：「爵，一級曰公士，二上造，三簪裊，
四不更，五大夫……。」〔註141〕故「五大夫譚」、「五大夫弘」皆爲封爵印。

〔註135〕《漢書・高帝紀》，卷下，頁 55 下。

〔註136〕《史記・楚元王世家》，頁 792 上。

〔註137〕耿建軍：〈試析徐州西漢楚王墓出土官印及封泥的性質〉，《考古》2000 年第 9 期，
　　　　頁 79～85。

〔註138〕《漢書・諸侯王表》，頁 165 上。

〔註139〕《漢書・路溫舒傳》，頁 1119 上。

〔註140〕《後漢書・百官志》，頁 1366 上。

〔註141〕《漢書・百官公卿表》，卷上，頁 310 上。

除上所舉列官名附姓名印屬殉葬明器外，在西漢侯國官名印中，另有幾方質地、尺寸均與眾不同者，亦爲殉葬明器。如：「長沙祝長」、「長沙頃廟」、「長沙司馬」、「長沙僕」、「御府長印」、「靖園長印」、「宮司空丞之印」、「宮丞之印」，這些殉葬用印，質地皆爲滑石，尺寸小者至 1.9×1.9 厘米，大者有 3×2.8 厘米，印文筆勢草率，更有反文情形，顯見鑿印時之倉促。另有兩方銅質鎏金、龜紐殉葬官印，爲「軑侯之印」、「長沙丞相」，乃 1973 年湖南長沙馬王堆二號墓出土，同墓亦有「利倉」玉印，證明墓主即長沙相軑利倉，《史記‧惠景間侯者年表》：「二年四月，庚子侯利倉元年。」〔註142〕《漢書‧高惠高后文功臣表》：「（軑侯黎朱蒼）二年四月，庚子封，八年薨。」〔註143〕朱蒼即利倉。另在一號墓尚發現「軑侯家丞」封泥，該封泥出土時，仍附於陶罐和竹笥上，〔註144〕是科學發掘墓葬出土文物當中的封緘實物，彌足珍貴。

圖七：西漢侯國官名印印文圖版

淮陽王璽
《匯》992

牧丘家丞
《匯》1060

卑梁國丞
《匯》1189

綏仁國丞
《匯》1191

河間私長朱宏
《匯》1009

關內矦戈晏印
《匯》1210

五大夫譚
《匯》1211

五大夫弘
《匯》1212

〔註142〕《史記‧惠景間侯者年表》，頁 386 下。

〔註143〕《漢書‧高惠高后文功臣表》，頁 260 上。

〔註144〕湖南省博物館、中國科學院考古研究所合撰〈長沙馬王堆一號漢墓〉一文：「放射性碳素斷代測定，也證明這座墓屬於公元前二世紀中葉左右，亦即西漢前期。更直接的斷代根據，是緘封在竹笥和陶罐等器物上的數十塊“軑侯家丞”封泥，以及書寫在漆器上的“軑侯家”字樣，說明這座墓與“軑侯”有關。」《馬王堆漢墓研究》（湖南：湖南人民出版社，1981 年），頁 2。

長沙祝長　　　　　長沙頃廟　　　　　御府長印　　　　　長沙僕
《匯》1148　　　　《匯》1150　　　　《匯》1153　　　　《匯》1152

宮司空丞之印　　　軑矦之印　　　　　長沙丞相　　　軑矦家丞（封泥）
《匯》1154　　　　《匯》1144　　　　《匯》1146　　　《匯》1145

（二）新莽時期

表三十五：新莽矦國官名印一覽表

編號	印文	質地	鈕式	尺寸（厘米）	著錄	收藏
1	安昌矦家丞	銅	瓦	2.4×2.3		上海博物館
2	張鄉矦家丞	銅	鼻	2.4×2.4		上海博物館
3	上符子家丞	銅		2.5×2.2	墨	
4	明義矦家丞	銅	瓦	2.3×2.35		臺北故宮博物院
5	章符子家丞	銅		2.2×2.2	舉	
6	斗睦子家丞	銅	瓦	2.35×2.35	壺	
7	舉武子家丞	銅	龜	2.4×2.4		上海博物館
8	褱衡子家丞	銅	瓦	2.4×2.25	簠	
9	審睦子家丞	銅	瓦	2.35×2.3		故宮博物院
10	光符子家丞	銅		2.35×2.35		天津藝術博物館
11	延命子家印	銅	鼻	2.2×2.25	存	
12	平羌男家丞	銅	瓦	2.3×2.35		中國歷史博物館
13	永武男家丞	銅	橋	2.4×2.35	叢	
14	殄虜男家丞	銅	瓦	2.3×2.3	存	
15	廣睦男家丞	銅	瓦	2.4×2.4		上海博物館
16	康武男家丞	銅	瓦	2.25×2.35		故宮博物院

17	眾武男家丞	銅	龜	2.3×2.3	存	
18	會睦男家丞	銅	瓦	2.4×2.4		故宮博物院
19	寧陳男家丞	銅	龜	2.3×2.25		中國歷史博物館
20	雒睦男家丞	銅	瓦	2.3×2.4	舉	
21	酆德男家丞	銅	鼻	2.3×2.3	書	
22	昌威德男家丞	銅	瓦	2.3×2.3	衡	
23	綏威德男家丞	銅	瓦	2.3×2.3		天津藝術博物館
24	喜威德男家丞	銅	瓦	2.2×2.2	范	
25	東光采空丞	銅	龜	2.3×2.35		上海博物館
26	扶恩相徒丞	銅	瓦	2.3×2.3		天津藝術博物館
27	紅陽矦國徒丞	銅	龜	2.4×2.4		
28	宜善矦國徒丞	銅	瓦	2.2×2.1	簠	
29	弘睦子則相	銅	龜	2.35×2.4		故宮博物院
30	陽秩男則相	銅	龜	2.3×2.3	簠	
31	順武男則相	銅	龜	2.2×2.2		天津藝術博物館
32	庶樂則宰印	銅	龜	2.3×2.3		上海博物館
33	麗茲則宰印	銅	龜	2.3×2.3		故宮博物院
34	長聚則丞印	銅		2.35×2.4	墨	
35	助威世子印	銅	龜	2.4×2.4	存	
36	訾鄉世子印	銅	龜	2.3×2.3		故宮博物院
37	鴻符世子印	銅	龜	2.3×2.3	談	
38	展武世子印	銅	龜	2.35×2.3	談	
39	便安里附城	銅	龜	2.25×2.3	罄	
40	錄聚采執姦	銅	龜	2.25×2.2	書	

　　王莽對於託古改制最為顯著者，在於制定五等爵、地四等。《漢書‧王莽傳》載：「今制禮作樂，實考周爵五等、地四等，有明文；殷爵三等，有其說，無其文。孔子曰：『周監於二代，郁郁乎文哉，吾從周。』臣請諸將帥當受爵邑者爵五等、地四等。」蘇林曰：「爵五等：公、侯、伯、子、男也。地四等：公一等、侯伯二等、子男三等、附庸四等。」〔註145〕新莽矦國官名依循五等爵、地四等制，大致可分：家丞、則相、世子、附城四類。

　　家丞，《後漢書‧百官志》：「其家臣，置家丞、庶子各一人。本注曰：『主

<hr>

〔註145〕《漢書‧王莽傳》，卷上，頁1726上。

侍侯，使理家事。』列侯舊有行人、洗馬、門大夫凡五官。中興以來，食邑千
戶已上置家丞、庶子各一人，不滿千戶不置家丞。」〔註146〕見於官名印者有：
「安昌矦家丞」、「張鄉矦家丞」、「上符子家丞」、「明義矦家丞」、「章符子家丞」、
「延命子家印」、「斗睦子家丞」、「舉武子家丞」、「襄衡子家丞」、「審睦子家丞」、
「光符子家丞」、「平羌男家丞」、「永武男家丞」、「殄虜男家丞」、「廣睦男家丞」、
「康武男家丞」、「眾武男家丞」、「會睦男家丞」、「寧陳男家丞」、「雖睦男家丞」、
「鄷德男家丞」、「昌威德男家丞」、「綏威德男家丞」、「喜威德男家丞」。

　　則相，《漢書‧王莽傳》：「侯伯一國，眾戶五千，土方七十里。子男一則，
眾戶二千有五百，土方五十里。」〔註147〕相爲管理其封地之長吏官名。〔註148〕
見於官名印者有：「弘睦子則相」、「陽秩男則相」、「順武男則相」。

　　世子，《漢書‧王莽傳》：「令諸矦立太夫人、夫人、世子，亦受印韍。」
〔註149〕世子，即諸矦嫡子。見於官名印者有：「助威世子印」、「訾鄉世子印」、
「鴻符世子印」、「展武世子印」。

　　附城，《漢書‧王莽傳》：「當賜爵關內侯者更名曰附城。」〔註150〕又《漢
書‧王莽傳》：「附城大者食邑九成，眾戶九百，土方三十里。自九以下，降殺
以兩，至於一成。」〔註151〕見於官名印者有「便安里附城」。

圖八：新莽矦國官名印印文圖版

安昌矦家丞	明義矦家丞	襄衡子家丞	殄虜男家丞
《匯》977	《匯》1158	《匯》1227	《匯》1239

〔註146〕《後漢書‧百官志》頁1366上。

〔註147〕《漢書‧王莽傳》，卷中，頁1738上。

〔註148〕王人聰：〈新莽官印匯考〉，《秦漢魏晉南北朝官印研究》（香港：香港中文大學文
　　　　物館，1990年1月），頁111。

〔註149〕《漢書‧王莽傳》，卷中，頁1730下。

〔註150〕《漢書‧王莽傳》，卷上，頁1726上。

〔註151〕《漢書‧王莽傳》，卷中，頁1738上。

喜威德男家丞	弘睦子則相	陽秩男則相	順武男則相
《匯》1249	《匯》1223	《匯》1231	《匯》1232

助威世子印	訾鄉世子印	鴻符世子印	便安里附城
《匯》1252	《匯》1253	《匯》1254	《匯》1258

（三）東漢時期

表三十六：東漢矦國官名印一覽表

編號	印文	質地	鈕式	尺寸（厘米）	著錄	收藏
1	廣陵王璽	金	龜	2.3×2.3		南京博物院
2	朔寧王太后璽	金	龜	3.3×3.3		
3	陷窶矦相	銅	鼻	2.5×2.6	符	
4	長社矦相	銅	鼻	2.45×2.45		上海博物館
5	高密矦相	銅	鼻	2.5×2.6	河	
6	河池矦相	銅	鼻	2.4×2.45		故宮博物院
7	東朝陽矦	銅質鎏金	龜	2.45×2.5		故宮博物院
8	池陽矦丞	銅	鼻	2.35×2.35	遜	
9	富壽矦印	金	龜	2.4×2.4		
10	關內矦印	銅質鎏金	鼻	2.55×2.5		上海博物館
11	諸國矦印	金	龜	2.5×2.5		
12	蔡陽國尉	銅	鼻	2.15×2.15	後	
13	復陽國尉	銅	鼻	2.4×2.4	存	
14	鴻信國尉	銅	鼻	2.3×2.3	擷	
15	和善國尉	銅	鼻	2.4×2.4		故宮博物院
16	立解國丞	銅	瓦	2.3×2.3		浙江省博物院

17	征羌國丞	銅	瓦	2.2×2.3		故宮博物院
18	池陽家丞	銅	鼻	2.5×2.5		故宮博物院
19	平陽家丞	銅	瓦	2.5×2.5		臺北歷史博物館
20	東鄉家丞	銅	鼻	2.3×2.4	後	
21	梁旁家丞	銅	鼻	2.35×2.4	存	
22	都亭家丞	銅	鼻	2.4×2.35		湖南省博物館
23	甘陵廄丞	銅	鼻	2.45×2.45		天津藝術博物館
24	博平家印	銅		2.3×2.3	舉	
25	梁廄丞印	銅	鼻			故宮博物院
26	安平矦印章	銅	龜	2.15×2.2		故宮博物院
27	琅邪相印章	銀	龜	2.5×2.6		故宮博物院
28	琅邪醫長	銅	鼻	2.2×2.2	簠	
29	下邳中尉司馬	銅	鼻	2.4×2.4		上海博物館
30	北海猒長	銅	瓦	2.4×2.4		中國歷史博物館

　　東漢矦國官名印具兩方諸矦王、王太后璽印，爲「廣陵王璽」、「朔寧王太后璽」，皆金質龜紐。《後漢書・廣陵思王荊傳》：「廣陵思王荊，建武十五年封山陽公，十七年進爵爲王。」〔註152〕《後漢書・槐囂傳》：「明年，述以囂爲朔寧王，遣兵往來，爲之援執。」〔註153〕另在東漢矦國官名印中，具封矦國名漢史未載者，可補漢地理志之不足，有：「博平家丞」、「富壽矦印」、「鴻信國尉」、「和善國尉」、「立解國丞」。又東漢仍置家丞之官，如「池陽家丞」、「平陽家丞」、「東鄉家丞」、「梁旁家丞」、「都亭家丞」等印。

圖九：東漢矦國官名印印文圖版

廣陵王璽
《匯》1052

朔寧王太后璽
《匯》1183

博平家丞
《匯》1016

富壽矦印
《匯》1185

〔註152〕《後漢書・廣陵思王荊傳》，頁518上。
〔註153〕《後漢書・槐囂傳》，頁199上。

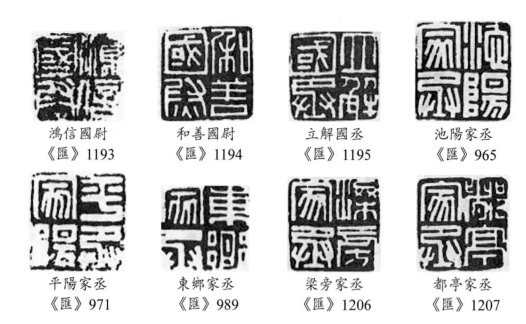

鴻信國尉	和善國尉	立解國丞	池陽家丞
《匯》1193	《匯》1194	《匯》1195	《匯》965

平陽家丞	東鄉家丞	梁旁家丞	都亭家丞
《匯》971	《匯》989	《匯》1206	《匯》1207

四、異族官名印

　　漢賜異族官名印始於西漢。武帝時，異族侵擾日益嚴重，爲求邊境短暫安寧，懷柔、和親等政治謀略屢見不顯，而漢賜異族官名印亦由此基礎衍生。兩漢頒授異族官名印，主要以上層貴族爲對象，就西漢、新莽、東漢三朝賜予各族官名印數量初步統計，至少在六十方以上，其中，尤以東漢頒授最多，異族族名最繁，反映東漢政事崩解，使異族有機可趁之衰頹情形。

　　兩漢賜異族官名印目的，來自賜爵時的實質給予，使異族首領借重漢威以維護、擴大自身聲勢與地位，〔註154〕而漢朝則藉此換得邊境安寧，二者相互從中獲取利益。西漢、新莽、東漢三朝異族官名印依據賜予對象不同，印文、紐式、質地各有差異，大抵印文多出鑿刻，紐式以駝紐爲主，質地屬銅質，印文首字均加「漢」字以別朝代，唯王莽復古改制，易國號新，故印文改以「新」字爲首，形成辨別新莽異族官名之主要依據。本節論述異族官名印，仍以朝代作爲劃分，另別各異族名稱以作深入探討。

（一）西漢時期

　　西漢異族官名印質地、紐式多未固定，印面大小介在 2.2×2.2 厘米至 2.4×2.4 厘米之間。西漢邊境大患首指匈奴族，武帝時爲求偷安，主要以和親政策

〔註154〕葉其峰：〈兩漢時期的匈奴官印〉，《秦漢魏晉南北朝官印研究》（香港：香港中文大學文物館，1990 年 1 月），頁149。

攏絡。而漢賜匈奴官印實始於漢宣帝時。《漢書‧食貨志》：「宣帝始賜單于印璽。」〔註155〕又《漢書‧匈奴傳》載：「是歲，甘露元年也。明年，呼韓邪單于款五原塞，願朝。……單于正月朝天子于甘泉宮，漢寵以殊禮，位在諸侯王上，贊謁稱臣而不名。賜以冠帶衣裳，黃金璽盭綬……。」〔註156〕西漢賜匈奴割據政權印章的特徵，由於目前還未見有確切的實物依據，〔註157〕故有關西漢匈奴異族官印概述，則留待下文新莽時期再作剖析。本節探討西漢時期異族官印，主要以南越、羌族、西南蠻、少數民族論起。〔註158〕

1、南　越

葉其峰〈古代越族與蠻族的官印〉文云：

> 早在春秋時期，越族就在我國的東部建立起一個強大的越國。春秋時的越國是否曾使用官印已無考，漢代的越族使用過官印則是確定無疑的。西漢時期的越族政權有南越、閩越、東甌和東越。……越官印有漢賜印和自鑴印兩類。〔註159〕

西漢賜越族官印甚早，《漢書‧兩粵傳》載：「高祖已定天下，爲中國勞苦，故釋佗不誅。十一年，遣陸賈立佗爲南粵王，與剖符通使，使和輯百粵，毋爲南邊害，與長沙接境。……高皇帝幸賜臣佗璽，以爲南粵王。」〔註160〕粵即越字，段注《說文‧于部》「粵」字云：「詩書多假越爲粵。」〔註161〕漢高祖立趙佗爲南粵王，並授以印璽；爾後，漢帝王仍不乏有授予南越王官印情形。葉其峰曾云：「越官印有漢賜印和自鑴印兩類」〔註162〕，在目前出土文物中，這兩類南

〔註155〕《漢書‧食貨志》，卷上，頁521上。

〔註156〕《漢書‧匈奴傳》，卷下，頁1613上。

〔註157〕葉其峰：〈兩漢時期的匈奴官印〉，《秦漢魏晉南北朝官印研究》（香港：香港中文大學文物館，1990年1月），頁149。

〔註158〕有關西漢異族及少數民族分佈情形，請參考附錄五：西漢疆域圖。

〔註159〕葉其峰：〈古代越族與蠻族的官印〉，《秦漢魏晉南北朝官印研究》（香港：香港中文大學文物館，1990年1月），頁156。

〔註160〕《漢書‧兩粵傳》，頁1628下～1629下。

〔註161〕《說文解字注‧于部》，頁206下。

〔註162〕葉其峰：〈古代越族與蠻族的官印〉，《秦漢魏晉南北朝官印研究》（香港：香港中文大學文物館，1990年1月），頁156。

越官印恰有實物可爲引證，如下表所引，印 1 至 8 屬自鐫印，印 9 至 11 屬漢賜印。下分別予以二類說明。

表三十七：西漢南越族官名印一覽表

編號	印文	質地	鈕式	尺寸（厘米）	著錄	收藏
1	文帝行璽	金	龍	3.1×3.1		廣州南越王墓博物館
2	帝印	玉	螭	2.3×2.3		廣州南越王墓物館
3	泰子	金	龜	2.45×2.3		廣州南越王墓物館
4	泰子	玉	覆斗	2.05×2.05		廣州南越王墓物館
5	右夫人璽	銅質鎏金	龜	2.2×2.2		廣州南越王墓物館
6	泰夫人印	銅質鎏金	龜	2.5×2.5		廣州南越王墓物館
7	左夫人印	銅質鎏金	龜	2.4×2.4		廣州南越王墓物館
8	□夫人印	銅質鎏金	龜	2.5×2.5		廣州南越王墓物館
9	南越中大夫	銅	魚	2.4×2.4		上海博物館
10	越青邑君	銅	瓦	2.25×2.2		天津藝術博物館
11	越貿陽君	銅	瓦	2.35×2.3	存	

1. 自鐫印

1983 年廣州象崗山南越王墓出土十六方印璽，質地有銅質鎏金、玉質，紐式有龍、螭、龜紐，印面爲漢初流行之田字格、日字格形式，故鑄造年代當在漢初。衛宏《漢舊儀》云：「皇帝六璽，皆白玉螭虎紐。文曰『皇帝行璽』、『皇帝之璽』、『皇帝信璽』、『天子行璽』、『天子之璽』、『天子信璽』。」〔註163〕根據文獻記載，中原朝廷至宋才固定用龍形作爲御璽（寶）的紐式，〔註164〕而「文

〔註163〕《漢舊儀》，卷上，頁 1。

〔註164〕葉其峰：〈古代越族與蠻族的官印〉，《秦漢魏晉南北朝官印研究》（香港：香港中文大學文物館，1990 年 1 月），頁 157。

帝行璽」凡質地與紐式均與史載不符，故應是仿照漢帝王印所製，且改螭虎紐
爲龍紐，僭越身分現象相當顯著。

「文帝行璽」，《漢書・兩粵傳》：「胡薨，諡曰文王。嬰齊嗣立，即臧其先
武帝、文帝璽。」〔註165〕「文帝」，南越王二世趙眜僭文帝趙胡帝號，「文帝行
璽」爲其自鐫印。此印出土時印面溝槽內及印臺的四壁都有碰撞的疤痕與劃傷，
顯然是墓主生前的實用物。〔註166〕同墓另有鐫刻「趙眜」玉印，西耳室亦有抑
印「眜」字封泥二塊，可證墓主身分確爲趙眜。「帝印」與「文帝行璽」同出於
該墓主棺室，亦爲趙眜印璽。

「泰子」，即太子。《兩漢官印匯考》釋曰：「此印與『文帝行璽』同出於墓
中主室。按南越國初王爲趙佗，《史記》及《漢書》均未及佗子嗣王，則佗孫趙
眜立爲南越王前不得爲太子。此或爲趙佗之子遺印。」。〔註167〕

另在南越王墓東側室棺槨隨葬四方夫人印璽，爲南越族王妻妾合葬所有，
有「右夫人璽」、「泰夫人印」、「左夫人印」、「□夫人印」，皆銅質鎏金，其中與
「右夫人璽」同出另有刻鑄「趙藍」象牙質姓名印，證明東側室墓主之一乃右
夫人趙藍。

2. 漢賜印

「南越中大夫」，印文鑿刻草率，應爲殉葬明器。中大夫，掌議論也，《漢
書・百官公卿表》：「大夫掌議論，有太中大夫、中大夫、諫大夫，皆無員，多
至數十人。」。〔註168〕

「越青邑君」、「越貿陽君」兩方官印，印文質地、紐式、風格一致，應是
同時期刻鑄、頒授。葉其峰〈古代越族與蠻族的官印〉云：

> 印文中的“越”，我們認爲既不是南越，也不是閩越，東甌或東越，
> 而是它們滅亡後內遷至江淮一代的越人。……漢賜給這些政權的官
> 印，印文首字都鐫這些政權的名稱，而不會泛稱“越”。〔註169〕

〔註165〕《漢書・兩粵傳》，頁 1630 下。

〔註166〕廣東省博物館、中國社會科學院考古研究所：《西漢南越王墓》（北京：文物出版
　　　　社，1992 年 10 月），頁 204。

〔註167〕《兩漢官印匯考》，頁 216。

〔註168〕《漢書・百官公卿表》，卷上，頁 301 下。

〔註169〕葉其峰：〈古代越族與蠻族的官印〉，《秦漢魏晉南北朝官印研究》（香港：香港中

漢史載南越滅於元鼎六年，《漢書·兩粵傳》：「自尉佗王凡五世，九十三歲而亡。」〔註170〕又東越亡於元封元年，《漢書·兩粵傳》：「詔軍吏皆將其民徙處江淮之間。東粵地遂虛。」〔註171〕至於東甌、閩越亡滅時期缺載。觀「越青邑君」、「越貿陽君」兩方印文風格類於西漢中晚期，故這兩方漢賜異族印頒授年代，當不早於武帝時期，而在新莽之前。

圖十：西漢南越族官名印印文圖版

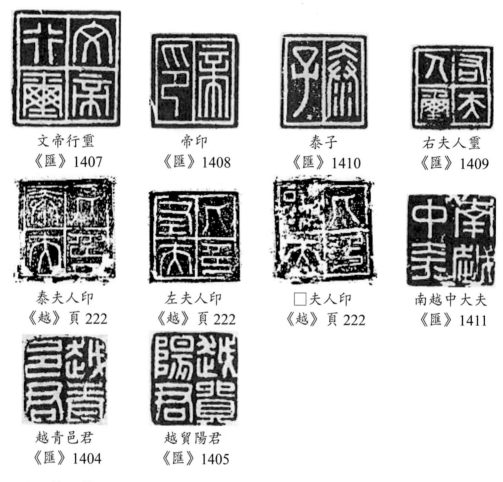

| 文帝行璽 | 帝印 | 泰子 | 右夫人璽 |
| 《匯》1407 | 《匯》1408 | 《匯》1410 | 《匯》1409 |

| 泰夫人印 | 左夫人印 | □夫人印 | 南越中大夫 |
| 《越》頁222 | 《越》頁222 | 《越》頁222 | 《匯》1411 |

| 越青邑君 | 越貿陽君 |
| 《匯》1404 | 《匯》1405 |

2、羌　族

《史記正義·大宛傳》：「欲從羌中歸。」注引《說文》云：「羌，西方牧羊人也。」〔註172〕《後漢書·西羌傳》：「西羌之本，出自三苗，姜姓之別也。其

　　文大學文物館，1990年1月），頁156。

〔註170〕《漢書·兩粵傳》，頁1632上。

〔註171〕《漢書·兩粵傳》，頁1633下。

〔註172〕〔唐〕張守節：《史記正義》（臺北：臺灣商務印書館，《景印文淵閣四庫全書·史

國近南岳，及舜流四凶，徙之三危。河關之西，南羌地是也。」〔註173〕西漢頒授羌族官印有兩方：

表三十八：西漢羌族官名印一覽表

編號	印文	質地	鈕式	尺寸（厘米）	著錄	收藏
1	漢破虜羌長	銅	駝	2.25×2.35		天津藝術博物館
2	漢率善羌長	銅	駝	2.4×2.4		涇川縣文化館

1. 漢破虜羌長

著錄《匯》
1415

漢時以虜稱邊塞異族。破虜，為對協助兩漢征戰邊塞民族有功首領稱謂。《後漢書·西羌傳》：「度遼將軍鄧遵率南單于及左鹿蠡王須沈萬騎，擊零昌於靈州，斬首八百餘級，封須沈為破虜侯，金印紫綬，賜金帛各有差。」〔註174〕《後漢書·西南夷傳》：「明年春，邪龍縣昆明夷鹵承等應募，率種人與諸郡兵擊類牢於博南，大破斬之。傳首洛陽，賜鹵承帛萬匹，封為破虜傍邑侯。」〔註175〕「漢破虜羌長」，為漢賜羌族首領征戰有功官印。

2. 漢率善羌長

著錄《匯》
1416

率善，官號，類於率眾。《後漢書·百官志》：「四夷國王、率眾王、歸義侯、邑君、邑長，皆有丞，比郡縣。」〔註176〕「漢率善羌長」，為賜予歸附漢朝之羌族首領官印。

部六》，1983 年 3 月），頁 248～352 上。

〔註173〕《後漢書·西羌傳》，頁 1026 上。

〔註174〕《後漢書·西羌傳》，頁 1033 下。

〔註175〕《後漢書·西南夷傳》，頁 1019 上下。

〔註176〕《後漢書·百官志》，頁 1366 下。

· 115 ·

3、西南蠻

表三十九：西漢西南蠻族官名印一覽表

編號	印文	質地	鈕式	尺寸（厘米）	著錄	收　藏
1	滇王之印	金	蛇	2.4×2.4		雲南省博物館

著錄《匯》
1412

　　滇，西南少數民族，處雲貴之地。《史記·西南夷傳》：「滇王離難西南夷，舉國降，請置吏入朝。於是以爲益州郡，賜滇王王印，復長其民。」〔註177〕《後漢書·西南夷傳》：「滇王者，莊蹻之後也。元封二年，武帝平之，以其地爲益州郡，割牂柯、越嶲各數縣配之。」〔註178〕本印存在「自鑴印」、「漢賜印」二說，雲南省博物館〈晉寧石寨山出土有關奴隸社會的文物〉一文，根據該印金質含量95％、蛇鈕、印文字體不類漢篆，認爲此印是本民族自鑴；〔註179〕而吳朴〈我對"滇王之印"的看法〉〔註180〕、王仲殊〈說滇王之印與漢委奴國王印〉〔註181〕二文，則指出雲南省博物館推測之疏漏，仍主張「滇王之印」以漢賜印可能性爲大。無論是自鑴或是漢賜印，實不影響印文考釋結果，然倘以《史記·西南夷傳》記載引證，以及本印文缺乏規整風格〔註182〕看，則似爲漢賜印。

4、少數民族

表四十：西漢少數民族官名印一覽表

編號	印文	質地	鈕式	尺寸（厘米）	著錄	收　藏
1	張掖屬國左盧小長	銅		2.35×2.3	訒	

〔註177〕《史記·西南夷傳》，頁 1227 上。

〔註178〕《後漢書·西南夷傳》，頁 1017 上。

〔註179〕雲南省博物館：〈晉寧石寨山出土有關奴隸社會的文物〉，《文物》1959 年第 5 期，頁 59。

〔註180〕吳朴：〈我對"滇王之印"的看法〉，《文物》1959 年第 7 期，頁 49。

〔註181〕王仲殊：〈說滇王之印與漢委奴國王印〉，《文物》1959 年第 10 期，頁 573～575。

〔註182〕漢代異族官名印印文風格剖析，詳參第五章第二節風格「四、地域」論述。

| 2 | 漢保塞近群邑長 | 銅 | 駝 | 2.3×2.3 | | 天津藝術博物館 |

1. 張掖屬國左盧小長

著錄《匯》
1398

漢置張掖屬國。《後漢書·郡國志》:「張掖屬國。戶四千六百五十六,口萬六千九百五十二。」注云:「武帝置屬國都尉,以主蠻夷降者。」〔註183〕此印文曰「左盧小長」,應是內附張掖屬國之盧水胡小長。〔註184〕小長,官名。《史記·大宛傳》:「大夏在大宛西南二千餘里,……往往城邑置小長。」〔註185〕又從該印徵知,小長職分左右。

2. 漢保塞近群邑長

著錄《匯》
1427

保塞,衛保邊塞。《後漢書·馬成傳》:「邊人多上書求請者,復遣成還屯。及南單于保塞,北方無事,拜爲中山太守,上將軍印綬,領屯兵如故。」〔註186〕「漢保塞近群邑長」應是頒授給護守邊塞有功之異族首領官印。

(二)新莽時期

《漢書·王莽傳》載:「五威將奉符命,齎印綬,王侯以下及吏官名更者,外及匈奴、西域、徼外蠻夷,皆即授新室印綬,因收故漢印綬。」〔註187〕新莽頒授異族官印,首字皆冠國號「新」,質地以銅質爲主,紐式多瓦紐,印面大小界在 2.2×2.25 厘米至 2.4×2.45 厘米之間。此時期異族官印文字明顯增加,少

〔註183〕《後漢書·郡國志》,頁 1314 下。

〔註184〕《兩漢官印匯考》,頁 214。

〔註185〕《史記·大宛傳》,頁 1292 下。

〔註186〕《後漢書·馬成傳》,頁 292 上。

〔註187〕《漢書·王莽傳》,卷中,頁 1734 上。

有五字，多至十四字。按各異族別論述如下：

1、匈奴

新莽賜匈奴族官印多有小長、佰長之稱，且分屬左、右職。如：

表四十一：新莽匈奴族官名印一覽表

編號	印文	質地	鈕式	尺寸（厘米）	著錄	收藏
1	新五屬左佰長印	銅	瓦	2.4×2.45	存	
2	新前胡佰長	銅	瓦	2.2×2.25	書	
3	新前胡佰長	銅	瓦	2.2×2.25	書	
4	新前胡小長	銅	瓦	2.25×2.35		故宮博物院
5	新西河左佰長	銅	瓦	2.3×2.4		上海博物館
6	新西河右佰長	銅	瓦	2.35×2.4		上海博物館

1. 新五屬左佰長印

著錄《匯》
1430

五屬，即五屬國。《漢書·武帝紀》：「（元狩二年）秋，匈奴昆邪王殺休屠王，并將其眾合四萬餘人來降，置五屬國以處之。」師古曰：「凡言屬國者，存其國號而屬漢朝，故曰屬國。」〔註188〕本印為新莽頒授五屬國匈奴族首領官印。

2. 新前胡佰長

著錄《匯》
1396

胡即匈奴，如《漢書·蘇武傳》載：「時漢連伐胡，數通使相窺觀，匈奴留漢使郭吉、路充國等，前後十餘輩。」〔註189〕「前」乃佰長之分職，莽印中多

〔註188〕《漢書·武帝紀》，頁 91 上。

〔註189〕《漢書·蘇武傳》，頁 1148 下。

見官名繫以「前」、「後」。〔註190〕佰，單位詞，或以所居之地人口爲單位，《漢書‧匈奴傳》：「諸二十四長亦各自置千長、百長、什長……。」。〔註191〕

    3. 新前胡小長

        著錄《匯》
        1397

小長，官名。《史記‧大宛傳》：「往往城邑置小長。」。〔註192〕

    4. 新西河左佰長、新西河右佰長

      著錄《匯》　　　　　　　著錄《匯》
      1428　　　　　　　　　　1429

    西河，屬國名。《漢書‧宣帝紀》：「置西河，北地屬國以處匈奴降者。」〔註193〕又《漢書‧馮奉世傳》：「初，昭帝末，西河屬國胡伊酋若王亦將眾數千人畔，奉世輒持節將兵追擊。」〔註194〕二印爲新莽頒授西河屬國匈奴族首領官印。

    2、烏桓

    表四十二：新莽烏桓族官名印一覽表

編號	印文	質地	鈕式	尺寸（厘米）	著錄	收藏
1	新保塞烏桓叟犁邑率眾族印	金	龜	2.3×2.45	存	

著錄《匯》
1401

《後漢書‧烏桓傳》：「烏桓者，本東胡也。漢初，匈奴冒頓滅其國，餘類保烏桓山，因以為號焉。」[註195]《烏桓傳》載，烏桓大人之名有"無何允"、"戎朱廆"、"阿堅羌渠"，此"羱犁邑"與之相類，亦應係烏桓大人之名。[註196]本印為新莽頒授歸附漢朝之烏桓部族首領官印。

3、難兜

表四十三：新莽難兜族官名印一覽表

編號	印文	質地	鈕式	尺寸（厘米）	著錄	收藏
1	新難兜騎君	銅	瓦	2.45×2.3	談	

著錄《匯》
1431

難兜，國名，位在西域。《漢書‧西域傳‧難兜國》：「難兜國，王治，去長安萬一百五十里。戶五千，口三萬一千，勝兵八千人。」[註197]西域諸國多置左、右騎君，如《漢書‧西域傳‧于闐國》：「輔國侯、左右將、左右騎君、東西城長、譯長各一人。」[註198]《漢書‧西域傳‧莎車國》：「輔國侯、左右將、左右騎君、備西夜君各一人。」[註199]《漢書‧西域傳‧疏勒國》：「疏勒侯、擊胡侯、輔國侯、都尉、左右將、左右騎君、左右譯長各一人。」[註200]本印

〔註195〕《後漢書‧烏桓傳》，頁1071上。

〔註196〕王人聰：〈新莽官印匯考〉，《秦漢魏晉南北朝官印研究》（香港：香港中文大學文物館，1990年1月），頁121。

〔註197〕《漢書‧西域傳‧難兜國》，卷上，頁1646下。

〔註198〕《漢書‧西域傳‧于闐國》，卷上，頁1644上。

〔註199〕《漢書‧西域傳‧莎車國》，卷上，頁1656上。

〔註200〕《漢書‧西域傳‧疏勒國》，卷上，頁1656下。

所曰「騎君」有類於此。「新難兜騎君」爲頒授難兜國騎君官印。

4、少數民族

表四十四：新莽少數民族官名印一覽表

編號	印文	質地	鈕式	尺寸（厘米）	著錄	收藏
1	新越餘壇君	銅	瓦	2.3×2.35		故宮博物院
2	新西國安千制外羌佰右小長	銅	瓦	2.2×2.2	存	

1. 新越餘壇君

著錄《匯》
1406

餘壇，史籍未載，或爲越族其中一支。本印爲新莽授予越族首領官印。

2. 新西國安千制外羌佰右小長

著錄《漢》頁
136

「西國」，西域諸國泛稱。《漢書・西域傳》：「孝武之世，圖制匈奴，患其兼從西國，結黨南羌，迺表河曲，列西郡，開玉門，通西域，以斷匈奴右臂。」〔註201〕《漢書・傅介子傳》：「至樓欄，樓蘭王意不親介子，介子陽引去，至其西界，使譯謂曰：『漢使者持黃金錦繡行賜諸國，王不來受，我去之西國矣。』」〔註202〕安千制外，陳直〈漢晉少數民族所用印文通考〉文云：「安千疑安遷之簡字，謂羌族既安於內遷，可以制外。」〔註203〕又王人聰〈新莽官印匯考〉言：「或係王莽爲內屬羌人部落所取之名稱。」〔註204〕上述二說皆有可信，然仍待

〔註201〕《漢書・西域傳》，卷下，頁 1675 下。

〔註202〕《漢書・傅介子傳》，頁 1345 上。

〔註203〕陳直：〈漢晉少數民族所用印文通考〉，《秦漢史論叢》第 1 輯，頁 360。

〔註204〕王人聰：〈新莽官印匯考〉，《秦漢魏晉南北朝官印研究》（香港：香港中文大學文

究。本印爲新莽頒授西域羌族小長官印。

（三）東漢時期

東漢異族官名印依循西漢舊制，印文首字改「新」復「漢」，印制漸趨規範，以銅質駝紐爲主，印面大小界在 2.2×2.2 厘米至 2.45×2.45 厘米之間。此時異族官名印，名目最繁，數量最多，反映了東漢國防日漸空虛情形。此外，東漢異族官名印字數多六至八字，而印文佈局形式多樣，亦成爲本時期獨有特徵。〔註205〕

1、匈奴

東漢時期，匈奴分裂爲南匈奴與北匈奴。《後漢書・光武帝紀》載：「（更始二十四年）冬十月，匈奴薁鞬日逐王比自立爲南單于，於是分爲南北匈奴。」〔註206〕又「（更始二十五年）南單于遣使詣闕貢獻，奉藩稱臣，又遣其左賢王擊破北匈奴，卻地千餘里。……（更始二十六年）遣中郎將段郴授南單于璽綬，令入居雲中，始置使匈奴中郎將，將兵衛護之。」〔註207〕自匈奴分裂南北匈奴以來，東漢對於匈奴征戰，以北匈奴爲主。東漢賜匈奴官印，南北匈奴皆授，雖南匈奴官印印文有特殊格式可辦，然在現存實物中，仍有不可究其實際地域者，故本文論述匈奴官印仍一併述之，唯遇確定爲南匈奴官印時始予以指出。

表四十五：東漢匈奴族官名印一覽表

編號	印文	質地	鈕式	尺寸（厘米）	著錄	收藏
1	漢匈奴惡適姑夕且渠	銅	駝	2.45×2.45		天津藝術博物館
2	漢匈奴呼盧訾尸逐	銅	鼻	2.5×3.3		上海博物館
3	漢匈奴姑塗黑臺耆	銅	象	2.3×2.3		故宮博物院
4	漢匈奴栗借溫禺鞮	銅	駝	2.4×2.4		

物館，1990 年 1 月），頁 121。

〔註205〕有關東漢異族及少數民族分佈情形，請參考附錄六：東漢疆域圖。

〔註206〕《後漢書・光武帝紀》，頁 59 上下。

〔註207〕《後漢書・光武帝紀》，頁 59 下～60 上。

5	漢匈奴左夫除渠日逐	銅	鼻	2.4×2.4		天津藝術博物館
6	漢匈奴伊酒莫當百	銅	駝	2.3×2.3		上海博物館
7	漢匈奴惡適尸逐王	銅質鎏金	駝	2.3×2.3	書	
8	漢匈奴左污勒訾	銅	鼻	2.3×2.4		上海博物館
9	漢匈奴歸義親漢君	銅	獸	2.15×2.25	書	
10	漢匈奴歸義親漢長	銅	駝	2.3×2.3		
11	漢歸義胡佰長	銅	駝	2.25×2.25		臺北故宮博物院
12	漢匈奴破虜長	銅	駝	2.3×2.3		上海博物館
13	漢匈奴破虜長	銅	駝	2.3×2.4		天津藝術博物館
14	漢匈奴守善長	銅	駝	2.3×2.4		故宮博物院
15	漢休著胡佰長	銅		2.25×2.25	符	
16	漢屠各率善君	銅	羊	2.5×2.5		上海博物館
17	漢屠各率善長	銅	駝	2.25×2.2	訒	
18	漢盧水仟長	銅	駝	2.3×2.35		故宮博物院
19	漢盧水佰長	銅	駝	2.4×2.4	舉	
20	四角王印	銅	龜	2.35×2.3		上海博物館
21	胡仟長印	銅	駝	2.3×2.3		故宮博物院

　　上表舉列二十一方東漢賜匈奴官印中，葉其峰〈兩漢時期的匈奴官印〉一文，將印 1 至 7 定爲東漢賜南匈奴印章，其云：「這組官印行文有兩種不同格式：A式，漢匈奴＋部落名＋官名，B式，漢匈奴＋官名。」〔註208〕其中，屬A式有印 1 至 6，屬B式有印 7。另，黃盛璋〈匈奴官印綜論〉文云：「漢匈奴官印可分兩大類：一類爲以匈奴語音譯官號，另一類則全爲漢語，兩者不僅用語不同，在官職、官制上也是不一樣的。」〔註209〕葉其峰、黃盛璋二位學者歸納漢賜匈奴印之法極爲相似，均以部落支系、官號作爲劃分依據，大體將漢賜匈奴官印印文可被

〔註208〕葉其峰：〈兩漢時期的匈奴官印〉，《秦漢魏晉南北朝官印研究》（香港：香港中文大學文物館，1990 年 1 月），頁 151。

〔註209〕黃盛璋：〈匈奴官印綜論〉，《社會科學戰線》1987 年第 3 期，頁 138。

釋讀部分、尚待考察部分區別開來，有助對於這些匈奴官印之實際釋讀。

1. 漢匈奴惡適姑夕且渠

著錄《匯》
1376

黃盛璋〈匈奴官印綜論〉云：「臺耆且渠、姑夕且渠兩官職並列，當表一人而兼二官，《漢書·匈奴傳》文帝後二年使使遣匈奴書中提到單于使當戶且渠雕渠難等使漢，顏師古注："當戶、且渠者一人爲二官"。」〔註210〕又《漢書·匈奴傳》載：「其明年，烏桓擊匈奴東邊姑夕王，頗得人民，單于怒。」〔註211〕、《漢書·匈奴傳》：「諸二十四長，亦各自置千長、百長、什長、裨小王、相、都尉、當戶、且渠之屬。」〔註212〕則姑夕且渠乃二官稱謂頗爲合理。

惡適，葉其峰釋爲是左、右之類的修飾"姑夕"的詞，而不可能爲部落名。〔註213〕孫慰祖《兩漢官印匯考》釋曰：「惡適，當是匈奴部落或種姓名。」〔註214〕此二說皆有可信之處，唯史籍未載，故仍待考。

2. 漢匈奴呼盧訾尸逐

著錄《匯》
1377

呼盧訾，匈奴部族名。《漢書·匈奴傳》：「（單于）廼自請與呼盧訾王各將萬騎南旁塞獵，相逢俱入。」〔註215〕尸逐，官號。《後漢書·南匈奴傳》：「異姓大臣左右骨都侯，次左右尸逐骨都侯，其餘日逐、且渠、當戶諸官號，各以

〔註210〕黃盛璋：〈匈奴官印綜論〉，《社會科學戰線》1987 年第 3 期，頁 141。

〔註211〕《漢書·匈奴傳》，卷上，頁 1611 上。

〔註212〕《漢書·匈奴傳》，卷上，頁 1598 上。

〔註213〕葉其峰：〈兩漢時期的匈奴官印〉，《秦漢魏晉南北朝官印研究》（香港：香港中文大學文物館，1990 年 1 月），頁 151～152。

〔註214〕《兩漢官印匯考》，頁 210。

〔註215〕《漢書·匈奴傳》，卷上，頁 1610 上。

權力優劣、部眾多少爲高下次第焉。」〔註216〕本印爲漢賜呼盧訾首領官印。

3. 漢匈奴姑塗黑臺耆

著錄《匯》
1378

姑塗黑，史籍未載，據「漢匈奴呼盧訾尸逐」之「呼盧訾」乃匈奴部族名推測，則「姑塗黑」或亦爲匈奴部落名。臺耆，官號。《後漢書・南匈奴傳》：「漢安元年秋，吾斯與薁鞬臺耆、且渠伯德等復掠并部。」〔註217〕本印爲漢賜姑塗族首領官印。

4. 漢匈奴栗借溫禺鞮

著錄《匯》
1381

栗借，即栗籍，匈奴部族名。《後漢書・南匈奴傳》：「栗籍骨都侯屯代郡。」〔註218〕溫禺鞮，匈奴王號，《後漢書・南匈奴傳》：「次左右溫禺鞮王。」〔註219〕溫禺鞮應是以王號爲官號，如官名「日逐」即以「次左右日逐王」〔註220〕爲官號。

5. 漢匈奴左夫除渠日逐

著錄《匯》
1380

〔註216〕《後漢書・南匈奴傳》，頁 1059 上。

〔註217〕《後漢書・南匈奴傳》，頁 1065 上。

〔註218〕《後漢書・南匈奴傳》，頁 1059 上。

〔註219〕《後漢書・南匈奴傳》，頁 1059 上。

〔註220〕《後漢書・南匈奴傳》：「異姓大臣左右骨都侯，次左右尸逐骨都侯，其於日逐、且渠、當户諸官號，各以權力優劣、部眾多少爲高下次第焉。」又《後漢書・南匈奴傳》：「次左右日逐王。」。

日逐，官號。《後漢書・南匈奴傳》：「異姓大臣左右骨都侯，次左右尸逐骨都侯，其於日逐、且渠、當戶諸官號，各以權力優劣、部眾多少爲高下次第焉。」〔註221〕除渠，即且渠，除、且均在魚部。左夫除渠（且渠），史籍未載，應是匈奴部族官號。本印爲授予該部落首領官印。

6. 漢匈奴伊酒莫當百

著錄《匯》
1382

伊酒莫，史籍未載，或爲匈奴部族名。《兩漢官印匯考》：「『伊酋若』即『呼留若』。此印文作『伊酒莫』，『酒』與『酋』古音同屬幽部，『莫』與『若』同屬魚部，是知『伊酒莫』亦『伊酋若』之異譯。」〔註222〕本印爲漢授伊酒莫族首領官印。

7. 漢匈奴惡適尸逐王

著錄《匯》
1375

尸逐，王號。《後漢書・竇憲傳》：「斬溫禺以釁鼓，血尸逐以染鍔。」注曰：「溫禺、尸逐皆匈奴王號也。」〔註223〕惡適，史籍未載，待考。本印爲漢賜惡適尸逐王印。

8. 漢匈奴左污勒訾

著錄《匯》
1379

《兩漢官印匯考》：「污即汙，『汙勒』與『呼盧』古音近可通，『污勒訾』

〔註221〕《後漢書・南匈奴傳》，頁 1059 上。

〔註222〕《兩漢官印匯考》，頁 211。

〔註223〕《後漢書・竇憲傳》，頁 304 下。

即『呼盧訾』之異譯。」〔註224〕左，即左右之分。本印應以部落爲單位所頒授。

9. 漢匈奴歸義親漢君、漢匈奴歸義親漢長、漢歸義胡佰長

著錄《匯》
1383

著錄《匯》1384

著錄《匯》
1390

《後漢書·百官志》：「四夷國王、率眾王、歸義侯、邑君、邑長，皆有丞，比郡縣。」〔註225〕此三印皆爲賜予歸附漢朝之親漢匈奴首領官印。

10. 漢匈奴破虜長

著錄《匯》
1385

破虜，爲助兩漢征戰邊塞民族有功首領稱謂。《後漢書·西羌傳》：「度遼將軍鄧遵率南單于及左鹿蠡王須沈萬騎，擊零昌於靈州，斬首八百餘級，封須沈爲破虜侯，金印紫綬，賜金帛各有差。」〔註226〕此印爲賜助漢朝破虜有功之官印。

11. 漢匈奴守善長

著錄《匯》
1387

守善，應爲官號，類於率眾〔註227〕。此印爲賜歸附漢朝之匈奴首領官印。

〔註224〕《兩漢官印匯考》，頁211。

〔註225〕《後漢書·百官志》，頁1366下。

〔註226〕《後漢書·西羌傳》，頁1033下。

〔註227〕《後漢書·百官志》：「四夷國王、率眾王、歸義侯、邑君、邑長，皆有丞，比郡縣。」，頁1366下。

12. 漢休著胡佰長、漢屠各率善君、漢屠各率善長

著錄 《匯》
1393

著錄《匯》1391

著錄 《匯》
1392

　　休著胡，匈奴部族名，又稱屠各、休屠各、休著屠各。《後漢書・南匈奴傳》：「五年，右部醯落與休著各胡白馬銅等十餘萬人反。」〔註228〕《後漢書・鮮卑傳》：「熹平三年冬，鮮卑入北地，太守夏育率休著屠各追擊破之。」〔註229〕三印為漢賜休著胡族首領官印。

13. 漢盧水仟長、漢盧水佰長

著錄 《匯》
1394

著錄《匯》1395

　　盧水，盧水胡，匈奴部族名。《後漢書・西羌傳》：「時為盧水胡所擊，比銅鉗乃將其眾來依郡縣。」〔註230〕二印為漢賜盧水胡仟長、佰長官印。

14. 四角王印

著錄 《匯》
1388

　　四角，官號。《後漢書・南匈奴傳》：「其大臣貴者左賢王，次左谷蠡王，次右賢王，次右谷蠡王，謂之四角。」〔註231〕此印為漢封匈奴王印。

〔註228〕《後漢書・南匈奴傳》，頁 1066 上。

〔註229〕《後漢書・鮮卑傳》，頁 1074 下～1075 上。

〔註230〕《後漢書・西羌傳》，頁 1029 上。

〔註231〕《後漢書・南匈奴傳》，頁 1059 上。

2、烏桓

表四十六：東漢烏桓族官名印一覽表

編號	印文	質地	鈕式	尺寸（厘米）	著錄	收藏
1	漢保塞烏桓率眾長	銅	駝	2.3×2.3		故宮博物院
2	漢保塞烏桓率眾長	銅	駝	2.3×2.3		故宮博物院
3	漢烏桓率眾長	銅	駝	2.3×2.35		臺北故宮博物院

著錄《匯》
1399

《後漢書・烏桓傳》：「烏桓者，本東胡也。漢初，匈奴冒頓滅其國，餘類保烏桓山，因以爲號焉。」〔註232〕率眾長，漢封異族首領官號，《後漢書・百官志》：「四夷國王、率眾王、歸義侯、邑君、邑長，皆有丞，比郡縣。」〔註233〕又《後漢書・鮮卑傳》：「時遼東鮮卑六千餘騎亦寇遼東玄菟、烏桓校尉耿曄發緣邊諸郡，兵及烏桓，率眾王出塞擊之。」〔註234〕「漢保塞烏桓率眾長」、「漢烏桓率眾長」爲東漢頒授烏桓率眾部長官印。

3、羌族

表四十七：東漢羌族官名印一覽表

編號	印文	質地	鈕式	尺寸（厘米）	著錄	收藏
1	漢歸義羌長	銅	羊	2.2×2.2		
2	漢歸義羌佰長	銅	駝	2.3×2.3		浙江省博物館

著錄《匯》
1413

著錄《匯》
1414

〔註232〕《後漢書・烏桓傳》，頁1071上。

〔註233〕《後漢書・百官志》，頁1366下。

〔註234〕《後漢書・鮮卑傳》，頁1074上。

歸義，爲兩漢對四方異族歸附順從之褒語。黃盛璋〈匈奴官印綜論〉云：「"歸義"一詞最早見於《漢書・功臣表》武帝元鼎四年"膫侯次公以匈奴歸義王降，侯"，次爲同書《趙充國傳》有"歸義羌侯楊玉等"，"歸義"意爲歸降。」[註235] 漢置掌管歸義蠻夷之官，以便統一管理，《漢書・百官公卿表》：「典客，秦官，掌諸歸義蠻夷，有丞。景帝中六年更名大行令，武帝太初元年更名大鴻臚。」[註236] 羌，西方少數民族，牧羊爲業，《史記正義・大宛傳》載：「羌，西方牧羊人也。」[註237]「漢歸義羌長」、「漢歸義羌佰長」爲東漢頒授歸邑羌族首領官印。

4、少數民族

表四十八：東漢少數民族官名印一覽表

編號	印文	質地	鈕式	尺寸（厘米）	著錄	收藏
1	漢歸義賨邑矦	金	駝	2.3×2.3		中國歷史博物館
2	漢歸義氐佰長	銅	駝	2.35×2.35		上海博物館
3	漢歸義夷仟長	銅	駝	2.3×2.3	符	
4	漢歸義叟邑長	銅	駝	2.2×2.3		故宮博物院
5	漢叟邑長	銅	駝	2.25×2.25		上海博物館
6	漢叟邑長	銅	駝	2.3×2.3		故宮博物院
7	漢叟仟長	銅	駝	2.3×2.3		故宮博物院
8	漢率眾君	銅	駝	2.2×2.2		故宮博物院

1. 漢歸義賨邑矦

著錄《匯》
1417

賨，巴州人。《漢書・西域傳》：「設酒池肉林以饗四夷之客，作巴俞都盧、海中碭極、漫衍魚龍、角抵之戲以觀視之。」師古曰：「巴人，巴州人也。俞，

[註235] 黃盛璋：〈匈奴官印綜論〉，《社會科學戰線》1987 年第 3 期，頁 142。

[註236] 《漢書・百官公卿表》，卷上，頁 304 上。。

[註237] 《史記正義・大宛傳》，頁 248～352 上。

水名，今渝州也。巴俞之人，所爲賨人也，勁銳善舞。」〔註238〕本印曰「邑矦」，又作金印，其制類於漢諸列矦，可見漢有以金印封少數民族首領情形。

2. 漢歸義氐佰長

著錄《匯》
1422

氐，西南少數民族。《後漢書·西南夷傳》：「白馬氐者，武帝元鼎六年開，分廣漢西部，合以爲武都，土地險阻，有麻田，出名馬、牛、羊、漆、蜜。」〔註239〕本印爲東漢頒授氐族首領官印。

（3）漢歸義夷仟長

著錄《匯》
1423

夷，古對東方夷族泛稱。漢代根據地理位置不同有東夷、西南夷別稱，如《漢書·西南夷兩粵朝鮮傳》、《後漢書·東夷傳》、《後漢書·西南夷傳》舉列西南夷、東夷諸國。本印未明賜予何族，然東漢賜印少數民族，以西南夷爲最，故本印可能是該地某族歸附後之漢賜官印。

（4）漢歸義叟邑長、漢叟邑長、漢叟仟長

著錄 《匯》
1420

著錄《匯》1418

著錄 《匯》
1421

叟，古少數民族。《華陽國志·南中志》：「夷人大種曰昆，小種曰叟。」

〔註238〕《漢書·西域傳》，卷下，頁 1676 下。

〔註239〕《後漢書·西南夷傳》，頁 1022 上。

〔註240〕又《後漢書・光武帝紀》：「西南夷寇益州郡。」注引《華陽國志》云：「武帝元封二年叟夷反，將軍郭昌討平之，因開爲益州郡。」〔註241〕「漢歸義叟邑長」、「漢叟邑長」、「漢叟仟長」爲東漢賜叟族官印。

（5）漢率眾君

著錄《匯》
1424

率眾君，漢賜夷族官職稱謂。《後漢書・百官志》：「四夷國王、率眾王、歸義侯、邑君、邑長，皆有丞，比郡縣。」〔註242〕本印未明賜予何族，然東漢頒授「率眾」印文官印，有給烏桓、鮮卑，如漢保塞烏桓率眾長、漢鮮卑率眾長，故本印或爲此二族所授。

5、其他異族

表四十九：東漢其他異族官名印一覽表

編號	印文	質地	鈕式	尺寸（厘米）	著錄	收藏
1	漢鮮卑率眾長	銅	駝	2.35×2.45	存	
2	漢委奴國王	金	蛇	2.4×2.4	書	

1. 漢鮮卑率眾長

著錄《匯》
1403

《後漢書・鮮卑傳》：「鮮卑者，亦東胡之支也。別依鮮卑山，故因號焉。其言語習俗與烏桓同。……永平元年，祭肜復賂偏何擊歆志賁，破斬之，於是鮮卑大人皆來歸附，並詣遼東受賞，賜青徐二州給錢歲二億七千萬爲常。明章二世，保塞無事。」〔註243〕本印即賜予歸附漢朝之鮮卑首長官印。

〔註240〕〔晉〕常璩：《華陽國志》（臺北：世界書局，1979年12月），頁110。

〔註241〕《後漢書・光武帝紀》，卷下，頁58上。

〔註242〕《後漢書・百官志》，頁1366下。

〔註243〕《後漢書・鮮卑傳》，頁1073上。

2. 漢委奴國王

著錄《匯》
1432

委奴，即倭奴，日本古稱。《後漢書·東夷傳》：「建武中元二年，倭奴國奉貢朝賀，使人自稱大夫，倭國之極南界也。光武賜以印綬。安帝永初元年，倭國王帥升等獻生口百六十人，願請見。」〔註244〕此印傳一七八二年發現於日本九州福岡縣志賀島，〔註245〕是東漢頒授委奴國王璽印，且金質蛇紐，印文規整，有別其他異族官印。

五、其　他

（一）皇后之璽

著錄《匯》
1

玉質，螭虎鈕，2.8×2.8厘米，陝西省博物館藏，1968年於陝西咸陽韓家灣狼家溝被發掘。《漢舊儀》云：「皇后玉璽，文與帝同。皇后玉璽，金螭虎紐。」〔註246〕這方信璽印證《漢舊儀》記載皇后玉璽印制無誤。對於這方后璽印主考究，存在著不看法，秦波〈西漢皇后玉璽和甘露二年方爐的發現〉〔註247〕、李如森〈漢墓璽印及其制度試探〉〔註248〕等文推定為呂后之璽，王人聰《新出歷代璽印集釋》則認為「其上限不會早於西漢文景時期，下限當在武帝前後。」〔註249〕這方皇后印璽因非出土於墓葬發掘，故印主之名仍難斷定。

〔註244〕《後漢書·東夷傳》，頁1007下。

〔註245〕《兩漢官印匯考》，頁220。

〔註246〕《漢舊儀》，卷下，頁1。

〔註247〕秦波：〈西漢皇后玉璽和甘露二年銅方爐的發現〉，《文物》1973年5期，頁26～27。

〔註248〕李如森：〈漢墓璽印及其制度試探〉，《社會科學戰線》1996年第5期，頁127。

〔註249〕王人聰：《新出歷代璽印集釋》（香港：香港中文大學文物館，1987年），頁39。

（二）泰倉

著錄《匯》
1306

銅質魚紐，2.35×1.45 厘米，上海博物館藏。本印屬日字格，爲西漢初期風格。泰倉，史籍未載。《兩漢官印匯考》云：「泰倉，即太倉。……爲王國之倉署官印。」〔註250〕

（三）共印

著錄《匯》
1288

銅質瓦紐，2.4×1.35 厘米，故宮博物館藏。共印，史籍未載。《兩漢官印匯考》云：「共，共官之省。……當是掌供膳之官。」〔註251〕然本印究屬何種官職或官署仍待考。

（四）祠官

著錄《匯》
1291

銅質鼻紐，2.3×1.5 厘米，上海博物館藏。祠官爲祝祠之官，漢置太祝官，《漢書·百官公卿表》：「奉常，秦官，掌宗廟禮儀，有丞。景帝中六年更名太常。屬官有太樂、太祝、太宰、太史、太卜、太醫六令丞。」〔註252〕祠官同屬掌祭祀禮儀之事，唯屬中央或地方官職仍未確。

〔註250〕《兩漢官印匯考》，頁 201。

〔註251〕《兩漢官印匯考》，頁 198。

〔註252〕《漢書·百官公卿表》，卷上，頁 300 下。

（五）喪尉

著錄《匯》
1292

著錄《匯》
1293

銅質鼻紐，2.5×1.35 厘米，上海博物館藏。有日字格或無日字格者，皆爲西漢初期印。喪尉，史籍未載，疑爲主喪祭之官。

（六）靈丘騎馬

著錄《概》
頁 39

烙馬印。羅福頤〈僂翁印話〉云：「朱文無紐，中間一方孔，印面高 6.8 寬 6.5 厘米。先人鑒定是爲漢烙馬印，用時以木爲柄，穿方孔中，燒熱以烙馬身爲標識者。」〔註253〕

第三節　小　結

孫慰祖云：「官印作爲官署、官吏執政憑信或職權象徵，是與歷代官制、印制、地理、文字沿革乃至民族關係相聯繫著的。因此，它對於今天的意義就不僅僅是藝術的賞鑑，而首先在其客觀的史料價值。在存世古官印資料中，兩漢及新莽時期的遺存特別豐富。」〔註254〕本章將兩漢官署印分爲中央、地方官署印，官名印則析爲中央、地方、疾國、異族官名印依序作探討。

中央官署隸屬朝廷，屬帝王直轄，遺世兩漢中央官署印約十八方。其職掌

〔註253〕羅福頤：〈僂翁印話〉，《古文字研究》第 11 輯，頁 117～118。

〔註254〕《兩漢官印匯考》，頁 I。

類別遍及政事、軍事、祭祀、禮樂、卜筮、授業、衣冠、膳食、狩獵、醫病、典藏、鑄造、園藝、喪葬、豢養……等，多數官署名稱可於《周禮》、《漢書・五行志》、《後漢書・百官志》以及兩漢史籍當中獲得印證，證明兩漢官署設置因襲周法的可能。地方官署由各地最高行政首長統轄，是人民請願百事主要管道，遺世兩漢地方官署印約二十三方左右，當中約有九方官署印名乃史籍未載，成爲補足歷史文獻重要實證。

　　兩漢遺世官名印相較於官署印，數量更多，所涉及官制更爲繁雜。漢代頒授中央、地方、疾國、異族官名印，主要以官制決定印章質地和紐式。應劭《漢官儀》載：「孝武皇帝元狩四年，令通官印方寸大，小官印五分，王、公、侯金、二千石銀，千石以下銅印。」〔註255〕據《兩漢官印匯考》著錄計，中央官名印約一百九十方，地方官名印近三百三十方，疾國官名印約一百三十方，異族官名印則有六十方左右，倘將各博物館及相關單位出版兩漢璽印圖錄予以納入，初步統計遺世兩漢官名印至少在七百二十方以上。這些璽印實物，多數可於《漢書・百官公卿表》、《後漢書・百官志》、《漢書・地理志》、《後漢書・郡國志》獲得引證，然凡地名、國名爲地理志所未載者，總數幾達五十六方，爲數不少，成爲校補漢史重要依據，具有相當研究價值。

　　昔研究文獻材料，因缺乏實物佐證，故難究其記載眞確，隨著地下文物陸續出土，特別是這些珍貴的遺世璽印，乃成爲貫徹二重證據法之重要實證。

〔註255〕《漢官儀》，頁49。

第四章　漢代私印彙釋

　　璽印作爲一種人與人之間相互憑證的工具，至漢代達到輝煌成就。漢官印不但制定了一套自先秦以來官印發給完善機制，其形制更深刻的影響魏晉南北朝印文風格。與漢官印並存的，還有運用於日常生活各方面的私印。

　　漢私印涵攝廣泛，包括姓氏人名印、成語印、宗教印以及肖形印，本文研究主要以漢代璽印文字爲主，故肖形印不在討論範圍。漢私印相對於漢官印而言，傳世與著錄數量更富，其質地有金、銀、銅、玉、滑石、琥珀、瑪瑙等，紐制有鼻紐、瓦紐、壇紐、橋紐、龜紐、虎紐、獸紐等，此外亦有兩面印、子母印；至於印文，有鑄有鑿，有朱有白，其書體有篆體、繆篆〔註1〕及鳥蟲書〔註2〕，充分的表現了漢私印形制的多樣化。本章將針對漢私印中「姓名印」〔註3〕、「成語印」、

〔註 1〕羅福頤《古璽印概論》云：「漢許慎《說文解字敘目》：亡新居攝，改定古文，時有六書，『五曰繆篆，所以摹印也』。今傳世官印，文皆方正平直；只有私印中有一種筆劃故作屈曲回繞，此當是許氏所謂繆篆。過去有人稱漢魏印上文字皆爲繆篆，這是不對的。此種繆篆，官印上不用，只用於私印。」（臺北：學海出版社，1983 年 9 月），頁 55。

〔註 2〕羅福頤《古璽印概論》云：「《說文解字・敘》稱，秦書有八體，『四曰蟲書』，徐鉉注：『蟲書即鳥書，以書幡信，首象鳥形。』鳥篆又名鳥蟲書，春秋戰國時期的王子匜、越王勾踐劍、越王矛等青銅器銘文，書體筆劃皆作鳥蟲形，這當是鳥書的始創。」，頁 56。

〔註 3〕戰國時期稱爲「姓名璽」，漢代稱「姓名印」，二者同。羅福頤《古璽印概論》云：

「宗教印」〔註4〕與「單字印」〔註5〕四部分進行分類、研析。

第一節　姓名印

　　「姓名印」源起於戰國時期。戰國時期受到禮樂崩解、各國爭亂、經濟發展等環境因素影響，作爲人與人之間相互憑證的工具——「璽印」於是被有意識地運用。戰國璽印可分爲官璽、私璽二類，現今遺存姓名璽數以千計，《古璽彙編》收錄 3700 餘枚，剔除雜在其中的箴言璽、吉語璽，也可達 3600 餘枚，〔註6〕數量眾多。戰國姓名璽包含姓氏〔註7〕、人名〔註8〕印文，漢代姓名印延續先秦刻鑄姓名璽形式，印文亦包括姓氏、人名二者。現今遺存漢私印數量，單就《漢印文字徵》著錄計，約有五千多方，加以各博物館及相關單位所出近代璽印圖錄合計，則漢私印遺世總數至少有六千方餘方，剔除雜在其中的成語印、宗教印、單字印，則漢代姓名印也可達五千餘方，數量更甚戰國姓名璽。

　　漢代姓名印如同漢官印般，於西漢、新莽、東漢時期各有印文特色。大抵說來，西漢初年延續先秦風格，至西漢中晚期始發展其特殊印文刻鑄面貌；新莽時期受到王莽改制影響，印文章法出現了復古形制；東漢除承前舊制外，亦具獨有特徵：印文朱白相間情形更爲顯著，而兩面印、兩套印、三套印之流行，更充分展現漢代工匠的巧思。下分別就西漢、新莽、東漢三個時期印文特色予以述說：

　　　「秦統一六國後，加強了中央集權，制定一系列的制度，乃規定只皇帝的印稱『璽』，一般人只稱『印』。」（臺北：學海出版社，1983 年 9 月），頁 15。

〔註4〕「宗教印」，泛指具迷信色彩印章。

〔註5〕「單字印」，僅刻鑄單字之印。

〔註6〕葉其峰：《古璽印與古璽印鑑定》（北京：文物出版社，1997 年 10 月），頁 57。

〔註7〕李學勤〈考古發現與古代姓氏制度〉云：「姓和氏都要經過命賜，……古代社會中並非人人有姓，而是只有具有一定身分的人才有姓，……姓是世代不變的，氏則是往往改變的。只要維持一定的身分，姓就將流傳下去，直到該姓滅絕爲止。……事實上，古代有一定身分的人都可有氏。」《古文獻叢論》1996 年 11 月，頁 117～120。

〔註8〕李學勤〈先秦人名的幾個問題〉云：「據禮書所載，當時男人生下來有名，到冠禮時有字。取字的時候，一定要使字和名有意義上的聯繫。」《古文獻叢論》1996 年 11 月，頁 129。

一、漢姓名印各期特色〔註9〕

（一）西漢時期

西漢時期印文格式有「姓+單名」、「姓+複名」、「複姓+單名」、「複姓+複名」、「姓+單名+之印」、「姓+單名+私印」、「姓+單名+印信」、「姓+單名+信印」等，如下表五十列舉諸印。

表五十：西漢姓名印印文格式一覽表

印文格式	西漢姓名印			
姓+單名 複姓+單名 複姓+複名				
姓+複名+印				
姓+單名+之印				
姓+單名+私印				
姓+單名+信印 姓+單名+印信				

漢初昇平，私印形制沿用秦印，多白文，具田字格。田字格起於秦印，有關田字格使用下限，王人聰〈論西漢田字格官印及其年代下限〉〔註10〕根據璽印與封泥資料考據，推求其下限乃至武帝太初元年，而趙平安〈秦西漢官印論

〔註9〕本章節主要針對漢代姓名印形制進行分期概述，有關漢印印文風格探討，則於第五章「第二節風格」當中進行深論。

〔註10〕王人聰：〈論西漢田字格官印及其年代下限〉，《故宮博物院院刊》1988年第4期，頁42～48。

要〉一文據《古封泥集成》中「延鄉矦印」封泥考定，認爲田字格官印的年代下限應推到漢成帝永始四年，其云：

> 據《漢書‧景武昭宣元成功臣表》，延鄉爲侯國，第一代爲節侯李譚，永始四年（前13年）封，十三年薨。第二代爲李成，元始元年嗣位，王莽敗，國絕。延鄉侯始封爲漢成帝永始四年，因此"延鄉侯印"不可能早於此年。那麼，田字格的年代下限似乎可以據此推到漢成帝永始四年。〔註11〕

西漢初期私印雖具秦印風格，易與之混淆，然細查印文形構，亦可從中區別二者些微差異。邵磊〈西漢私印斷代探述〉云：

> 在印面構圖上，秦印印文往往隨筆劃繁簡自然布列，並不追求與整塡滿，印面留紅較多。而本期私印在佈局上則尤顯刻意經營，且不惜通過增飾印文、繆曲筆劃來追求"滿白"的藝術效果，印面留朱甚少；其次，在印文形態上，秦印印文多出鑿刻，筆道及外廓邊欄線條比較纖細，露鋒、出鋒的筆劃更是疊見不窮。本期私印印文由於多隨印體同時澆鑄而出，是以筆道及邊欄線條均較秦印規整而粗厚，筆劃轉角處，也由秦印的圓轉一變爲方折。〔註12〕

秦印與漢初印面文字風格差異，主要來自於漢初隸變的結果，使得秦篆曲筆漸趨方直，形成漢私印特有風格（見表五十一）。另外，漢初私印也比秦印多了紐制上的別異，此即龜紐的出現。

表五十一：秦、漢姓名印一覽表

秦姓名印				
	史改 《概》頁48	詔發 《概》頁48	張鑮 《概》頁49	趙部考 《概》頁49

〔註11〕趙平安：〈秦西漢官印論要〉，《考古與文物》2001年第3期，頁61。

〔註12〕邵磊：〈西漢私印斷代探述〉，《南方文物》2001年第3期，頁97。

漢姓名印				
	王豎《概》頁 54	李騁《概》頁 54	費默《概》頁 54	李疊《概》頁 54

到了西漢中後期，因武帝對官印施行明文規範，〔註13〕使私印同時受到固定形制。本期姓名印格式多於姓名之後加綴「印」、「之印」、「私印」、「信印」，使印文湊成四字，印文折、直增多，斜筆、圓筆減少，字形寬博方正，結構更趨嚴謹，印文線條中略呈上弧形的筆勢往往使全印表現出莊重而不失圓活的風貌。〔註14〕此時期印文字體，除了篆體之外，還有繆篆與鳥蟲書，這兩種字體靈活運用屈曲蜿蜒筆勢，極盡填滿印面，充分的在有限空間當中，展現特有藝術風貌，而四靈印〔註15〕的出現，將肖形圖案與文字結合，調和了印面的佈局，亦增添了幾分生動色彩。

（二）新莽時期

新莽時期，前後僅十五年，受到王莽託古改制影響，私印印文偶有戰國時期邊欄風格，兼有西漢中晚期款識，然印面文字以五字或六字為主。其五字或六字私印，為印面排列成三行，每一行分占二字，五字印則由末一字拉長獨占一行，不足五字者，則冠以"之"字補足，印文格式以「姓+單名+之印信」、「姓+單名+ 之信印」最為常見（見表五十二）。至於紐制方面，除西漢常見之龜紐、鼻紐、瓦紐外，又出現辟邪紐，此紐制沿用至魏晉南北朝時期。

〔註13〕〔漢〕班固《漢書‧武帝紀》：「（太初元年）夏五月，正曆，以正月為歲首。色上黃，數用五，定官名，協音律。」注引張晏曰：「漢據土德，土數五，故用五，謂印文也。若丞相曰"丞相之印章"，諸卿及守相印文不足五字者，以"之"足之。」（臺北：藝文印書館，1982 年），頁 99 上。又〔漢〕應劭《漢官儀》：「孝武皇帝元狩四年，令通官印方寸大，小官印五分，王、公、侯金、二千石銀，千石以下銅印。」（北京：中華書局，1985 年），頁 49。

〔註14〕邵磊：〈西漢私印斷代探述〉，《南方文物》2001 年第 3 期，頁 101。

〔註15〕四靈：青龍、白虎、朱雀、玄武。「四靈印」即運用這四種動物，或以龜、鶴、蛇、魚替代，將其肖形圖案填置於印面周圍，中間刻鑄文字，以取吉祥之意。

表五十二：新莽姓名印印文格式一覽表

印文格式	新莽姓名印		
姓+單名+之印信			
姓+單名+之信印			

（三）東漢時期

　　東漢私印有鑄有鑿，印面多為 1.5 至 2.3 厘米，印文有朱有白，亦有朱白相間。印文格式較西漢、新莽多樣，有「姓+單名」、「姓+複名」、「複姓+單名」、「複姓+複名」、「臣+單名」、「臣+複名」、「姓+單名+印」、「姓+複名+印」、「姓+單名+之印」、「姓+單名+私印」、「姓+單名+印信」、「姓+單名+信印」「姓+複名+印章」等（見表五十三）。印面款式則有方形、長方形、圓形、柿蒂形、三環形、四葉形等，風格多變。在印制方面，兩面印〔註16〕、子母印（有兩套印、三套印）〔註17〕之流行，是辨別東漢私印的最佳特徵，充分展現漢代工匠的獨特巧思。其次，東漢末年道教盛行，出現了道教風格濃厚諸印文，成為此時期獨特現象。

表五十三：東漢姓名印印文格式一覽表

印文格式	東漢姓名印			
姓+單名 姓+複名 複姓+複名				

〔註16〕　「兩面印」，印章鑄鑿兩面印文。

〔註17〕　曹錦炎《古代璽印》：「子母印始於西漢中期以後，母印中空，子印套於母印中空處，多兩印一套，東漢時有三印一套者，層層套合，構思巧妙。」（北京：文物出版社，2002 年 7 月），頁 96。

臣+單名 臣+複名 臣+姓+單名				
姓+單名+印 姓+複名+印				
姓+單名+之印				
姓+單名+私印				
姓+單名+印信 姓+單名+信印				
姓+複名+印章				

二、複姓印

漢私印中複姓繁多，據趙平安〈漢印複姓的考辨與統計〉〔註18〕針對《漢印文字徵》及《漢印文字徵補遺》著錄漢私印印文屬複姓印的初步統計，復與吳大澂編纂《續百家姓印譜》、羅振玉《璽印姓氏徵》與《璽印姓氏徵補正》相互比對的結果，計得漢印複姓一百七十四個，其中大約還有十幾個可能是複姓，卻又一時無從證明的例子。〔註19〕爾後，吳良寶根據趙文成果，撰寫〈〈漢印複姓的考辨與統計〉補正〉〔註20〕，文中對於趙文考釋、舉列漢印複姓之疏漏多有補充，除去趙文重複統計及存疑者共三種，再加上補收趙文缺

〔註18〕趙平安：〈漢印複姓的考辨與統計〉，《文史》1999年第3輯，頁121～127。

〔註19〕趙平安：〈漢印複姓的考辨與統計〉，《文史》1999年第3輯，頁127。

〔註20〕吳良寶：〈〈漢印複姓的考辨與統計〉補正〉，《文史》2002年第1輯，頁247～251。

載四十餘種後，總計漢印複姓的總數當不會少於二百二十種〔註21〕（見表五十四列舉）。有關漢印以前古璽複姓統計，學者曾做過深究，吳良寶〈古璽複姓統計及相關比較〉〔註22〕一文，考辨古璽資料著錄最富之羅福頤主編《古璽彙編》一書，加上《古璽彙編》未收，卻可確認之複姓，共得古璽複姓一百二十六種；另，田河、朱力偉合撰〈秦印複姓初步統計〉〔註23〕，統計許雄志編寫《秦代印風》與《秦印文字編》，得秦印〔註24〕複姓五十二種。從上述徵引古璽複姓統計二文，與漢印複姓統計數目相較，顯然古璽複姓遠少於漢印複姓總量，對此，吳良寶曾就漢印複姓種類較繁原因作過說明，並歸納四點主因：（一）有些漢印複姓是由一個複姓分化而來，如："申屠、申徒、胜屠、信屠"等，"枯成、苦成、庫成、車成"等；（二）有的漢印複姓是漢代新產生的，如：第五、周陽、亢陽、資比、含冶、司國等；（三）有的複姓來自於地名、國名，如：鉅平、渝沐、郁傷、蒲類等；（四）有的複姓可能來自少數民族，如：碩須、纂母、車成等；其次，吳氏更指出約有五十六種左右的複姓，在古璽、漢印中都出現過，如：司馬、司空、司徒、東野、東里、東谷、東戶、上官、西門、馬師、馬矢、公乘、公孫、長孫、王孫、臧孫、淳于、少曲、申屠、吾丘、邯鄲、五鹿、陽成、北宮、高堂、枯成、登徒、令狐、夏侯、鮮于……等。〔註25〕漢代複姓除沿襲戰國、秦私璽複姓外，有衍生於字形通假、音讀訛變分化，乃至於因置矦國、縣邑以及四方民族相繼與漢族融合，故使得漢複姓叢出。下表統整趙平安〈漢印複姓的考辨與統計〉、吳良寶〈〈漢印複姓的考辨與統計〉補正〉舉列漢印複姓：

〔註21〕 吳良寶：〈〈漢印複姓的考辨與統計〉補正〉，《文史》2002 年第 1 輯，頁 250。

〔註22〕 吳良寶：〈古璽複姓統計及相關比較〉，《古籍整理研究學刊》2002 年第 4 期，頁 40～44。

〔註23〕 田河、朱力偉：〈秦印複姓初步統計〉，《古籍整理研究學刊》2005 年第 3 期，頁 93～97。

〔註24〕 田河、朱力偉：〈秦印複姓初步統計〉：「秦印應指秦統一之後到秦滅亡的這十五年間製作的印章，但在考古學上把統一前後的秦印作明確劃分卻是困難的，所以我們一般認為秦印應包括秦統一六國前的數十年在內的印章以及西漢初年的秦系印章。」，頁 93。

〔註25〕 吳良寶：〈古璽複姓統計及相關比較〉，《古籍整理研究學刊》2002 年第 4 期，頁 43。

表五十四：漢印複姓一覽表

	漢印複姓
趙平安〈漢印複姓的考辨與統計〉舉列漢印複姓	上官、公上、下池、公孫、鮮于（蘇于）、苦成、東里、公乘、公冶、公車、成公、吾丘、相里、白台、浩生（告生）、鐘龍、新成、新孫、輕車、眾利（多利）、杂周、尾生、王孫、杞丘、空桐（空銅）、閭丘、閭盧、公額、令其、窒孫（室孫）、辟閭、亢昜、瞻台、馬適、王史、（王使）、瓦閭、得昌、窒中、段干、申徒（莆徒）、陽成、成功、合興、綦母（其母、期母）、南陽、邯鄲、臧孫、高堂、公良、西方、沐新、東郭、無婁（母婁、母蔞）、徒師、右師、馬師、服師、北門、西郭、北宮、蒲類、賁邪、郁陽（郁傷）、公息、憲丘、治徒、公衍、申屠（勝屠）、魚丘、靡父、闕門、閣門、大史（泰史）、治成、投丘、新垣、金綆、瀕陽（頻陽）、將匠、梁丘、訢相、胥于、東野（東埜）、於丘、沐生、公其、巫馬、工師（江師）、東里、主父、邢丘、夏侯、屋盧（屋廬）、西門、司空、牛牢、籍莫、斫須、公陽、玄史、困陸、曼胡、祝父、馬史、第五、公羿、正離、疾閭、龍屋、姑陶、司國、罘夜、五乘、公徐、商丘、五鹿、大叔、中黃、資比、公南、課丘、古孫、公岡、并官、聞人、櫟陽、侯史、結比、公罷、公叔、中叔、司校、司鴻（司瑪）、乘馬、倍成、隆丘、合來、大宰、馬矢、少曲、周陽、袍休、袍由、密牟、橐冶、含冶、丁若、公衡、闔如、司馬、令狐、淳于、洞沐、鐘離、叔孫、季孫、屈侯、庾公、羊舌、諸葛、每車、傅陽、邑猶、涓楚、閭遽、於餘、白土、渝沐、闕里、鉅平、祭許、齊鑄、浩狐、蘭召
吳良寶〈〈漢印複姓的考辨與統計〉補正〉補收漢印複姓	東戶、東門、南郭、胡毋、司宮、長孫、東谷、公可、息夫、公𦎟（公救、公州）、仲山（中山）、苦□、公羊、司徒、槐里、夷吾、桑丘、中孫、武城、公丘、司城、延陵、毋丘、登徒、中長、車成、叔中、北郭、大室、今留、公席、白羊、水丘、甘士、下軍、歐陽（區陽）、門牢、公陵、山都、表孫、東鄉、毋孫、毋諸、公垣、公孟

　　趙平安〈漢印複姓的考辨與統計〉計得漢印複姓一百七十四種，吳良寶〈〈漢印複姓的考辨與統計〉補正〉補收漢印複姓四十九種，二者合約二百二十餘種，雖則漢印複姓爲數眾多，然可於古代姓氏譜錄、鈐印印譜中獲徵引者，卻非多數。中國姓氏譜錄，大抵以平、上、去、入四聲依序編次，如：陳士元《姓觿》〔註26〕、鄧名世《古今姓氏書辯證》〔註27〕；另，鄭樵《通

〔註26〕〔明〕陳士元：《姓觿》（北京：中華書局，1985年）。

志‧氏族略》〔註28〕則將歷代諸多姓氏歸之爲「以國爲氏」、「以郡國爲氏」、「以邑爲氏」、「以鄉爲氏」、「以亭爲氏」、「以地爲氏」、「以姓爲氏」、「以字爲氏」、「以名爲氏」、「以次爲氏」、「以族爲氏」、「夷狄大姓」、「以官爲氏」、「以爵爲氏」、「以凶德爲氏」、「以吉德爲氏」、「以技爲氏」、「以事爲氏」、「以諡爲氏」、「以爵系爲氏」、「以國系爲氏」、「以族系爲氏」、「以名氏爲氏」、「以國爵爲氏」、「以邑系爲氏」、「以官名爲氏」、「以邑諡爲氏」、「以諡氏爲氏」、「以爵諡爲氏」、「伐北複姓」、「關西複姓」、「諸方複姓」、「伐北三字姓」、「伐北四字姓」、「平聲」、「上聲」、「去聲」、「入聲」、「複姓（以茲複姓不知其本，故附四聲之後）」……等類別，這種編次方式不僅條分縷析，其對諸姓氏之考證，亦甚嚴謹。下文舉列漢印複姓，將以《通志‧氏族略》編次作爲歸納原則，然凡所舉列複姓於《通志‧氏族略》編次具疑議者，則予以指出，並援引史料考釋，重新編次、歸類。有鑒於漢印複姓多達二百二十餘種，難以全數探究，故僅羅列可同時徵引於古代姓氏譜錄、鈐印印譜、《漢印文字徵》之漢印複姓，試透過徵引史籍、印譜印文方式，印證漢印複姓實用面貌。

（一）以國爲氏

1. 淳于

淳于涂印
著錄《舉》
頁 1235

淳于安世
著錄《舉》
頁 1214

《風俗通姓氏篇》：「淳于氏，春秋時之小國也。桓公五年，不復其國，子孫以國爲氏。」〔註29〕《古今姓氏書辯證》：「淳于，故州國。一名淳于，其地城陽淳于縣是也。」〔註30〕《姓觿》：「《郡國志》云：『淳于，春秋小國。』《路史》云：『周武王以炎帝裔淳國封淳于公，後滅於杞，因氏。』」〔註31〕複姓「淳于」見於戰國私璽，如「淳于裵」（《彙》〔註32〕3194）、「淳于旗」（《彙》

〔註27〕〔宋〕鄧名世：《古今姓氏書辯證》（北京：中華書局，1985 年）。

〔註28〕〔宋〕鄭樵：《通志》（臺北：臺灣商務印書館，1987 年 12 月）。

〔註29〕〔漢〕應劭：《風俗通姓氏篇》（北京：中華書局，1985 年），頁 18。

〔註30〕《古今姓氏書辯證》，頁 91。

〔註31〕《姓觿》，頁 65。

〔註32〕羅福頤：《古璽彙編》（北京：文物出版社，1981 年 10 月）。著錄書目以略字標示，

3195）等印，見於漢私印有「淳于涂印」、「淳于未彊」、「淳于芬印」、「淳于安世」等印。

2. 諸葛

諸葛讐
著錄《舉》
頁 1200

諸葛小孫
著錄《舉》
頁 1214

《風俗通姓氏篇》：「諸葛氏，葛嬰爲陳涉將軍，有功而誅，漢文追錄，封其孫諸縣侯，因以爲氏。」〔註 33〕《通志‧氏族略‧以國爲氏》：「諸葛氏，本葛氏，夏商諸侯葛伯之後。《英賢傳》云：『舊居琅邪諸縣後，徙陽都，時人謂之諸葛，因以爲氏焉。』」〔註 34〕複姓「諸葛」未見於《古璽彙編》私璽，見於漢私印有「諸葛讐」、「諸葛小孫」、「諸葛買得」、「諸葛偃」等印。

（二）以郡國為氏

3. 周陽〔註 35〕

周陽孅
著錄《薤‧璧》
頁 24

《古今姓氏書辯證》：「周陽，出自趙氏。漢淮南王舅趙兼，封周陽侯，子由爲河東尉，因父封氏焉。」〔註 36〕《通志‧氏族略‧以郡國爲氏》：「周陽氏，《漢書》淮南王舅趙兼受封周陽侯，子由爲河東尉，因父封爲周陽氏。」〔註 37〕複姓「周陽」見於漢私印有「周陽孅」、「周陽僕印」等印。

書目全稱詳參附錄一：書目徵引略字索引。

〔註 33〕《風俗通姓氏篇》，頁 12。

〔註 34〕《通志‧氏族略‧以國爲氏》，頁 452。

〔註 35〕複姓「周陽」爲漢代新產生複姓，因《通志‧氏族略》將其編次於「以郡國爲氏」，故本文舉列編次於此，且於下文（二十一）漢代新產生複姓中不再重複舉列，特此說明。

〔註 36〕《古今姓氏書辯證》，頁 252。

〔註 37〕《通志‧氏族略‧以郡國爲氏》，頁 454。

4. 櫟陽〔註38〕

櫟陽延年
著錄《舉》
頁 1219

《風俗通姓氏篇》云:「櫟陽氏,漢景丹封櫟陽侯,丹會孫汾避亂隴西,因封爲氏焉。」〔註39〕《通志・氏族略・以郡國爲氏》:「櫟陽氏,《風俗通》後漢景丹封櫟陽侯,丹會孫分避亂隴西,因封爲氏焉。」〔註40〕複姓「櫟陽」見於漢私印有「櫟陽延年」等印。

(三) 以邑為氏

5. 上官

上官簡
著錄《澂》
頁 80

上官翁孫
著錄《舉》
頁 530

《姓氏急就篇》:「上官氏,出芈姓。楚莊王少子爲上官大夫,以爲氏。」〔註41〕《姓觿》:「《世本》云:『楚大夫靳尚食采于上官,因氏。』」〔註42〕複姓「上官」見於戰國私璽,如「上官黑」(《彙》3967)、「上官得」(《彙》3968)、「上官梟」(《彙》3971)等印,見於漢私印有「上官簡」、「上官翁孫」、「上官未央」、「上官信」等印。

6. 吾丘(吾邱)

吾丘延年
著錄《舉》
頁 1214

吾丘常
著錄《舉》
頁 1200

《通志・氏族略・以邑爲氏》:「吾邱氏,吾音魚,即虞邱氏也。晉大夫虞

〔註38〕複姓「櫟陽」爲漢代新產生複姓,因《通志・氏族略》將其編次於「以郡國爲氏」,故本文舉列編次於此,且於下文(二十一)漢代新產生複姓中不再重複舉列,特此說明。

〔註39〕《風俗通姓氏篇》,頁 81。

〔註40〕《通志・氏族略・以郡國爲氏》,頁 474。

〔註41〕〔宋〕王應麟:《姓氏急就篇》(臺北:臺灣商務印書館,《景印文淵閣四庫全書・子部二五四》,1983 年 3 月),卷下,頁 948~685。

〔註42〕《姓觿》,頁 258。

邱子著書，楚莊王相虞邱子薦孫叔敖自代者。」〔註43〕《姓觿》：「一作吳邱，
一作虞邱。《千家姓》云：『東都族。』《史記》有楚相虞邱子。」〔註44〕複姓「吾
丘」見於戰國私璽，如「吾丘卿」（《彙》4010）等印，見於漢私印有「吾丘延
年」、「吾丘常」等印。

7. 鮮于

鮮于滑
著錄《待》

《風俗通姓氏篇》：「鮮于氏，武王封箕子於朝鮮，其支子仲，食采於于因，
以鮮于為氏。」〔註45〕《通志・氏族略・以邑為氏》：「鮮于氏，子姓，鮮音仙，
商後，周武王封箕子於朝鮮，支子仲食采於于，子孫以鮮于為氏。」〔註46〕複姓
「鮮于」見於戰國私璽，如「鮮于矢」（《彙》4016）、「鮮于目」（《彙》4017）、「鮮
于謹」（《彙》4021）等印，見於漢私印有「鮮于滑」、「鮮于趣」、「鮮于賢」等印。

8. 令狐

令狐舜印
著錄《舉》
頁 1243

《通志・氏族略・以邑為氏》：「令狐氏，姬姓，周文王子畢公高之後，有
畢萬仕晉，其子犨封於魏，犨之子顆以獲秦將杜回，功別封於令狐，故為令狐
顆，其地在今猗氏縣西十五里。」〔註47〕《路史》：「魏顆邑，晉惠公濟河圍令
狐者。今猗氏西十五有令狐城。』」〔註48〕複姓「令狐」見於戰國私璽，如「令
狐佗」（《彙》3986）、「令狐買」（《彙》3987）等印，見於漢私印有「令狐舜印」、
「令狐昌印」、「令狐長」等印。

〔註43〕《通志・氏族略・以邑為氏》，頁 456。

〔註44〕《姓觿》，頁 52。

〔註45〕《風俗通姓氏篇》，頁 25。

〔註46〕《通志・氏族略・以邑為氏》，頁 457。

〔註47〕《通志・氏族略・以邑為氏》，頁 456。

〔註48〕〔宋〕羅泌：《路史》（臺北：臺灣商務印書館，《景印文淵閣四庫全書・史部一四
一》，1983 年 3 月），頁 383～343 下。

9. 邯鄲

邯鄲恩印
著錄《舉》
頁 1237

邯鄲脩印
著錄《舉》
頁 1237

《潛夫論・志氏姓》:「恭叔氏、邯鄲氏、訾辱氏、嬰齊氏、樓季氏、盧氏、原氏,皆趙嬴姓也。」〔註 49〕《通志・氏族略・以邑爲氏》:「邯鄲氏,嬴姓,晉趙盾從父昆弟子曰趙穿,食邑邯鄲,因以爲氏,其地今爲邑,隸磁州,漢有衛尉邯鄲義。」〔註 50〕複姓「邯鄲」於戰國私璽作「邯邘」,如「邯邘壘」(《彙》4035)、「邯邘得臣」(《彙》4037)等印,見於漢私印有「邯鄲恩印」、「邯鄲脩印」、「邯鄲去病」、「邯鄲堅石」等印。

10. 羊舌

羊舌處
著錄《舉》
頁 451

《潛夫論・志氏姓》載:「羊舌氏。」汪繼培箋曰:「昭三年《左傳》,叔向曰:『盻之宗十一族,惟羊舌氏在而已。』疏引《氏族譜》云:『羊舌,其所食邑名。』」〔註 51〕《通志・氏族略・以邑爲氏》:「羊舌氏,姬姓,晉之公族也,靖侯之後,食采於此,故爲羊舌大夫。」〔註 52〕《姓觿》:「《姓纂》云:『晉靖侯之後,食采于羊舌邑,因氏焉。』《羊祜傳》云:『昔有攘羊者遺叔向母,母埋之,後事發,撿羊肉惟舌存焉,其後因以羊舌爲氏。』」〔註 53〕複姓「羊舌」未見於《古璽彙編》私璽,見於漢私印有「羊舌處」等印。

11. 高堂

高堂志
著錄《郭》
頁 192

〔註 49〕 〔漢〕王符:《潛夫論》(北京:中華書局,1985 年),頁 245~246。

〔註 50〕 《通志・氏族略・以邑爲氏》,頁 455。

〔註 51〕 《潛夫論・志氏姓》,頁 257。

〔註 52〕 《通志・氏族略・以邑爲氏》,頁 455。

〔註 53〕 《姓觿》,頁 114。

《風俗通姓氏篇》：「高堂氏，齊卿高敬仲食采於高堂，因以爲氏。」〔註54〕
《通志‧氏族略‧以邑爲氏》：「齊公族也。《風俗通》齊卿高敬仲食采於高堂，因以爲氏。其地在博州高唐。」〔註55〕複姓「高堂」見於戰國私璽，如「高堂□鉢」（《彙》3999）等印，見於漢私印有「高堂志」、「高堂護」、「高堂滿之」等印。

12. 少曲

少曲況印
著錄《澂》
頁 48

《史記‧蘇秦列傳》：「秦正告韓曰：『我起乎少曲，一日而斷太行。』」〔註56〕
少曲，張守節《史記正義》云：「在懷州河陽縣西北。」〔註57〕又司馬貞《史記索隱》：「地名，近宜陽也。」〔註58〕複姓「少曲」見於戰國私璽，如「少曲敢」（《彙》3404）等印，見於漢私印有「少曲況印」、「少曲右距」等印。

（四）以鄉為氏

13. 胡毋

胡毋去
著錄《舉》
頁 1206

胡毋嘉印
著錄《舉》
頁 1234

胡毋，即胡母也，古毋、母通。《風俗通姓氏篇》：「胡母氏，本陳胡公之後也，公子完奔齊，遂有齊國。齊宣王母弟，別封母鄉，遠本胡公，近取母邑，故曰胡母氏也。」〔註59〕《通志‧氏族略‧以鄉爲氏》：「胡毋氏，嬀姓，齊宣王封母弟於毋鄉，其鄉本胡國，因曰胡毋氏。」〔註60〕複姓「胡毋」未見於《古璽彙編》私璽，見於漢私印有「胡毋去」、「胡毋嘉印」、「胡毋通印」等印。

〔註54〕《風俗通姓氏篇》，頁 28。

〔註55〕《通志‧氏族略‧以邑爲氏》，頁 457。

〔註56〕〔漢〕司馬遷：《史記》（臺北：藝文印書館，1982 年），頁 907 下。

〔註57〕〔唐〕張守節：《史記正義》（臺北：臺灣商務印書館，《景印文淵閣四庫全書‧史部六》，1983 年 3 月），卷六十九，頁 248〜17 下。

〔註58〕〔唐〕司馬貞：《史記索隱》（北京：中華書局，1991 年），卷十八，頁 200。

〔註59〕《風俗通姓氏篇》，頁 14。

〔註60〕《通志‧氏族略‧以鄉爲氏》，頁 458。

（五）以亭為氏

14. 歐陽

歐陽湯印
著錄《舉》
頁 1240

《通志·氏族略·以亭為氏》：「歐陽氏，姒姓越王勾踐之後，支孫封烏程歐陽亭，因氏。」〔註61〕《古今姓氏書辯證》：「歐陽，出自姒姓，夏帝少康庶子，封於會稽。至越王無疆，為楚所滅，更封無疆子蹄于烏程歐餘山之陽，為歐陽亭侯，遂以為氏。」〔註62〕複姓「歐陽」未見於《古璽彙編》私璽，見於漢私印有「歐陽湯印」等印。

（六）以地為氏

15. 東門

東門去病
著錄《舉》
頁 1209

東門好印
著錄《舉》
頁 1223

《潛夫論·志氏姓》載：「東門氏。」汪繼培箋曰：「僖廿六年《左傳》：東門襄仲。杜注：襄仲居東門，故以為氏。」〔註63〕《通志·氏族略·以地為氏》：「東門氏，姬姓，魯莊公子公子遂，字襄仲，居東門，號東門襄仲，因氏焉。」。〔註64〕複姓「東門」習見於漢私印，如「東門去病」、「東門好印」、「東門席」等印。

16. 東郭

東郭倫印
著錄《舉》
頁 1223

東郭寬
著錄《舉》
頁 1195

《風俗通姓氏篇》：「東郭氏。東郭牙，齊大夫，東郭咸陽其後也。」〔註65〕《古今姓氏書辯證》：「東郭，出自姜姓，齊公族大夫居東郭，南郭、北郭者，

〔註61〕《通志·氏族略·以亭為氏》，頁458。

〔註62〕《古今姓氏書辯證》，頁256。

〔註63〕《潛夫論·志氏姓》，頁254。

〔註64〕《通志·氏族略·以地為氏》，頁458。

〔註65〕《風俗通姓氏篇》，頁1。

皆以地爲氏。」〔註 66〕《通志・氏族略・以地爲氏》:「東郭氏,姜姓,齊公族桓公之後也。齊大夫東郭書,見《左傳》。」〔註 67〕複姓「東郭」見於漢私印有「東郭倫印」、「東郭寬」等印。

17. 東野

東野迢印
著錄《符》
頁 218

《通志・氏族略・以地爲氏》:「東野氏,《家語》有東野畢弋,東野稷見《莊子》。」〔註 68〕《古今姓氏書辯證》:「東野,《莊子》有善御者東野稷,一名畢,事魯莊公。謹按《春秋左傳》:『東野魯地,必稷之先爲氏。』」〔註 69〕複姓「東野」見於戰國私璽,如「東野」(《域》0964)等印,見於漢私印有「東野迢印」、「東野落印」、「東野忠廣」、「東野迴印」、「東野剛印」等印。

18. 南郭

南郭□印
著錄《舉》
頁 1240

南郭農
著錄《符》
頁 304

《古今姓氏書辯證》:「南郭,出自齊大夫,居國之南郭,因氏焉。」〔註 70〕《姓觿》:「《姓纂》云:『虢仲自西虢遷上陽,號南虢,後爲南郭氏。』《姓考》云:『齊公族之後。』《千家姓》云:『齊郡族。』」〔註 71〕複姓「南郭」習見於漢私印,如「南郭□印」、「南郭農」、「南郭族印」、「南郭瓜印」等印。

19. 北門

北門賜
著錄《舉》
頁 1205

《通志・氏族略・以地爲氏》:「北門氏,《左傳》有北門駟,《尸子》有北

〔註 66〕《古今姓氏書辯證》,頁 11。
〔註 67〕《通志・氏族略・以地爲氏》,頁 459。
〔註 68〕《通志・氏族略・以地爲氏》,頁 459。
〔註 69〕《古今姓氏書辯證》,頁 13。
〔註 70〕《古今姓氏書辯證》,頁 266。
〔註 71〕《姓觿》,頁 147。

門子，《莊子》有北門成。」〔註72〕《姓觿》：「湯臣有北門側，《莊子》有北門成。」〔註73〕複姓「北門」見於漢私印有「北門賜」等印。

20. 西郭

西郭定國
著錄《舉》
頁 1220

西郭臨印
著錄《舉》
頁 1234

《古今姓氏書辯證》：「西郭，《英賢傳》云：『齊隱者居西郭，氏焉。』」〔註74〕《姓觿》：「《路史》云：『齊公族。』《姓考》云：『虢仲封西虢，後為西郭氏。』」〔註75〕複姓「西郭」見於漢私印有「西郭定國」、「西國臨印」等印。

21. 西門

西門舍
著錄《薤·書》
頁 32

《通志·氏族略·以地爲氏》：「西門氏，鄭大夫居西門，因氏焉。」〔註76〕《姓觿》：「《路史》云：『齊鄭公族俱有西門氏。』《千家姓》云：『晉陽族。湯臣有西門庇。』」〔註77〕複姓「西門」見於漢私印有「西門舍」、「西門譚印」等印。

22. 申屠

申屠昌
著錄《舉》
頁 1200

申屠親印
著錄《舉》
頁 1235

《通志·氏族略·以地爲氏》：「申屠氏，姜姓，周幽王申后兄申侯之後，支子居安定屠原，因以爲氏。」〔註78〕《姓觿》：「《氏族大全》云：『申侯支子居安定之屠原，因氏。』《路史》云：『宋衛陳三國公族俱有申屠氏。』」〔註79〕

〔註72〕 《通志·氏族略·以地爲氏》，頁458。

〔註73〕 《姓觿》，頁314。

〔註74〕 《古今姓氏書辯證》，頁63。

〔註75〕 《姓觿》，頁55。

〔註76〕 《通志·氏族略·以地爲氏》，頁458。

〔註77〕 《姓觿》，頁56。

〔註78〕 《通志·氏族略·以地爲氏》，頁458。

〔註79〕 《姓觿》，頁64。

古書中的申屠氏也作申徒、勝屠、申都、信都等，皆係同音通假。〔註80〕複姓「申屠」見於戰國私璽，如「申屠□」（《彙》2625）等印，見於漢私印有「申屠昌」、「申屠親印」、「申屠義」等印。

23. 申徒

申徒歐
著錄《舉》
頁 1200

《風俗通姓氏篇》：「申徒氏，本申屠氏，隨音改爲申徒氏。申徒狄，夏賢人也，湯以天下授之，恥以不義聞也，自投於河。申徒嘉兀者，鄭人也，見《莊子》。漢有西河太守申徒建。」〔註81〕《通志・氏族略・以地爲氏》：「申徒氏，《風俗通》云：『本申屠氏，隨音改爲申徒氏。』」〔註82〕複姓「申徒」見於漢私印有「申徒歐」、「申徒朗」等印。

（七）以名為氏

24. 中長（仲長）

中長孺印
著錄《舉》
頁 1209

中長□昌
著錄《舉》
頁 1209

中長即仲長，中長乃隨音而改。《姓觿》：「仲長，《路史》云：『齊公族之後。』《千家姓》云：『河南族。』《漢書》有仲長統著〈昌言〉三十四篇。」〔註83〕複姓「中長」見於漢私印有「中長孺印」、「中長□昌」等印。

（八）以次為氏

25. （第五）第五〔註84〕

第五建
著錄《舉》
頁 474

〔註80〕吳振武：〈戰國璽印中的“申屠”氏〉，《文史》第三十五輯，頁 48。

〔註81〕《風俗通姓氏篇》，頁 17。

〔註82〕《通志・氏族略・以地爲氏》，頁 458。

〔註83〕《姓觿》，頁 214。

〔註84〕複姓「第五」爲漢代新產生複姓，因《通志・氏族略》將其編次於「以次爲氏」，故本文舉列編次於此，且於下文（二十一）漢代新產生複姓中不再重複舉列，特此說明。

第五即第五。《風俗通姓氏篇》：「第五氏，齊諸田之後。漢高祖徙諸田，而有第一至第八氏，漢第五倫，其後也。」〔註85〕《通志·氏族略·以次爲氏》：「第五氏，嬀姓，齊諸田之後，田氏大族。漢初徙園陵者多，故以次第爲氏。」〔註86〕複姓「第五」見於漢私印有「第五建」等印。

（九）以官為氏

26. 司徒

司徒豎
著錄《舉》
頁 1199

《禮記·曲禮下》：「天子之五官，曰司徒、司馬、司空、司士、司寇，典司五眾。」〔註87〕《通志·氏族略·以官爲氏》：「司徒氏，《帝王世紀》曰：『舜爲堯司徒，支孫氏焉。衛有司徒瞞成，宋有司徒邊卬，陳有司徒公子招，其後皆爲司徒氏。』」〔註88〕《姓觿》：「司徒，《氏族大全》云：『衛大夫司徒期之後。』《路史》云：『宋公族。』《千家姓》云：『平安族。』」〔註89〕從古籍、姓氏譜錄所載，知司徒氏爲古官職稱，後衍爲姓氏。複姓「司徒」見於戰國私璽，如「司徒□」（《彙》3761）、「司徒□」（《彙》3762）等印，見於漢私印有「司徒豎」等印。

27. 司馬

司馬平君
著錄《舉》
頁 1212

司馬壽成
著錄《舉》
頁 1213

《風俗通姓氏篇》：「司馬氏，出程伯休父，重黎氏世序天地，封爲程國。伯休父，字也，其後爲司馬氏。」〔註90〕《潛夫論·志氏姓》：「司馬氏。」汪繼培箋曰：「哀十四年《左傳》，宋桓魋弟司馬牛。《史記·仲尼弟子傳》索隱云：『以

〔註85〕《風俗通姓氏篇》，頁 62。

〔註86〕《通志·氏族略·以次爲氏》，頁 467。

〔註87〕《禮記》（臺北：藝文印書館，〔清〕阮元《十三經注疏》本，1989 年 1 月），頁 81 上。

〔註88〕《通志·氏族略·以官爲氏》，頁 468。

〔註89〕《姓觿》，頁 28。

〔註90〕《風俗通姓氏篇》，頁 9。

虺爲宋司馬，故牛遂以司馬爲氏。』」〔註 91〕《通志・氏族略・以官爲氏》：「司馬氏，重黎之後，唐虞夏商代掌天地，周宣王時裔孫程伯休父爲司馬克，平徐方，錫以官族爲司馬氏，其後世或在衛，或在趙，或在秦。」〔註 92〕從古籍、姓氏譜錄所載，知司馬氏爲古官職稱，後衍爲姓氏。複姓「司馬」見於戰國私璽，如「司馬思」（《彙》3770）、「司馬安」（《彙》3772）、「司馬綱」（《彙》3786）等印，見於漢私印有「司馬平君」、「司馬壽成」、「司馬去疢」、「司馬應」等印。

28. 司鴋（司鴻）

司鴋建
著錄《吉》
頁 319

司鴋乃司鴻，司鴻氏起源，姓氏譜錄缺載，然應劭《風俗通姓氏篇》云：「司鴻氏，古有司鴻苟著書，漢有諫議大夫司鴻儀。」〔註 93〕《姓氏急就篇》：「司鴻氏，漢有諫大夫司鴻儀。」〔註 94〕故疑司鴻氏乃以官爲氏。複姓「司鴋」見於漢私印有「司鴋建」等印。

29. 馬師

馬師□印
著錄《舉》
頁 1241

馬師褒
著錄《吉》
頁 299

《潛夫論・志氏姓》載：「馬師氏。」汪繼培箋曰：「昭七年《左傳》云：『馬師氏與子皮氏有惡。』杜注：『馬師氏，公孫鉏之子罕朔也。襄三十年，馬師頡出奔，公孫鉏代之爲馬師，與子皮俱同一族。』」〔註 95〕《古今姓氏書辯證》：「馬師，出自姬姓，鄭穆公曾孫羽頡爲鄭馬師，始以官氏，謂之馬師頡。」〔註 96〕《通志・氏族略・以官爲氏》：「馬師氏，姬姓，鄭穆公之孫公孫鉏爲馬師氏，因以爲氏。」〔註 97〕從古籍、姓氏譜錄所載，知馬師氏爲古官職，後衍爲姓氏。

〔註 91〕《潛夫論・志氏姓》，頁 252。

〔註 92〕《通志・氏族略・以官爲氏》，頁 468。

〔註 93〕《風俗通姓氏篇》，頁 9。

〔註 94〕《姓氏急就篇》，卷下，頁 948～683 下。

〔註 95〕《潛夫論・志氏姓》，頁 261。

〔註 96〕《古今姓氏書辯證》，頁 371。

〔註 97〕《通志・氏族略・以官爲氏》，頁 469。

複姓「馬師」於戰國私璽作「馬市」，如「馬市休」(《彙》4098) 等印，見於漢私印有「馬師□印」、「馬師褒」、「馬師鑾印」、「馬師寵印」等印。

30.王史

王史□印
著錄《舉》
頁 1239

《風俗通姓氏篇》：「王史氏，周先王太史，其後號王史氏。漢有新豐令王史音。」〔註98〕《通志‧氏族略‧以官爲氏》：「王史氏，《風俗通》周先王太史號王史氏。《英賢傳》周共王生圉，圉曾孫滿生簡，簡生業，業生宰，世傳史職，因氏焉。」〔註99〕複姓「王史」見於漢私印有「王史□印」、「王史長猜」等印。

31. 右師

右師古
著錄《舉》
頁 1204

右師赤
著錄《舉》
頁 1204

《風俗通姓氏篇》：「右師氏，宋莊公至公子申，世爲右師氏。漢有中郎將右師譚後，漢有博士右師細君。」〔註100〕《通志‧氏族略‧以官爲氏》：「右師氏，《世本》宋莊公生公子申，世爲右師氏。」〔註101〕複姓「右師」見於漢私印有「右師古」、「右師赤」等印。

32. 相里

相里尢
著錄《赫》
頁 55

《通志‧氏族略‧以官爲氏》：「相里氏，咎繇之後爲理氏。商末理徵孫仲師遭難，去王爲里。至晉大夫里克爲惠王所戮，克妻司城氏，攜少子季連逃居相城，因爲相里氏。」〔註102〕《姓觿》：「相又讀去聲。《姓纂》云：『本姓里，皋陶後也。至里克爲晉所誅，其妻攜少子逃居相城，因爲相里氏。』」〔註103〕

〔註98〕《風俗通姓氏篇》，頁 32。

〔註99〕《通志‧氏族略‧以官爲氏》，頁 468。

〔註100〕《風俗通姓氏篇》，頁 69。

〔註101〕《通志‧氏族略‧以官爲氏》，頁 469。

〔註102〕《通志‧氏族略‧以官爲氏》，頁 469。

〔註103〕《姓觿》，頁 115。

《通志·氏族略》編次「相里氏」於「以官爲氏」條下，然據古姓氏譜錄所載，複姓「相里氏」當更正爲「以邑爲氏」。複姓「相里」見於戰國私璽，如「相里盬」（《彙》3984）、「相里圂」（《彙》3985）等印，見於漢私印有「相里尤」、「相里潘吾」等印。

33. 工師

工師廣意
著錄《舉》
頁 1212

工師長孫
著錄《舉》
頁 1212

《古今姓氏書辯證》：「工師，其先出自古官治水者，以官爲氏。」〔註104〕《姓觿》：「《戰國策》：周有工師籍。漢功臣表有平悼侯工師喜。」〔註105〕複姓「工師」見於漢私印有「工師廣意」、「工師長孫」、「工師印印」等印。

（十）以爵為氏

34. 公乘

公乘渠
著錄《澂》
頁 34

公乘舜印
著錄《舉》
頁 1299

衛宏《漢舊儀》：「賜爵八級爲公乘，與國君同車。」〔註106〕《風俗通姓氏篇》：「公乘，姓也。魯有公乘子皮，見《列女傳》。」〔註107〕《元和姓纂》：「古爵也，子孫氏焉。」〔註108〕從古籍、姓氏譜錄所載，知公乘氏爲爵系，後衍爲姓氏。複姓「公乘」見於戰國私璽，如「公乘高」（《彙》4068）、「公乘畫」（《彙》4069）等印，見於漢私印有「公乘渠」、「公乘舜印」、「公乘小孫」、「公乘更得」等印。

（十一）以事為氏

35. 乘馬

乘馬元印
著錄《舉》
頁 1240

乘馬憲印
著錄《陝》
頁 1368

〔註104〕《古今姓氏書辯證》，頁 27。

〔註105〕《姓觿》，頁 13。

〔註106〕〔漢〕衛宏：《漢舊儀》（臺北：藝文印書館，1965 年），卷下，頁 9。

〔註107〕《風俗通姓氏篇》，頁 3。

〔註108〕〔唐〕林寶：《元和姓纂》（北京：中華書局，1994 年 5 月），卷一，頁 39。

《通志・氏族略・以事爲氏》:「乘馬氏,《漢書・溝洫志》有諫議大夫乘馬延年,又張掖有乘馬敦。」〔註109〕《古今姓氏書辯證》:「乘馬,前漢周勃傳,勃斬陳豨將乘馬降。師古曰:『姓乘馬名降,乘音,尺孕反。漢有張掖人乘馬敷。〈溝洫志〉有諫議大夫乘馬延年,明計算,能商功利。』」〔註110〕複姓「乘馬」見於戰國私璽,如「乘馬章」(《彙》4008)、「乘馬暈」(《彙》4009)等印,見於漢私印有「乘馬元印」、「乘馬憲印」等印。

(十二) 以爵系為氏

36. 公孫

公孫朱
著錄《赫》
頁 120

公孫酆印
著錄《舉》
頁 1299

《史記・五帝本紀》:「黃帝者,少典之子,姓公孫名曰軒轅,生而神靈,弱而能言。」〔註111〕《古今姓氏書辯證》:「公孫,黃帝之後,無人,而春秋時國君之孫,皆謂之公孫。」〔註112〕《通志・氏族略・以爵系爲氏》:「公孫氏,春秋時諸侯之孫亦以爲氏者曰公孫氏,皆貴者之稱,或言黃帝姓公孫,因亦以爲氏。」〔註113〕從古籍、姓氏譜錄所載,知公孫氏爲爵系,後衍爲姓氏。複姓「公孫」見於戰國私璽,如「公孫寅」(《彙》3841)、「公孫章」(《彙》3842)、「公孫駒」(《彙》3866)等印,見於漢私印有「公孫朱」、「公孫酆印」、「公孫寬」、「公孫閣」等印。

37. 王子

王子佩印
著錄《澂》
頁 46

王子方
著錄《舉》
頁 790

《古今姓氏書辯證》:「王子,《元和姓纂》曰:『周大夫。』後漢有王子中同,治尚書。」〔註114〕《通志・氏族略・以爵系爲氏》:「王子氏,姬姓,周大

〔註109〕《通志・氏族略・以事爲氏》,頁 470。

〔註110〕《古今姓氏書辯證》,頁 473。

〔註111〕《史記・五帝本紀》,頁 26 上下。

〔註112〕《古今姓氏書辯證》,頁 18。

〔註113〕《通志・氏族略・以爵系爲氏》,頁 473。

〔註114〕《古今姓氏書辯證》,頁 202。

夫王子孤、王子城父之後也。」〔註115〕從古籍、姓氏譜錄所載，知王子氏爲爵系，後衍爲姓氏。複姓「王子」見於漢私印有「王子佩印」、「王子方」、「王子序印」、「王子卿」等印。

38. 王孫

王孫木
著錄《舉》
頁 1202

《通志・氏族略・以爵系爲氏》：「王孫氏，姬姓，周王孫滿之後也。滿，頃王孫也。衛有王孫賈，楚有王孫由于。《漢書・貨殖》有王孫大卿，《陳留耆舊傳》有王孫滑，治三禮，爲博士。」〔註116〕《古今姓氏書辯證》：「王孫，出自周王之孫，仕諸侯者，別爲王孫氏。」〔註117〕複姓「王孫」見於戰國私璽，如「王孫之□」（《彙》3929），見於漢私印有「王孫木」等印。

（十三）以國系為氏

39. 窒孫（室孫）

窒孫湛
著錄《舉》
頁 1204

室孫史得
著錄《舉》
頁 1218

《古今姓氏書辯證》：「室孫，《姓苑》曰：『古賢人有室孫子著書，唐州人有室孫氏。』」〔註118〕《通志・氏族略・以國系爲氏》：「室孫氏，王室之孫也。古有室孫子著書。《姓纂》云：『今棣州有室孫氏。』」〔註119〕羅振玉《璽印姓氏徵・姓上》：「窒孫，《廣韻》：何氏姓苑有經孫、新孫、古孫、牟孫、室孫、長孫、叔孫等氏，望稱河南省皆虜姓也。案：古孫、新孫、窒孫三氏漢印中習見，新孫亦作辛孫，漢已有之，非元魏時虜姓也。又《元和姓纂》：今棣州有室孫氏，《姓解》：古有室孫子箸書，均作室孫，印文多作窒孫，其作室孫者僅一見耳。」〔註 120〕

〔註115〕《通志・氏族略・以爵系爲氏》，頁 473。

〔註116〕《通志・氏族略・以爵系爲氏》，頁 473。

〔註117〕《古今姓氏書辯證》，頁 201。

〔註118〕《古今姓氏書辯證》，頁 509。

〔註119〕《通志・氏族略・以國系爲氏》，頁 473。

〔註120〕羅振玉：《璽印姓氏徵》（民國十四年(1925)東方學會排印本），頁 20～21。

據羅氏所云，知室孫即窒孫，漢印多作窒孫。複姓「窒孫」常見於戰國私璽，如「窒孫□」（《彙》3937）、「窒孫丘」（《彙》3938）等印，見於漢私印有「窒孫湛」、「窒孫史得」、「窒孫勳」等印。

（十四）以族系為氏

40. 中孫（仲孫）

中孫諸矦
著錄《舉》
頁 1209

中孫即仲孫，中孫乃隨音而改。《通志·氏族略·以族系爲氏》：「仲孫氏，魯公子慶父之後，慶父曰共仲，故以爲仲氏，亦曰仲孫氏，爲閔公之故，諱弒君之罪，更爲孟氏，亦曰孟孫氏。」〔註121〕《古今姓氏書辯證》：「仲孫，出自姬姓。魯桓公四子，長子莊公同，次曰慶父，次叔牙，次季友。慶父卒，諡共仲，生穆伯公孫敖，敖生文博穀、惠叔難，穀生孟獻子蔑，始以仲孫爲氏。」〔註122〕複姓「中孫」見於漢私印有「中孫諸矦」等印。

41. 臧孫

臧孫繪印
著錄《舉》
頁 1239

臧孫閑印
著錄《舉》
頁 1239

《通志·氏族略·以族系爲氏》：「臧孫氏，姬姓，魯公子彄食邑于臧，其後謂之臧孫。」〔註123〕複姓「臧孫」見於戰國私璽，如「臧孫□鉨」（《彙》3935）、「臧孫邦」（《彙》3936）等印，見於漢私印有「臧孫繪印」、「臧孫閑印」、「臧孫則印」等印。

42. 古孫

古孫中時
著錄《舉》
頁 1217

《通志·氏族略·以族系爲氏》：「古孫氏，姬姓，王孫賈之後，亦隨音改

〔註121〕《通志·氏族略·以族系爲氏》，頁 473。

〔註122〕《古今姓氏書辯證》，頁 398。

〔註123〕《通志·氏族略·以族系爲氏》，頁 473。

為古孫氏，見《姓纂》。」〔註124〕《古今姓氏書辯證》：「古孫，《元和姓纂》曰：『賈孫氏後訛為古孫氏，音亦訛變。』」〔註125〕複姓「古孫」見於漢私印有「古孫中時」等印。

（十五）以國爵為氏

43. 夏侯

夏侯成印
著錄《赫》
頁 44

夏侯賞印
著錄《舉》
頁 1241

《通志・氏族略・以國爵為氏》：「夏侯氏，姒姓，夏禹之後。至東樓公封為杞侯，至簡公為楚惠王所滅，弟他奔，魯悼公以他夏侯，受爵為侯，因氏焉。」〔註126〕《姓觿》：「《姓苑》云：『夏禹之後，封杞，至簡公滅于楚，其弟佗奔魯，以夏侯受爵為侯，因為夏侯氏。』」〔註127〕複姓「夏侯」見於戰國私璽，如「夏侯癸」（《彙》3988）、「夏侯偃」（《域》2947）等印，見於漢私印有「夏侯成印」、「夏侯賞印」、「夏侯奉親」、「夏侯匡印」、「夏侯慶忌」等印。

（十六）以邑系為氏

44. 訢相（沂相）

訢相伯孺
著錄《舉》
頁 1215

訢相得印
著錄《舉》
頁 1215

訢相即沂相，《通志・氏族略・以邑系為氏》：「《英賢傳》云：『魯沂大夫為相，因氏焉。』漢侍御史沂相封。」〔註128〕複姓「訢相」未見於《古璽彙編》私璽，見於漢私印有「訢相伯孺」、「訢相得印」等印。

〔註124〕　《通志・氏族略・以族系為氏》，頁 473。

〔註125〕　《古今姓氏書辯證》，頁 338。

〔註126〕　《通志・氏族略・以國爵為氏》，頁 473。

〔註127〕　《姓觿》，頁 196。

〔註128〕　《通志・氏族略・以邑系為氏》，頁 473。

（十七）以邑諡為氏

45. 苦成

苦成胡傖
著錄《舉》
頁 1217

《潛夫論・志氏姓》：「苦成，城名也，在鹽池東北。後人書之或為枯，齊人聞其音，則書之曰庫成，燉煌見其字，呼之曰車成。其在漢陽者，不喜枯苦之字，則更書之曰古成氏。」〔註129〕《通志・氏族略・以邑諡為氏》：「苦成氏，姬姓，郤犨別封於苦，為苦城子。《潛夫論》：苦成城名在鹽池東北。然此城因苦成子之封而得苦成城之名，其實成諡也。」〔註130〕複姓「苦成」於戰國私璽作「枯成」，如「枯成臣」（《彙》4049）、「枯成戌」（《彙》4050）、「枯成盟」（《彙》4051）等印，見於漢私印有「苦成胡傖」、「苦成異人」、「苦成勃」等印。

（十八）以爵諡為氏

46. 成公

成公勝之
著錄《舉》
頁 1215

成公廣印
著錄《舉》
頁 1239

《通志・氏族略・以爵諡為氏》：「成公氏，姬姓，衛成公之後，以諡為氏。」〔註131〕《古今姓氏書辯證》：「成公，李利涉編《古命氏》曰：『出自姬姓。周昭王子，成公男之後。』」〔註132〕複姓「成公」見於戰國私璽，如「成公迨」（《彙》4055）、「成功疕」（《彙》4056）等印，見於漢私印有「成公勝之」、「成公廣印」等印。

（十九）伐北複姓

47. 長孫

長孫少孺
著錄《舉》
頁 1203

長孫地余
著錄《舉》
頁 1217

〔註129〕《潛夫論・志氏姓》，頁 266。

〔註130〕《通志・氏族略・以邑諡為氏》，頁 474。

〔註131〕《通志・氏族略・以爵諡為氏》，頁 474。

〔註132〕《古今姓氏書辯證》，頁 223～224。

　　《通志・氏族略・伐北複姓》:「長孫氏，出自拓跋。鬱律生二子，長曰沙莫雄，次曰仲翼犍，即後魏道武皇帝祖也。後魏獻帝拓跋與鄰，七分國人，以兄弟分統之。沙莫雄爲南部大人，後改名仁，號爲拓跋氏。至孝文帝，以拓跋爲皇枝之長，改爲長孫氏。」〔註133〕複姓「長孫」見於戰國私璽，如「長孫□」(《彙》3931)、「長孫得」(《彙》3933))等印，見於漢私印有「長孫少孺」、「長孫地余」、「長孫誤」、「長孫橫印」等印。

（二十）複姓（以茲複姓不知其本，故列於後）

48. 馬適

馬適壽
著錄《舉》
頁 1203

馬適平
著錄《舉》
頁 1241

　　《通志・氏族略・複姓》:「馬適氏，《英賢傳》:漢有畢梁侯馬適育，漢功臣馬適求聚黨討王莽，見害。」〔註134〕《元和姓纂》:「趙將趙奢，號馬適君，因氏焉。」〔註135〕《姓觿》:「《漢書》功臣表有馬適育，王莽時有馬適求。」〔註136〕《奇姓通》:「《漢書》:馬適求，鉅鹿男子也，謀舉燕趙兵以誅莽，遂見害。又〈昭帝紀〉:馬適建，爲漢擊賊。」〔註137〕據古籍、姓氏譜錄所載推求，疑複姓「馬適」應屬《通志・氏族略》「以爵系爲氏」。複姓「馬適」見於戰國私璽，如「馬適巡」(《彙》4083)、「馬適均」(《彙》4084)、「馬適午」(《彙》4087)等印，見於漢私印有「馬適壽」、「馬適平」、「馬適恢印」、「馬適福」等印。

49. 馬矢

馬矢杜
著錄《舉》
頁 1206

〔註133〕《通志・氏族略・伐北複姓》，頁 474。

〔註134〕《通志・氏族略・複姓》，頁 479。

〔註135〕《元和姓纂》，卷七，頁 1056。

〔註136〕《姓觿》，頁 196。

〔註137〕〔明〕夏樹芳:《奇姓通》(臺南:莊嚴文化事業有限公司，《四庫全書存目叢書・子部一九九》，1995 年 9 月)，卷十四，頁 199～538 上下。

《漢書‧馬宮傳》：「本姓馬矢，宮仕學，稱馬氏云。」〔註138〕《古今姓氏書辯證》：「馬矢，漢二十八將有馬宮，本姓馬矢氏，後改為馬氏。」〔註139〕《姓氏急就篇》：「馬矢氏，漢馬官本姓，馬矢官仕，學稱馬氏。」〔註140〕據古籍、姓氏譜錄所載推求，疑複姓「馬矢」應屬《通志‧氏族略》「以爵系為氏」。複姓「馬矢」見於戰國私璽，如「馬矢□□」（《彙》3081）等印，見於漢私印有「馬矢杜」、「馬矢何」等印。

50. 陽成

陽成信
著錄《舉》
頁 1201

陽成氏，古姓氏譜錄未載其起源。《風俗通姓氏篇》：「陽成氏，陽成胥渠，晉隱士也。漢有諫議大夫陽成公衡。」〔註141〕《古今姓氏書辯證》：「陽成，王莽時，陽成脩獻符命。成，一作城。」〔註142〕據古姓氏譜錄所載推求，疑複姓「陽成」應屬《通志‧氏族略》「以名為氏」。複姓「陽成」見於戰國私璽，如「陽城慶」（陽城，即陽成。《彙》4040）、「陽城高」（《彙》4042）、「陽城縈」（《彙》4046）等印，見於漢私印有「陽成信」、「陽成不識」、「陽成終印」、「陽成齒」、「陽成推印」等印。

51. 每車

每車貫
著錄《舉》
頁 1204

每車，以音理求之，應即毋車。〔註143〕古姓氏譜錄未載每車氏起源，僅《姓氏急就篇》云：「毋車氏，漢毋車伯奇為下邳相，有步邵南為主簿，時人稱毋車府君步主簿。」〔註144〕故疑複姓「每車」應屬《通志‧氏族略》「以官為氏」。

〔註138〕《漢書‧馬宮傳》，頁 1466 上。

〔註139〕《古今姓氏書辯證》，頁 370。

〔註140〕《姓氏急就篇》，卷下，頁 948～684 下。

〔註141〕《風俗通姓氏篇》，頁 31。

〔註142〕《古今姓氏書辯證》，頁 196。

〔註143〕趙平安：〈漢印複姓的考辨與統計〉，《文史》1999 年第 3 輯，頁 122。

〔註144〕《姓氏急就篇》，卷下，頁 948～692 上。

複姓「每車」見於漢私印有「每車賈」等印。

52. 綦毋

綦毋禹
著錄《舉》
頁 1207

綦毋王印
著錄《吉》
頁 294

綦毋，即綦母也，古毋、母通。《風俗通姓氏篇》：「綦母氏，漢有廷尉綦母參。《戰國策》：綦母子與公孫龍爭辯。」〔註145〕《姓觿》：「《千家姓》云：『會稽族。』《左傳》：晉有綦毋張，戰國有綦毋恢。漢高祖時有綦毋印，安帝時有廷尉綦母參。』」〔註146〕據古姓氏譜錄所載推求，疑複姓「綦毋」應屬《通志・氏族略》「以官為氏」。複姓「綦毋」於戰國私璽作「其母」，如「其母目」（《彙》4001）、「其母宮」（《彙》4004）、「其母不敬」（《彙》4005）等印，見於漢私印有「綦毋禹」、「綦毋王印」、「綦毋隆印」、「綦毋勝」、「綦毋從印」等印。

53. 窒中（室中）

室中光
著錄《舉》
頁 1205

《風俗通姓氏篇》：「窒中，姓。」澍按：「漢〈藝文志〉有室中周，著書十篇。室，一作窒。」〔註147〕《通志・氏族略・複姓》：「室中氏，《漢書・藝文志》：有室中周著書十篇。王莽時室中公避地漢中。〈漢功臣表〉：『清簡侯室中同傳封四代。』」〔註148〕據古姓氏譜錄所載推求，疑複姓「窒中」應屬《通志・氏族略》「以爵系為氏」。複姓「窒中」見於戰國私璽，如「窒中登」（《彙》4090）等印，見於漢私印有「窒中光」等印。

（二十一）漢代新產生複姓

54. 郁陽

郁陽虎印
著錄《符》
頁 302

郁陽壽
著錄《符》
頁 302

〔註145〕《風俗通姓氏篇》，頁 10。

〔註146〕《姓觿》，頁 30。

〔註147〕《風俗通姓氏篇》，頁 75。

〔註148〕《通志・氏族略・複姓》，頁 479。

郁陽氏，姓氏譜錄缺載。趙平安〈漢印複姓的考辨與統計〉云：「郁陽為姓，可能來源於地名。《補遺》十一・二有一枚"洧陽鄉侯"印，洧陽見於《水經注・洧水》，為地名，因在洧水之北而得名。郁陽很可能就是洧陽。」〔註149〕今從其說，疑複姓「郁陽」應屬《通志・氏族略》「以地為氏」。複姓「郁陽」見於漢私印有「郁陽虎印」、「郁陽壽」等印。

55. 蒲類

蒲類子羽
著錄《舉》
頁 1183

《漢書・西域傳》：「蒲類國，王治天山西疏榆谷，去長安八千三百六十里。」〔註150〕「蒲類氏」當因國名而來，疑複姓「蒲類」應屬《通志・氏族略》「以國為氏」。複姓「蒲類」見於漢私印有「蒲類子羽」等印。

56. 新成

新成武印
著錄《舉》
頁 1234

新成強印
著錄《舉》
頁 906

新成氏，古姓氏譜錄缺載。《漢書・地理志》：「新成，惠帝四年置蠻中，故戎蠻子國。」〔註151〕漢印有「新成左祭酒」，疑複姓「新成」應屬《通志・氏族略》「以地為氏」。複姓「新成」見於漢私印有「新成武印」、「新成強印」等印。

57. 姑陶

姑陶氏，古姓氏譜錄缺載。《漢印文字徵》卷 12・12「姑」字下收「姑陶㛰」漢印，劉樂賢〈古璽漢印複姓合證三則〉考證：「其佈局是『姑陶』二字居右，『㛰』字居左。從漢印複姓的書寫格式看，『姑陶』很像是複姓。」〔註152〕今從其說。

〔註149〕趙平安：〈漢印複姓的考辨與統計〉，《文史》1999 年第 3 輯，頁 124。

〔註150〕《漢書・西域傳》，卷下，頁 1670 下。

〔註151〕《漢書・地理志》，卷上，頁 697 上。

〔註152〕劉樂賢：〈古璽漢印複姓合證三則〉，《中國古文字研究》第 1 輯，頁 134。

（二十二）其　他

58. 庾公

庾公孺印
著錄《舉》
頁 884

古姓氏譜錄未載庾公氏起源，僅《姓氏急就篇》云：「庾公氏，《孟子》：庾公之斯學射於尹公之佗，《左傳》：庾公差。」〔註153〕《姓觿》：「《姓林》云：『衛庾公差之後。』」〔註154〕疑複姓「庾公」應屬《通志‧氏族略》「以名爲氏」。複姓「庾公」見於漢私印有「庾公孺印」等印。

59. 公息

公息更
著錄《舉》
頁 1198

古姓氏譜錄未載公息氏起源。《古今姓氏書辯證》云：「公息，《呂氏春秋》有鄭大夫公息忘。」〔註155〕故疑複姓「公息」應屬《通志‧氏族略》「以官爲氏」。複姓「公息」見於漢私印有「公息更」等印。

60. 白羊

白羊並印
著錄《吉》
頁 295

白羊氏，古姓氏譜錄未載。劉樂賢〈古璽漢印複姓合證三則〉一文考證《吉林大學藏古璽印選》著錄「白羊並印」，云其爲漢複姓印。〔註156〕複姓「白羊」見於戰國私璽有「白羊齒」（《彙》3583）等印，又《通志‧氏族略‧以事爲氏》下著錄複姓「白馬氏」、「白象氏」、「白鹿氏」，故疑複姓「白羊」應屬《通志‧氏族略》「以事爲氏」。

61. 白土

白土氏，古姓氏譜錄缺載。《史記‧高祖本紀》：「七年，匈奴攻韓王信馬邑，

〔註153〕《姓氏急就篇》，卷下，頁 948～693 上。

〔註154〕《姓觿》，頁 51。

〔註155〕《古今姓氏書辯證》，頁 26。

〔註156〕劉樂賢：〈古璽漢印複姓合證三則〉，《中國古文字研究》第 1 輯，頁 135。

信因與謀反太原。白土曼丘臣、王黃立故趙將趙利爲王以反，高祖自往擊之。」
〔註157〕裴駰《史記集解》引徐廣曰：「白土，在上郡。」〔註158〕故疑複姓「白土」應屬《通志・氏族略》「以地爲氏」。古璽有「白土吉鈢」（《彙》3235）一印，劉樂賢〈古璽漢印複姓合證三則〉，亦將其定爲複姓白土氏私璽。〔註159〕複姓「白土」見於漢私印有「白土庤」等印。

上舉漢複姓六十一例，絕大多數複姓於戰國史籍、私璽中可獲徵引，是古複姓之沿用，唯複姓「周陽」、「櫟陽」、「第五」、「郁陽」、「蒲類」、「新成」、「姑陶」始見於兩漢，當爲新起。其中，「周陽」源於封矦國名；「櫟陽」、「蒲類」源於新興國名；「第五」源於次第排列；「郁陽」、「新成」源於地名建置；至於「姑陶」可能源於地名、國名，或是古複姓分化，仍待考。

三、命名習尙

漢私印爲數眾多，其印文所刻鑄之人名，反映了當時社會思想、信仰以及文化習俗等觀念，茲將漢代命名習尙歸整如下：

（一）神仙信仰

西漢初年盛行黃老學說，注重自然養生，武帝崇尙五行、神仙信仰，直至東漢追求長生長壽思想仍久盛不衰。這種起於帝王的迷信信仰，由宮廷蔓延至民間，於是渴望永恆成仙的思想逐漸普遍化、平民化，且直接反映於兩漢人之命名。有關迷戀長生成仙的命名，如：「長壽」、「延壽」、「益壽」、「延年」、「千秋」、「萬歲」、「萬年」、「長年」、「萬世」、「長久」、「久長」、「未央」、「常樂」、「常生」等，或如名字中含有「壽」字，如：「壽王」、「元壽」、「韓壽」，這些內心渴望追求的不朽願望，除可於漢代古籍人名中找到實例，〔註160〕亦可於漢私印中得到印證（見表五十五）。

〔註157〕《史記・高祖本紀》，頁 176 下～177 上。

〔註158〕〔南朝宋〕裴駰：《史記集解》（臺北：臺灣商務印書館，《景印文淵閣四庫全書・史部三》，1983 年 3 月），卷八，頁 245～111 下。

〔註159〕劉樂賢：〈古璽漢印複姓合證三則〉，《中國古文字研究》第 1 輯，頁 136。

〔註160〕楊頡慧：〈從兩漢人名看漢代的神仙信仰〉，《西南大學學報》第 33 卷第 1 期，頁 186～190。

表五十五：漢代神仙信仰命名習尚印文舉例一覽表

類型	印文舉例			
神仙信仰	楊延壽印	霍常樂	田千秋	宋延年

（二）傾慕古人

兩漢人以古人名作爲命名者不在少數，這種傾慕古聖賢遺德，並期許自身亦爲之的精神意念，於私印印文中垂而可見。如有：

1. 比干

皋比干印
著錄《舉》
頁 863

《論語・微子》：「微子去之，箕子爲之奴，比干諫而死。孔子曰：『殷有三仁焉。』」〔註161〕忠臣比干，激諫而亡，其耿勇之心，深獲漢人垂念。比干之名，見於漢私印有「皋比干印」、「田比干」、「畾比干」、「江比干」、「龐比干」等印。

2. 孔子

關孔子
著錄《舉》
頁 775

孔子爲儒家賢者，號至聖先師。《論語・子罕》：「顏淵喟然歎曰：『仰之彌高，鑽之彌堅，瞻之在前，忽焉在後。夫子循循然善誘人，博我以文，約我以禮。欲罷不能，既竭吾才，如有所立卓爾，雖欲從之，末由也已。』」〔註162〕《孟子・盡心下》：「由文王至於孔子，五百有餘歲，若太公望、散宜生，則見而知之；若孔子，則聞而知之。由孔子而來至於今，百有餘歲，去聖人之世若此其未遠也，近聖人之居若此其甚也，然而無有乎爾，則亦無有乎爾。」〔註163〕孔子之名，見於漢私印有「關孔子」、「閭孔子」等印。

〔註161〕《論語》（臺北：藝文印書館，〔清〕阮元《十三經注疏》本，1989 年 1 月），頁164 上。

〔註162〕《論語・子罕》，頁 79 上。

〔註163〕《孟子》（臺北：藝文印書館，〔清〕阮元《十三經注疏》本，1989 年 1 月），頁264 下。

3. 子張

周子張印
著錄《舉》
頁 864

《論語・衛靈公》：「子張問行。子曰：『言忠信，行篤敬，雖蠻貊之邦行矣。言不忠，信不篤敬，雖州里行乎哉？立則見其參於前也，在輿則見其倚於衡也，夫然後行。』子張書諸紳。」〔註164〕子張之名，見於漢私印有「周子張印」。

4. 子游

李子游印
著錄《舉》
頁 868

祕子游印
著錄《澂》
頁 105

《論語・里仁》：「子游曰：『事君數，斯辱矣。朋友數，斯疏矣。』」〔註165〕子游之名，見於漢私印有「王子游」、「李子游」、「祕子游印」、「袁子游」等印。

5. 子路

趙子路
著錄《舉》
頁 518

張子路印
著錄《舉》
頁 860

《論語・公冶長》：「子曰：『盍各言爾志？』子路曰：『願車馬，衣輕裘，與朋友共敝之而無憾。』」〔註166〕《論語・先進》：「子曰：『從我於陳蔡者，皆不及門也。』德行：顏淵、閔子騫、冉伯牛、仲弓。言語：宰我、子貢。政事：冉有、季路。文學：子游、子夏。」〔註167〕子路之名，見於漢私印有「趙子路」、「張子路印」等印。

6. 彭祖

樊彭祖印
著錄《舉》
頁 371

〔註164〕《論語・衛靈公》，頁 137 下～138 上。

〔註165〕《論語・里仁》，頁 38 上下。

〔註166〕《論語・公冶長》，頁 46 上。

〔註167〕《論語・先進》，頁 96 上。

《列子・力命》：「彭祖之智不出堯舜之上，而壽八百。」〔註168〕《莊子集釋・齊物論》：「天下莫大於秋豪之末，而大山爲小；莫壽於殤子，而彭祖爲夭。」〔註169〕彭祖壽八百，以之爲名，乃取長壽之義。彭祖名，見於漢私印有「樊彭祖印」、「藩彭祖」、「申彭祖」、「胡彭祖」等印。

（三）除疾去病、以病名為名

漢代醫學業已發展，然疾病仍爲人生一大禍患，爲期許身強體健，漢人命名有與疾病相關者：

1. 以除疾去病爲目的者，如：「去病」、「去傷」、「去痰」、「除疾」、「除憂」、「澤憂」、「胡傷」、「毋傷」、「奚傷」、「不侵」、「何傷」、「不害」、「辟死」、「無殘」、「趙去熱」、「綦毋瘛」。

2. 以病名爲名者，如：「李痒」、「史痒」、「董痒」、「馬疾」、「陳疾」、「王疾之印」、「瘁弘」、「陳瘁」、「王疕」、「宋疕」、「張疕」、「趙疕」、「鹽疕」、「淳于疕」、「陳疕之印」、「閻疕之印」、「焦痎」、「笵痎」、「趙遂痎」、「徐瘦」、「蘇瘦」、「孟瘷」、「賈瘷」、「陽瘷」、「魏癱」、「癱順意印」、「李痤」、「笵病己印」、「癰猛」、「程翳」、「薛死」、「周殆」等印。

表五十六：漢代除疾去病、以病名為名命名習尚印文舉例一覽表

類型	印文舉例			
除疾去病	周去病印	趙不害	蘇去痰	叟何傷
以病名爲名	吳病	王疕	庾痎	閻病己

（四）安定邦國

兩漢安世，屢爲匈奴所破，於崇尚武功、追求勝戰的激昂中，「破胡」、「斫

〔註168〕楊伯峻：《列子集釋》（臺北：華正書局，1987 年 9 月），卷六，頁 192。

〔註169〕〔清〕郭慶藩：《莊子集釋》（北京：中華書局，1985 年 8 月），頁 79。

胡」、「漢強」、「廣漢」、「長漢」、「安漢」、「安世」、「安都」、「安主」、「安漠」、
「安國」、「定世」、「定國」、「充國」、「昌國」、「武彊」、「勝之」、「勝客」等命
名，體現了這種奮勇愾敵決心；另外，戰事頻仍造成的兵民疲憊、厭戰心理，
亦反映在命名上，形成希冀停戰的祝禱，如「莫武」、「辟兵」、「李罷軍」、「鍾
罷師」等命名。

表五十七：漢代安定邦國命名習尚印文舉例一覽表

類型	印文舉例			
安定邦國	段安漢印	王破胡	任昌國印	任定國印

（五）追求富貴

自春秋戰國經濟高度發展後，長生富貴成為人們殷切期盼，時至兩漢更是
如此，這種追逐財利的願望，藉由漢人命名習尚，深刻展現，有「常富」、「常
利」、「常有」、「承祿」、「倚相」、「始昌」、「廣昌」、「壽貴」、「買得」、「買之」、
「滿之」，或是單名為「福」字者，如：「羊福之印」、「丁福」、「吳福」、「程福」、
「文福」、「秦福」等印；又如單名為「豐」字者，如：「褚豐」、「鮮豐」、「秦豐」；
單名為「滿」字者，如：「司馬滿印」；單名為「富」字者，如：「王富之印」、「毛
富之印」等印。

表五十八：漢代追求富貴命名習尚印文舉例一覽表

類型	印文舉例			
追求富貴	王萬	董財	孫福	高常利

（六）修身處世

漢人命名，有以修身內省作為惕勵者，這些命名方式，有來自儒家思想蘊

含，如：「中信」、「中己」、「常賢」、「步賢」、「不逮」、「信成」、「利世」、「問仁」、「稱友」、「連友」、「廣德」、「博德」、「延德」、「建德」、「奉德」、「復己」、「君直」、「孝親」、「侍親」，或是單名爲「信」字者，如：「陳信」、「陝信之印」、「諸葛信印」；單名爲「賢」字者，如：「樓賢」、「魚賢私印」、「鮮于賢」等印。此外，亦有來自道家思想衍發之命名，如：「不識」、「毋智」、「毋事」、「毋勝」、「無智」、「善無」等，他如「毋惡」、「毋放」、「毋去」、「毋忌」、「毋卑」、「毋通」、「無惡」、「自爲」、「臨智」、「解事」、「擇諾」、「忘生」、「不疑」、「開疑」、「乃始」、「甫始」、「能始」、「直來」、「舍之」、「空然」、「不問」、「不急」、「從氣」、「段勿始」，此皆用以深戒已之言行。

表五十九：漢代修身處世命名習尚印文舉例一覽表

類型	印文舉例			
儒家思想蘊含	霍君直印	李仁	魏義	魏孝君
道家思想衍發	閻不識印	梁解事印	黃毋放印	李寬心印

（七）其他

1. 表身分、職稱：「兄長」、「長兄」、「小卿」、「少卿」、「中卿」、「長卿」、「少孺」、「中儒」、「次孺」、「小孫」、「少孫」、「長孫」、「翁叔」、「長賓」、「侍郎」……等。

2. 表國籍：「戎奴」、「楚人」、「東海」。

3. 以吉語入名：「如意」、「樂哉」、「樂成」、「樂世」、「樂歲」、「遂成」、「安官」、「安樂」、「安年」、「宜年」、「宜成」、「長安」、「長年」、「長青」、「常喜」、「滿意」、「得意」、「平安」、「展世」、「賜幸」、「萬世」、「廣世」、「當時」、「當昌」、「將來」、「將有」、「望時」、「偉功」……等。

4. 以出入禁忌命名：「冬可」、「冬得」、「步安」、「步可」、「步昌」、「步安」、

「慶忌」、「莫如」……等。

5. 以牲畜動物命名：以賤物命名，緣於賤物易養，〔註170〕如「豬子」、「厭狗」、「馬豬」、「趙豬」、「華狗大」、「董兔印」、「楊鼠子印」、「周鯉」、「左狗私印」、「筍狗子印」、「呂豬私印」、「訾豬私印」……等。

6. 奇特命名：「小青」、「小女」、「小奴」、「小子」、「小府」、「女先」、「久扁」、「非人」、「非子」、「它人」、「外人」、「路人」、「男弟」、「屋鳥」、「高速」、「滑來」、「剽容」、「惡夫」、「相亡」、「鐵公」、「販生」、「捐之」、「池人」、「子兵」、「弱公」、「大黑」、「俠君」、「郎寶」、「少猜」、「敢生」、「續世」、「染香」、「對客」、「阿齊」、「異人」、「博士」、「速己」、「庶罪」、「蒲蘇」、「堅石」、「宜九」、「終根」、「錯之」、「君難」、「嬰齊」、「長舒」、「長鄉」、「子恩」，另如：「王王」、「王吷」、「王爽」、「王腸印」、「呂黑」、「耿吸」、「韓醜之印」、「田破石子」……等，各層面的命名習尚，將漢人思想、文化之多元面向表露無遺。

表六十：其他類命名習尚印文舉例一覽表

類型	印文舉例			
表身分、職稱出入禁忌命名奇特命名				
	左次孺	趙步可	李路人	朱賤

第二節　成語印

「成語印」，包含「吉語印」、「箴言印」，其印文為摒除官職、姓名後，內容屬吉語、俗語、箴言、成語、規諫詞等日常用語，皆可涵蓋於內，昔人對於這類璽印稱謂尚無定名。早期，羅福頤《古璽彙編》一書中，稱之曰「吉語璽」，〔註171〕後羅氏在《古璽印概論》改稱為「成語印」〔註172〕。王人聰〈戰國吉語、箴

〔註170〕劉釗：〈古文字中的人名資料〉，《吉林大學社會科學學報》1999 年 1 月，頁 63。

〔註171〕羅福頤：《古璽彙編》（北京：文物出版社，1994 年 6 月），頁 381。

〔註172〕羅福頤《古璽印概論》云：「成語印過去謂之吉語印，也是私印的一種。」（臺北：學海出版社，1983 年 9 月），頁 33。

言璽考釋〉一文，據羅氏所云再將其細分爲「吉語璽」、「箴言璽」二類；〔註173〕
沙夢海在《印學史》中謂之曰「詞句印」；〔註174〕曹錦炎《古璽通論》則以「成
語璽」囊括二者，〔註175〕後來研究璽印者沿用曹氏此說，不再細分。

　　漢代成語印形制與姓名印相同，印文風格也與姓名印無異。兩漢成語印大
抵承襲戰國成語璽而來，不過印文內容已有相當大的變化，戰國時期十分流行
的一些儒家修身箴言這時已十分罕見。〔註176〕漢代成語印，側重在「吉語」，
爲先秦以來之高峰，大量的吉語印上刻鑄著巨、利、大、千、萬、光、財、富、
吉、長等字樣，顯著的反映了時代變遷，經濟蓬勃發展，以及人們所關注之焦
點和榮祿追求。這些箴言印和吉語印，除少數專爲隨葬而刻製的吉語印外，大
多應是當時人們日常佩帶之物，〔註177〕下予以簡述：

一、願君自發

封完言信願君自發雒元君印
著錄《舉》頁 1167

　　自發，自爲發動也。《漢書‧尹賞傳》：「楬著其姓名，百日後，迺令死者家
各自發取其尸，親屬號哭，道路皆歔欷。」〔註178〕《後漢書‧任文公傳》：「任

〔註173〕王人聰〈戰國吉語、箴言璽考釋〉：「《古璽彙編》（以下簡稱《彙編》）編號 4142
　　　　至 4926 著錄了 785 方古璽，《彙編》將這批古璽歸入吉語璽類，可是若仔細分
　　　　析這批古璽的印文內容，則可知其中有很大一部分的印文並非吉祥語句，而是
　　　　屬於修身處世的箴言。……因此，我們認爲《彙編》將這批古璽全部歸入吉語
　　　　類似嫌籠統，應再細分爲吉語與箴言二類才較妥當。」，《故宮博物院院刊》1997
　　　　年第 4 期，頁 50。

〔註174〕沙夢海《印學史》云：「詞句印或稱『閑章』。古代璽印中間就已經有此一格。古
　　　　璽中如『千秋』，如『敬事』，這是二字詞句印。如『正行无私』，這是四字詞句印。
　　　　又如『千秋萬世昌』，是每面一字合成的五面詞句印。」（杭州：西泠印社，1998
　　　　年 10 月），頁 65。

〔註175〕曹錦炎《古璽通論》云：「《古璽彙編》稱之爲"吉語璽"。其實，這類璽文並不
　　　　單是吉語，也有一部分是格言（或稱箴言），所以有人建議另分出"箴言璽"一類。
　　　　若用"成語"一名，可以兼含兩者，不必再細分。」（上海：上海書畫出版社，1996
　　　　年 3 月），頁 37。

〔註176〕葉其峰：《古璽印通論》（北京：紫禁城出版社，2003 年 9 月），頁 182。

〔註177〕葉其峰：《古璽印與古璽印鑑定》（北京：文物出版社，1997 年 10 月），頁 66。

〔註178〕《漢書‧尹賞傳》，頁 1572 下。

文公，巴郡閬中人也。……諸從事未能自發，郡果使兵殺之，文公獨得免。」
〔註179〕「願君自發」，乃惕勵己之行爲發動，以謀事略。

二、教化仁甫

教化仁甫
著錄《菡·府》頁 20

《禮記·經解》：「故禮之教化也，微其止邪也。」〔註180〕《鹽鐵論·本議》：
「竊聞治人之道，防淫佚之原，廣道德之端，抑末利而開仁義，毋示以利，然
後教化可興，而風俗可移也。」〔註181〕仁者，儒家所重也。《論語·八佾》：「子
曰：『人而不仁如禮何？人而不仁如樂何？』」〔註182〕《釋名·釋首飾》：「章甫，
殷冠名也。甫，丈夫也，服之所以表章丈夫也。」〔註183〕「教化仁甫」，乃行
仁德教化意。

三、修躬德以俟賢臣興顯令名存

修躬德以俟賢臣興顯令名存
著錄《故》印 155

修躬德，乃躬身修行德性。《後漢書·任延傳》：「吳有龍丘萇者，隱居太末，
志不降辱。王莽時，四輔三公連辟，不到。掾吏白請召之，延曰：『龍丘先生躬
德屢義，有原憲、伯夷之節。都尉埽灑其門，猶懼辱焉，召之不可。』」〔註184〕
本印文意涵爲：著重躬德之修行，以待賢臣輔佐，彰顯德政也。這方成語印，
羅福頤將其納爲「漢人殉葬用祝辭印」，另舉《印藪》著錄「疢疾除、永康休、
萬壽寧」、朝鮮漢墓出土「永壽」、「永壽萬寧」印、明《范氏印譜》著錄「綏統

〔註179〕〔南朝宋〕范曄：《後漢書》（臺北：藝文印書館，1982 年），頁 966 上。

〔註180〕《禮記》（臺北：藝文印書館，〔清〕阮元《十三經注疏》本，1989 年 1 月），頁
847 下。

〔註181〕〔漢〕桓寬：《鹽鐵論》（北京：中華書局，2003 年 9 月），頁 1572。

〔註182〕《論語·八佾》，頁 26 上。

〔註183〕〔漢〕劉熙：《釋名》（北京：中華書局，1985 年），頁 72。

〔註184〕《後漢書·任延傳》，頁 880 上。

承祖、子孫慈仁、永保二親、福祿未央、萬壽無疆」、《印舉》著錄「建明德、子千億、保萬年、治無極」、又「大富貴昌、宜爲侯王、千秋萬歲、常樂未央」、「宜官秩、長樂吉、貴有日」等印，皆稱其爲殉葬專用祝辭印。〔註185〕

四、天下大明

天下大明
著錄《符》
頁 171

《周易》：「彖曰：『大哉乾元，萬物資始，乃統天。雲行雨施，品物流形。大明終始，六位時成，時乘六龍以御天。乾道變化，各正性命。』」〔註186〕《史記・儒林傳》：「今陛下昭至德，開大明、配天地、本人倫、勸學修禮、崇化厲賢，以風四方。」〔註187〕「天下大明」，爲天下通澈、清明之意。

五、除凶去央

去央，即去殃。《說文・凶部》：「凶，惡也。」〔註188〕《說文・歺部》：「殃，凶也。」〔註189〕「除凶去央」〔註190〕，爲除惡去殃也。

六、千壽、延壽、享壽、千秋

延壽
著錄《舉》
頁 541

千秋
著錄《舉》
頁 532

《史記・孝文本紀》：「十七年，得玉杯，刻曰：『人主延壽』，於是天子始更爲元年，令天下大酺。」〔註191〕漢人受神仙思想影響，傾慕永恆長生，長祈千壽、延壽、千秋，更於吉語印上刻鑄其語，時以佩戴。

〔註185〕羅福頤：〈傅翁印話〉，《古文字研究》第 11 輯，頁 114。

〔註186〕《周易》（臺北：藝文印書館，〔清〕阮元《十三經注疏》本，1989 年 1 月），頁 10 下。

〔註187〕《史記・儒林傳》，頁 1274 下。

〔註188〕〔清〕段玉裁：《說文解字注》（臺北：洪葉文化事業有限公司，2001 年 10 月），頁 337。

〔註189〕《說文解字注・歺部》，頁 165。

〔註190〕「除凶去央」印文著錄於丁仁《鶴盧集印》，因該印譜國内尚未收藏，故印文缺。

〔註191〕《史記・孝文本紀》，頁 197 下～198 上。

七、長樂、長利、長光、長富、長富貴、長生大富

長樂	長光	長富	長富貴	長生大富
著錄《赫》	著錄《舉》	著錄《赫》	著錄《舉》	著錄《舉》
頁 158	頁 535	頁 54	頁 1368	頁 1367

《說文‧長部》：「長，久遠也。」〔註192〕漢有長樂宮。《史記‧高祖本紀》：「二月，高祖自平城過趙、雒陽至長安。長樂宮成，丞相已下徙治長安。」〔註193〕《史記‧秦始皇本紀》：「刻所立石，其辭曰：『皇帝臨位，作制明法，臣下修飭。二十有六年，初并天下，……夙興夜寐，建設長利，專隆教誨。』」〔註194〕漢吉語印：長利、長光、長富、長富貴、長生大富等，皆爲希冀永長富貴之語。

八、大富、富貴、益貴、至富、來富、常富、日就富貴

富貴	益貴	至富	來富
著錄《舉》	著錄《舉》	著錄《赫》	著錄《舉》
頁 1369	頁 1337	頁 155	頁 1311

《論語‧顏淵》：「司馬牛憂曰：『人皆有兄弟，我獨亡。』子夏曰：『商聞之矣，死生有命，富貴在天。君子敬而無失，與人恭而有禮，四海之內皆兄弟也。君子何患乎無兄弟也？』」〔註195〕《史記‧蘇秦傳》：「初蘇秦之燕，貸百錢爲資，乃得富貴，以百金償之。」〔註196〕《漢書‧食貨志》：「今法律賤商人，商人已富貴矣；尊農夫，農夫已貧賤矣。」〔註197〕漢吉語印：至富、常富、日就富貴等，皆爲祝禱常富、常貴之語。

〔註192〕《說文解字注‧長部》，頁 457。

〔註193〕《史記‧高祖本紀》，頁 177 上。

〔註194〕《史記‧秦始皇本紀》，頁 122 上。

〔註195〕《論語‧顏淵》，頁 106 下。

〔註196〕《史記‧蘇秦傳》，頁 903 下。

〔註197〕《漢書‧食貨志》，卷上，頁 517 下。

九、日利、日吉、日富、日貴、日光、益光、日明、日利常吉、新成日利

日利	日利	益光	日光	日利常吉
著錄《赫》	著錄《赫》	著錄《赫》	著錄《吉》	著錄《舉》
頁 60	頁 60	頁 154	頁 365	頁 1304

　　《釋名・釋天》：「日，實也，光明盛實也。」〔註198〕日利、日吉、日貴，爲祝願日就富貴之語。《漢書・五行志》：「劉向以爲夜食者，陰因日明之衰而奪其光，象周天子不明，齊桓將奪其威，專會諸侯而行伯道。」〔註199〕《說文・日部》：「昭，日朙也。」〔註200〕日光、益光、日明，爲祈求天之大明。另：日利常吉、新成日利，亦有祈願心想事成、諸事順利之意。

十、日幸、大幸、諸幸、長幸、常幸、日利大幸、出入大幸、長幸日利、
　　長幸未央

日幸	大幸	長幸	長幸	長幸日利
著錄《澂》	著錄《舉》	著錄《舉》	著錄《舉》	著錄《舉》
頁 141	頁 1332	頁 504	頁 1321	頁 1303

　　《說文・夭部》：「幸，吉而免凶也。」〔註201〕《漢書・五行志》：「永始元年正月癸丑，大官凌室災。戊午，戾后園南闕災。是時，趙飛燕大幸，許后既廢，上將立之，故天見象於凌室，與惠帝四年同應。」〔註202〕又《後漢書・崔琦傳》：「無謂我貴，天將爾摧；無恃常好，色有歇微；無怙常幸，愛有陵遲；無曰我能，天人爾違。」〔註203〕未央，未旦也。《詩・小雅・庭燎》：「夜如何

〔註198〕《釋名・釋天》，頁 2。

〔註199〕《漢書・五行志》，卷下，頁 649 上。

〔註200〕《説文解字注・日部》，頁 306。

〔註201〕《説文解字注・夭部》，頁 499。

〔註202〕《漢書・五行志》，卷上，頁 607 上。

〔註203〕《後漢書・崔琦傳》，頁 935 上。

其？夜未央。庭燎之光。君子至止，鸞聲將將。」鄭箋：「夜未央猶言夜未渠央也。」正義曰：「夜未央者，謂夜未至旦。」〔註204〕《廣雅疏證・釋詁》：「央，盡也。」〔註205〕漢吉語印諸如：大幸、諸幸、長幸、常幸、出入大幸、長幸未央等印，皆有祈求諸事吉利、常保福分意涵。

十一、行吉、大利、利行、利出、行道吉、出入利、利出入、出入大吉、出入大利、出入日利、出內日利〔註206〕、出入大明、出入長利、今日利行

利行	利出	出入大吉	出入大明	今日利行
著錄《舉》	著錄《舉》	著錄《舉》	著錄《舉》	著錄《待》
頁 1327	頁 1328	頁 423	頁 1306	

《釋名・釋言語》：「吉，實也，有善實也。」〔註207〕《禮記・表記》：「子曰：『事君，大言入則望大利，小言入則望小利。』」〔註208〕漢人喜將祈求諸事順利、出入利行雋語刻鑄於印，以爲永保吉利之用，這類吉語印遺世頗多。

十二、宜財、宜官、宜子、宜子孫、長宜子孫

宜財	長宜子孫	宜子孫	宜子孫
著錄《舉》	著錄《舉》	著錄《舉》	著錄《舉》
頁 1311	頁 1303	頁 1368	頁 1368

《說文・宀部》：「宜，所安也。」〔註209〕《說文・貝部》：「財，人所寶也。」

〔註204〕《詩經》（臺北：藝文印書館，〔清〕阮元《十三經注疏》本，1989 年 1 月），頁374 下～375 上。

〔註205〕〔清〕王念孫：《廣雅疏證》（北京：中華書局，1985 年），卷一下，頁 140。

〔註206〕內與入古字通，出內大吉即出入大吉。詳參王人聰〈戰國吉語、箴言璽考釋〉，《故宮博物院院刊》1997 年第 4 期，頁 51。

〔註207〕《釋名・釋言語》，頁 57。

〔註208〕《禮記・表記》，頁 917 下。

〔註209〕《說文解字注・宀部》，頁 344。

〔註210〕漢吉語印：宜財、宜官，皆爲招來官財語；另宜子孫、長宜子孫，則爲希祐子孫常安。

十三、巨庆万匹、巨炅千万

巨庆万匹
著錄《舉》
頁 1190

巨炅千万
著錄《舉》
頁 1190

万匹、千万皆屬量詞，以「巨」爲首，乃強化語詞之數。《說文・火部》：「炅，見也。」〔註211〕巨庆万匹、巨炅千万，皆有招來富貴意涵。

十四、千金、千萬、日入千、日入千石、日入千萬、八千萬、大樂千萬、
日利八千万

千金
著錄《舉》
頁 542

千萬
著錄《澂》
頁 139

日入千萬
著錄《舉》
頁 1304

日利八千万
著錄《舉》
頁 1362

千金，貨財之數。《漢書・宛孔氏傳》：「宛孔氏之先，梁人也，用鐵冶爲業。秦滅魏，遷孔氏南陽，大鼓鑄，規陂田，連騎游諸侯，因通商賈之利，有游閒公子之名。然其贏得過當，瘉於孅嗇，家致數千金，故南陽行賈盡法孔氏之雍容。」〔註212〕漢吉語印：千金、日入千、日入千万、八千萬、日利八千万等，皆爲祝禱財貨興隆用語。

〔註210〕《說文解字注・貝部》，頁 282。

〔註211〕《說文解字注・火部》，頁 490。

〔註212〕《漢書・宛孔氏傳》，頁 1578 上。

十五、萬石、萬光、萬信、萬歲、萬霸

萬石　　　　　　　萬光　　　　　　　萬歲
著錄《舉》　　　　著錄《舉》　　　　著錄《澂》
頁 1364　　　　　頁 1335　　　　　頁 139

　　萬石，量詞。《漢書・匈奴傳》：「今欲與漢闓大關，取漢女爲妻，歲給遺我，糱酒萬石，稷米五千斛，雜繒萬匹，它如故約，則邊不相盜矣。」〔註213〕萬光、萬信、萬歲、萬霸，則取萬之量詞，以求大明、信誠、福壽與霸業。

十六、弱青日利、大利巨婧、李氏大利、司馬大利、劉氏千万、窐孫千
　　　万、巨李千万、巨吳千万、巨宋万匹、巨高万匹、巨蘇千万、巨
　　　秦八千万、杜少夫千万

司馬大利　　　　巨吳千万　　　　巨宋万匹　　　　巨蘇千万
著錄《舉》　　　著錄《舉》　　　著錄《舉》　　　著錄《舉》
頁 1221　　　　頁 1190　　　　頁 1190　　　　頁 1190

　　漢代吉語印，除刻鑄常用雋語以爲修身警惕、招來富貴之外，更有將姓氏與各式吉語文字同刻於印面者，這類私印相對於吉語印而言，反更個人化、獨特化。如：弱青日利、大利巨婧、李氏大利、劉氏千万、窐孫千万、巨李千万、巨秦八千万、杜少夫千万等。

第三節　宗教印

　　「宗教印」，泛指具迷信色彩之印章。漢初提倡黃老之學，崇尚自然，東漢末，出現了以崇奉老子爲主之道教，同時產生了不少宗教印，這些專爲迷信思想

〔註213〕《漢書・匈奴傳》，卷上，頁 1607 下。

所鑄刻之印，為道士用以通達天帝神祇，進而除凶避鬼、逢凶化吉所必備。如：

一、黃神越章、黃神之印、天帝使者之印、天帝神之印、黃神越章天帝神之印

黃神越章
著錄《舉》
頁 426

天帝使者之印
著錄《故》
印 185

黃神之印
著錄《概》
頁 37

黃神越章天帝
神之印
著錄《概》
頁 37

《抱朴子・內篇・登涉第十七》：「古之人入山者，皆佩黃神越章之印，其廣四寸，其字一百二十，以封泥著所住之四方各百步，則虎狼不敢近其內也。行見新虎跡，以印順印之，虎即去；以印逆印之，虎即還；帶此印以行山林，亦不畏虎狼也。不但只辟虎狼，若有山川社廟血食惡神能作福禍者，以印封泥，斷其道路，則不復能神矣。」〔註214〕漢晉時，道士敬奉天帝及黃神（土地神），當他們欲通天帝時，要配戴「天帝使者」印章，通帝神時則配「黃神越章」，也有二印合刻成「黃神越章天帝神之印」。〔註215〕

二、乘馬道人

《漢書・京房傳》：「道人始去，寒涌水為災。」顏師古注曰：「道人，有道術之人也。」〔註216〕「乘馬道人」，〔註217〕應屬宗教印。

三、神通、神通印

神通
著錄《舉》
頁 375

〔註214〕〔晉〕葛洪：《抱朴子》（北京：中華書局，1985年），頁352。

〔註215〕《故宮歷代銅印特展圖錄》（臺北：國立故宮博物院，1987年7月），頁261。

〔註216〕《漢書・京房傳》，頁1399上。

〔註217〕「乘馬道人」印文著錄於劉鶚《鐵雲藏印》，因尚未蒐尋到該印譜，故印文缺。

《周禮・春官宗伯》:「男巫無數,女巫無數。」孔穎達疏曰:「注:巫能至主者釋曰巫,與神通亦是鬼神之事,故列職於此。」〔註218〕《史記・孝武本紀》:「上即欲與神通,宮室被服不象神,神物不至。」〔註219〕神通、神通印,為通達鬼神之人所用,屬宗教印。

第四節　單字印

漢私印中,另有印面僅刻鑄一字者,是為單字印。這些單字印,如:平、申、佗、徒、陽、嬰、調、莫、紅、談、璧、楊、朝、灑、配、駝、娩、鄭、躡、靁、棣、延、竈……等,其所鑄刻之字或為名字簡稱,或為吉語印,皆屬個人配戴之用。茲舉列如下:

印	字	印	字
	吉 著錄《舉》 頁 1372		利 著錄《舉》 頁 1372
	樂 著錄《澂》 頁 138		國 著錄《舉》 頁 380
	義 著錄《舉》 頁 379		義 著錄《舉》 頁 1371
	嘉 著錄《舉》 頁 1371		嘉 著錄《舉》 頁 379
	平 著錄《舉》 頁 1372		佗 著錄《舉》 頁 379
	紅 著錄《舉》 頁 1372		徒 著錄《舉》 頁 379
	陽 著錄《舉》 頁 379		嬰 著錄《舉》 頁 1371

〔註218〕《周禮》(臺北:藝文印書館,〔清〕阮元《十三經注疏》本,1989 年 1 月),頁 265 下。

〔註219〕《史記・孝武本紀》,頁 209 下。

調
著錄《舉》
頁 1372

鄭
著錄《舉》
頁 1372

莫
著錄《舉》
頁 1372

第五節 小 結

本章將漢私印別爲：「姓名印」、「成語印」、「宗教印」與「單字印」分作探討。「姓名印」根據西漢、新莽、東漢三個時期來作劃分，其特色顯著有別，大抵說來西漢屬承前開創期，新莽屬復古期，東漢屬沿用創新期，而東漢印面款式、紐制、印文佈局繁富多樣，更爲兩漢私印開起展新一頁。兩漢姓名印中，「複姓印」析探，諸如「周陽」、「櫟陽」、「第五」、「郁陽」、「蒲類」、「新成」、「姑陶」始見於兩漢，爲先秦所無，其與漢代文獻比對結果，可推求漢複姓較古璽複姓繁富之因，並補證姓氏譜錄之不足。而「命名習尙」探求，可歸整當時社會思想、信仰以及文化習俗等觀念。

「成語印」研究方面，兩漢成語印雖承襲戰國成語璽而來，不過印文內容已具變化，顯著的反映了時代變遷，經濟蓬勃發展，以及人們所關注之焦點和榮祿追求。

東漢末，受到崇奉老子之道教思想影響，產生不少宗教印，亦爲古璽所無，成爲這時期特殊風格。這些宗教印爲道士通達天帝神祇、除凶避鬼、逢凶化吉所必備，是專屬於道教興盛時期產物，爲中國宗教信仰研究提供另一史料。兩漢單字印爲數不少，其性質有類吉語印或閒章，多爲日常佩戴以表身分或趨吉避凶。

漢代私印研究，除可補證史籍譜錄，考察兩漢時期人民哲學思想與精神蘊含外，更可藉此還原兩漢人類文明及社會型態面貌，其學術價值不容略視。

第五章 漢印文字形構特徵

　　漢代璽印文字受到隸變影響，筆勢改曲爲直，形體漸趨方正，雖仍以篆體爲主，然自成風格，與戰國璽印文字、秦印文字顯著有別。爲求在有限印面善用每一分空間，或是刻鑄私人特殊憑證印章以防僞造，漢印文字具有簡化、增繁、異化現象，獨特的印文形貌，形成漢印文字結體特徵。

　　漢印文字風格多貌，陰文、陽文鑄鑿並行。官印主要用於政事公文，文字力求規整；私印作爲個人憑信功能，故具個人特色。另外，更出現屈曲繆篆筆勢，以及蜿蜒鳥蟲書體。漢代璽印可分西漢、新莽、東漢三個時期，各時期所受印制規範不同，分別獨具印文特色。而漢代邊境多擾，爲求軍事安定，每有頒授異族首領歸義官印，此亦有其特殊風格，值得探索。本章論述，以結體和風格二節進行分述，冀對漢印文字形構特徵能作一全面性剖析。

第一節 結 體

　　結體，結合成體；「文字」即筆劃、部件結體之形貌。漢代以前文字，從商周甲骨、銘文，乃至戰國簡帛、璽印、貨幣、陶器、兵器文字……等，其演變脈絡漸由獨體象形演爲形聲表義，大量形聲字的形成，以及後來秦篆之統一，顯示中國文字之結體逐步邁向繁茂、謹嚴。

　　中國璽印文字勃興，兆於戰國時期實用因素。此時期受到政治紛擾、戈戟交接、商業繁榮、經濟高度發展影響，作爲個人憑信工具之璽印，被有意識運

用於政事往來與日常生活，而璽印文字鑄鑿風貌，則因戰國時期「文字異形」〔註1〕現象，各國獨具特色。王國維〈桐鄉徐氏印譜序〉一文曾云：

> 然則兵器、陶器、璽印、貨幣四者，正今日研究六國文字之唯一材料，其爲重要，實與甲骨、彝器同；而璽印一類，其文字制度尤爲精整，其數亦較富。〔註2〕

王氏所云，強調戰國璽印文字重要性，並提出「璽印文字制度」論題。對於戰國璽印文字研究專著，爲數眾多，如羅福頤《古璽印概論》〔註3〕、何琳儀《戰國文字通論訂補》〔註4〕、曹錦炎《古璽通論》〔註5〕、葉其峰著《古璽印通論》〔註6〕等；另有學位論文，如林素清《先秦古璽文字研究》〔註7〕、游國慶《戰國古璽文字研究》〔註8〕、李知君《戰國璽印文字研究》〔註9〕、文炳淳《先秦楚璽文字研究》〔註10〕等，除探討戰國璽印質地、紐式外，更依地域之別分爲楚、齊、燕、三晉、秦璽文字，剖析古璽文字結體特徵。

漢代璽印文字沿用秦篆體，唯字體受隸變影響，筆勢改曲爲直，形體漸趨方正；而爲求在有限印面善用空間，或於刻鑄私印時留意憑證特徵以防僞造，

〔註1〕《説文解字注・敘》云：「其後諸侯力政不統於王，惡禮樂之害己而皆去其典籍，分爲七國。田疇異畮，車涂異軌，律令異灋，衣冠異制，言語異聲，文字異形。」，〔清〕段玉裁：《説文解字注》（臺北：洪葉文化事業有限公司，2001年10月），頁765上下。

〔註2〕王國維〈桐鄉徐氏印譜序〉，《王國維文集（第四卷）》（北京：中國文史出版社，1997年5月），頁183。

〔註3〕羅福頤：《古璽印概論》（臺北：學海出版社，1983年9月）。

〔註4〕何琳儀：《戰國文字通論訂補》（江蘇：江蘇教育出版社，2003年1月），頁202。

〔註5〕曹錦炎：《古璽通論》（上海：上海書畫出版社，1996年3月）。

〔註6〕葉其峰：《古璽印通論》（北京：紫禁城出版社，2003年9月）。

〔註7〕林素清：《先秦古璽文字研究》（臺北：國立臺灣大學中國文學研究所碩士論文，1974年）。

〔註8〕游國慶：《戰國古璽文字研究》（桃園：國立中央大學中國文學研究所碩士論文，1990年）。

〔註9〕李知君：《戰國璽印文字研究》（高雄：國立高雄師範大學國文學系碩士論文，2000年）。

〔註10〕文炳淳：《先秦楚璽文字研究》（臺北：國立臺灣大學中國文學研究所博士論文，2001年）。

又如殉葬明器印文草率鑿刻等，促使漢印文字具有簡化、增繁、異化情形。下分別就漢印文字簡化、增繁、異化現象列舉字例，逐一探求：

一、簡　化

簡化是文字發展過程中，「苟趣約易」心裡下很自然的表現，[註11] 簡化方式往往由約定俗成的習慣所支配。[註12] 然文字的簡化絕非隨意進行，毫無規律，何琳儀曾就戰國文字簡化情形歸之為十三類：（一）單筆簡化；（二）複筆簡化；（三）濃縮形體；（四）刪簡偏旁；（五）刪簡形符；（六）刪簡音符；（七）刪簡同形；（八）借用筆劃；（九）借用偏旁；（十）合文借用筆劃；（十一）合文借用偏旁；（十二）合文刪簡偏旁；（十三）合文借用形體；[註13] 筆者考察漢印文字簡化情形，將其析為筆劃簡化、部件簡化、共用筆劃三類，並於各類下予以細目說明。

（一）筆劃簡化

漢印文字筆劃簡化可再細分為「單筆簡化」、「複筆簡化」，下分別探討之：

1. 單筆簡化

單筆簡化，係指對原來不該有缺筆的字減少一筆，諸如橫筆、豎筆、斜筆、曲筆等。[註14] 單筆簡化並不影響文字結體，故易於釋讀。例如：

表六十一：單筆簡化字例表

釋文	《說文》小篆	標準字例	簡化字例	說明
楊	楊	《澂》[註15] 頁 51　《澂》頁 113	《澂》頁 51	楊字部件「易」簡化一橫筆。

[註11] 林素清：〈談戰國文字的簡化現象〉，《大陸雜誌》第 72 卷第 5 期，頁 217。

[註12] 《戰國文字通論訂補》，頁 202。

[註13] 《戰國文字通論訂補》，頁 203～212。

[註14] 《戰國文字通論訂補》，頁 203。

[註15] 著錄書目以略字標示，書目全稱詳參附錄一：書目徵引略字索引。

湯	湯	《舉》頁 1235	《故》印 97	湯字部件「易」簡化一橫筆。
親	親	《匯》1384	《澂》頁 82	親字部件「亲」簡化一橫筆。
將	將	《匯》149	《匯》36	將字部件「寸」簡化一橫筆。這種演變現象，亦見於古文字例，如：（詛楚文）。
孺	孺	《舉》頁 441	《舉》頁 779	孺字部件「需」簡化一橫筆。
鼂	鼂	《舉》頁 476 《舉》頁 682	《澂》頁 73	鼂字部件「黽」簡化一橫筆。
茂	茂	《徵》1．15	《徵》1．15	茂字部件「戊」簡化一曲筆。
臨	臨	《匯》627 《舉》頁 370	《澂》頁 90	臨字部件「品」簡化一曲筆。
章	章	《徵》3．10 《澂》頁 71	《徵》3．10	章字簡化一曲筆。這種演變現象，亦見於古文字例，如：（信陽楚簡）、（郭店楚簡・老甲 31）。
買	買	《澂》頁 114	《澂》頁 74	買字部件「罒」簡化一豎筆。

禮		《舉》頁914	《補》1‧1 《陝》1374	禮字部件「豊」簡化一豎筆。這種演變現象，在漢代書體中屬常見，如：（上大山鏡）。
尉		《匯》895	《匯》190	尉字部件「火」簡化一斜筆。
井		《徵》5‧10 《馬》頁204	《徵》5‧10	井字簡化一點筆。這種演變現象，亦見於古文字例，如：（盂鼎）、（侯馬盟書）。

　　上舉數例，簡化情形可分五類：（1）橫筆簡化：有「楊」、「湯」、「親」、「將」、「孺」、「鼂」等字，其中「楊」、「湯」二字，皆為部件「易」簡化一橫筆；（2）曲筆簡化：有「茂」、「臨」、「章」等字；（3）豎筆簡化字例有「買」、「禮」等字；（4）斜筆簡化：有「尉」字；（5）點筆簡化：有「井」字。整體說來，漢印文字單筆簡化以橫筆簡化為主；其中，「將」、「章」、「井」四字簡化字形，乃承襲於古文字例，這種演變，說明漢印文字具有「繼往開來」之特性；至於「禮」字簡化字形，在漢代書體中屬常見。

　　2. 複筆簡化

　　複筆簡化與單筆簡化為相對之簡化，因為複筆簡化刪簡二筆劃以上，常會影響文字形體，易造成釋讀困難。例如：

表六十二：複筆簡化字例表

釋文	《說文》小篆	標準字例	簡化字例	說明
游		《舉》頁608	《澂》頁105 《舉》頁475	游字部件「斿」複筆簡化。這種演變現象，亦見於古文字例，如：（《戰》頁466）。

壽	(印)	(印)《澂》頁 105	(印)《澂》頁 54 (印)《澂》頁 80	壽字部件「⿱」複筆簡化。這種演變現象，亦見於古文字例，如：(圖)（壽春鼎）、(圖)（《戰》頁 584）。
長	(印)	(印)《舉》頁 790	(印)《澂》頁 113 (印)《赫》頁 147	長字複筆簡化。這種演變現象，亦見於古文字例，如：(圖)（郭店楚簡·成之 27）、(圖)（《彙》0022）。
張	(印)	(印)《澂》頁 56 (印)《澂》頁 82	(印)《舉》頁 861	張字部件「長」複筆簡化。這種演變現象，亦見於古文字例，如：(圖)（《戰》頁 831）、(圖)（《戰》頁 831）。
董	(印)	(印)《澂》頁 63	(印)《赫》頁 137	董字部件「重」複筆簡化。
夏	(印)	(印)《澂》頁 80 (印)《赫》頁 129	(印)《赫》頁 44	夏字部件「夂」複筆簡化。
博	(印)	(印)《澂》頁 63	(印)《赫》頁 134	博字部件「尃」複筆簡化。
烏	(印)	(印)《匯》1402	(印)《匯》1399	烏字複筆簡化。
適	(印)	(印)《匯》1375 (印)《匯》1376	(印)《舉》頁 1203	適字部件「辶」、「啇」複筆簡化。

書	𣌭	《徵》3‧18	《彙》76	書字部件「聿」複筆簡化。
陵	𡉱	《舉》頁748	《舉》頁497	陵字部件「夌」複筆簡化。這種演變現象，在漢代書體中屬常見，如：（杜陵東園壺）。
朝	𠦝	《徵》7‧4	《彙》822	韓字部件「月」複筆簡化。而標準字例部件「卓」增繁二橫筆。故韓字互見於複筆簡化、複筆增繁。這種演變現象，亦見於古文字例，如：（睡虎地秦簡‧日乙157）。
昌	昌	《舉》頁518 《舉》頁1200	《徵》7‧3	昌字部件「日」、「曰」複筆簡化。這種演變現象，亦見於古文字例，如：（《彙》4997）。
善	善	《彙》1391	《彙》1194	善字部件「羊」、「言」複筆簡化。這種演變現象，亦見於古文字例，如：（《戰》頁157）。

　　上舉複筆簡化數例，其簡化情形可歸納爲三類：（1）連筆：文字部件因連筆而造成複筆簡化，如「游」、「陵」等字；（2）訛變：文字部件訛變結果，造成簡化字形與標準字形簡化後別異顯著，如「壽」、「長」、「張」、「夏」、「博」、「烏」等字；（3）減筆：文字部件純粹因減筆而爲複筆簡化，如「董」、「適」、「書」、「善」、「昌」等字。上所列舉十四例中，「董」、「烏」二字，以其簡化字例形體與隸定字相若，故疑其簡化現象可能受到隸變影響；另如「游」、「壽」、「長」、「張」、「朝」、「昌」、「善」七字簡化字形，皆承襲於古文字形。

（二）部件簡化

所謂「部件」，非單指偏旁而已，而是指文字的組合單位，此單位本身亦可獨立爲一個字，但它在文字的組合結構中，很可能只是形符或聲符的一部分，因此，「部件」是比偏旁更小的文字組合單位。〔註16〕漢印文字部件簡化可細分爲「簡化重複部件」、「簡化形符」、「簡化聲符」。下予以例舉探討之：

1. 簡化重複部件

爲在有限印面上分配各字佔有空間，漢印文字凡部件重複者，往往省去。部件簡省目的除爲分配各字占有空間，取得印面平衡外，有時或只是刻工爲了簡省時間，故將重複部件略去。如：

表六十三：簡化重複部件字例表

釋文	《說文》小篆	標準字例	簡化字例	說明
藋		《徵》1‧9	《徵》1‧9 《舉》頁 687	藋 字 簡 化 部 件「隹」。
靃		《概》頁 54 《舉》頁 757	《概》頁 63 《舉》頁 757	靃 字 簡 化 部 件「隹」。
宜		《匯》136	《概》頁 54	宜 字 簡 化 部 件「夕」。這種演變現象，亦見於古文字例，如：（宜安戈）。
曹		《澂》頁 70	《徵》5‧5	曹 字 簡 化 部 件「東」。這種演變現象，亦見於古文字

<hr>

〔註16〕黃師靜吟：《楚金文研究》（高雄：國立中山大學中國文學研究所博士論文，1997年），頁 102。

釋文					例，如： ![圖] （中山王壺）。
濕	![濕篆]	![濕印] 《徵》11‧5	![濕印] 《徵》11‧5		濕字簡化部件「糸」。
璽	![璽篆]	![璽印] 《舉》頁374	![璽印] 《匯》1183 ![璽印] 《徵》13‧11		璽字簡化部件「乂」。

　　上舉數例，「雚」、「霍」二字簡化重複部件一致，皆為部件「隹」之簡化，因其簡化字例形體與隸定字相若，故疑其簡化現象可能受到隸變影響。

　　2. 簡化形符

　　所謂"形符"，特指會意字中某一偏旁，或者會意字中某一偏旁的部件。一般說來，簡省這類偏旁就會失去會意字或會意偏旁表意功能。〔註17〕璽印文字形符簡化常造成字形誤釋，故在判讀時，必須根據印面文字前後字義予以推敲，或是藉由文獻比對，以及分析各字於漢代簡化情形，才能正確予以釋讀。例如：

　　表六十四：簡化形符字例表

釋文	《說文》小篆	標準字例	簡化字例	說明
春	![春篆]	![春印] 《匯》136	![春印] 《徵》1‧19	春字簡化形符「艸」。這種演變現象，亦見於古文字例，如：![圖]（《語》頁27）。
笥	![笥篆]	![笥印] 《徵》3‧1 ![笥印] 《馬》頁183	![笥印] 《徵》3‧1	笥簡化形符「竹」。

〔註17〕《戰國文字通論訂補》，頁206。

驚		《舉》頁 461	《徵》10.1	驚簡化形符「步」。這種演變現象，亦見於古文字例，如：（《戰》頁652）。
屈		《舉》頁 500	《徵》8.19	屈字簡化形符「毛」。這種演變現象，亦見於古文字例，如：（睡虎地秦簡‧為吏 34）。
遷		《徵》2.13	《補》2.3	遷字簡化形符「辵」。
奮		《舉》頁 661 《陜》1013	《補》4.2	奮字簡化形符「大」。
鄧		《徵》6.23	《徵》6.23	鄧字簡化形符「邑」。
雲		《吉》241	《徵》11.17 《補》11.5	雲字簡化形符「雨」。這種演變現象，亦見於古文字例，如：（睡虎地秦簡‧封診 40）、（《彙》4877）。

　　上舉八例，「春」字形符之簡化，乃由 "二形符（艸、日）一聲符（屯）" 簡化為 "一形符（日）一聲符（屯）"，這種簡化現象，正符合形聲字演變特性。另如「屈」字簡化字例，其形體正為後世沿用隸定字形；至於「笥」字，則是形符「竹」重複偏旁之簡省。

　　3. 簡化聲符

　　聲符作為表音功能，一旦刪簡聲符，就無法構成形聲字。例如：

表六十五：簡化聲符字例表

釋文	《說文》小篆	標準字例	簡化字例	說明
齒		《徵》2‧19 《概》頁54	《徵》2‧19	齒字簡化聲符「止」。這種演變現象，亦見於古文字例，如：（《語》頁76）。
慶		《舉》頁1015 《陝》1005	《補》10‧7 《陝》1373	慶字簡化聲符「心」。

上舉「齒」字簡化字例爲初文，齒爲後起形聲字；「慶」字簡化字例爲初文，慶爲後起形聲字。從→齒、→慶，乃無聲字形聲化結果，漢印文字保留了初文本字，可藉以追溯文字之源。

（三）共用筆劃

用以構成合體字的幾個偏旁，其中位置相近而且形體也有相似的筆畫，經常會發生彼此重疊的現象。這種簡化現象，學者多稱之爲「借筆」。〔註18〕此偏旁借筆現象，亦即「共用筆劃」。漢印文字爲平衡各字占有空間及簡省筆劃刻鑄，共用筆劃是璽印文字特殊旨趣表現。這種刻鑄技巧，並不會造成釋讀困難，反增添幾分風貌。例如：

表六十六：共用筆劃字例表

釋文	《說文》小篆	標準字例	簡化字例	說明
張		《澂》頁82	《澂》頁81	張字部件「長」下方共用筆劃。這種演變現象，亦見於古文字例，如：（《戰》頁831）。

〔註18〕林清源：《楚國文字構形演變研究》（臺中：東海大學中國文學研究所博士論文，1997年），頁55。

識		《舉》頁 833	《舉》頁 907	識字部件「言」、「音」、「戈」共用一橫筆。
曹		《澂》頁 70	《舉》頁 899	曹字部件「東」、「日」共用豎筆。
豪		《徵》9‧14	《補》9‧6	豪字部件「口」、「豕」共用一橫筆。
廖	缺〔註19〕	《吉》273	《補》9‧5	廖字部件「羽」、「彡」共用一橫筆。
蕎	缺	《補》1‧6	《補》1‧6	蕎字部件「各」、「人」共用一斜筆。這種演變現象，亦見於古文字例，如：（《語》頁 28）、（《戰》頁 42）。
晉		《匯》852	《補》7‧1	晉字部件「至」、「日」共用一橫筆。這種演變現象，亦見於古文字例，如：（晉公𥂴）、（侯馬盟書）。

上舉共用筆劃數例，以上下共用橫筆為多，左右共用豎筆次之。上下筆劃共用有：「張」、「曹」、「豪」、「廖」、「晉」等字；左右筆劃共用有：「識」、「蕎」等字。另如「張」、「蕎」、「晉」三字簡化字形，乃承襲於古文字例。

二、增　繁

在漢字發展的過程裏也存在著字形繁化的現象。字形繁化可以分成兩類，一類純粹是外形上的繁化，一類是文字結構上的變化所造成的繁化。〔註 20〕所

〔註 19〕《說文解字》無著錄該字。

〔註 20〕裘錫圭：《文字學概要》（臺北：萬卷樓圖書有限公司，1994 年 3 月），頁 43。

謂“繁化”，一般是指對文字形體的增繁。“繁化”所增加的形體、偏旁、筆劃等，對原來的文字是多餘的。因此有時「可有可無」。〔註21〕漢印文字增繁現象以裝飾美化性質居多，可分為「筆劃增繁」與「部件增繁」二類。

（一）筆劃增繁

1. 單筆增繁

相對於單筆簡化，單筆增繁為對原字增繁一橫筆、豎筆或曲筆，且多為誤筆、裝飾、平衡印面等因素造成。例如：

表六十七：單筆增繁字例表

釋文	《說文》小篆	標準字例	增繁字例	說明
賜	賜	《舉》頁 596	《舉》頁 434 《舉》頁 477	賜字部件「易」增繁一橫筆。這種演變現象，亦見於古文字例，如：（《彙》2201）。
湯	湯	《舉》頁 1235	《舉》頁 532	湯字部件「易」增繁一橫筆。
建	建	《徵》2‧17	《徵》2‧17	建字部件「聿」增繁一橫筆。這種演變現象，亦見於古文字例，如：（《戰》頁 121）。
萊	萊	《徵》1‧18	《徵》1‧18	萊字部件「來」增繁一橫筆。
廣	廣	《舉》頁 474	《舉》頁 440	廣字部件「黃」增繁一橫筆。

〔註21〕《戰國文字通論訂補》，頁 213。

榦	（榦字形）	（印1）《徵》6‧7	（印2）《徵》6‧7	榦字部件「余」增繁一橫筆。
惡	（惡字形）	（印1）《匯》1375	（印2）《匯》1376	惡字部件「亞」增繁一橫筆。這種演變現象，亦見於古文字例，如：（睡虎地秦簡‧秦律65）。
成	（成字形）	（印1）《赫》頁44	（印2）《澂》頁71	成字增繁一橫筆。
司	（司字形）	（印1）《舉》頁1212	（印2）《舉》頁1199 （印3）《舉》頁1212	司字增繁一橫筆。這種演變現象，亦見於古文字例，如：（《彙》0033）。
富	（富字形）	（印1）《舉》頁1353	（印2）《赫》頁155 （印3）《舉》頁541	富字增繁一橫筆。
畢	（畢字形）	（印1）《舉》頁915	（印2）《澂》頁92	畢字增繁一橫筆。
土	（土字形）	（印1）《徵》13‧10	（印2）《補》13‧4	土字增繁一橫筆。土字增繁一筆，在漢代書體中屬常見，如：（新嘉量）、（新嘉量），皆爲增繁一豎筆。
典	（典字形）	（印1）《徵》5‧4	（印2）《徵》5‧4	典字增繁一橫筆。

嚴		《舉》頁904	《舉》頁906	嚴字增繁一豎筆。這種演變現象，在漢代書體中屬常見，如：（嚴氏作洗）、（嚴氏造洗）。
芑		《徵》1‧18	《徵》1‧18	芑字部件「己」增繁一豎筆。這種演變現象，在漢代書體中屬常見，如：（芑是鍾）、（吾作明鏡）。
馬		《匯》205	《匯》1156	馬字增繁一豎筆。

上舉單筆增繁數例，以增繁橫筆「一」爲主，有：「賜」、「湯」、「建」、「萊」、「廣」、「韓」、「惡」、「成」、「司」、「富」、「畢」、「土」、「典」等字；另有增繁豎筆「｜」字例，有：「嚴」、「芑」、「馬」等字。綜上所述，凡單筆簡化、單筆增繁，皆以橫筆之簡繁爲主，說明漢印文字鑄鑿特色顯然著墨於橫筆筆勢上。另如「賜」、「建」、「惡」、「司」四字增繁字形，乃承襲於古文字例；至於「上」、「嚴」、「芑」增繁字形，在漢代書體中屬常見。

2. 複筆增繁

複筆增繁爲文字增繁二筆劃以上，常造成文字形體難以辨認。例如：

表六十八：複筆增繁字例表

釋文	《說文》小篆	標準字例	增繁字例	說明
朝		《匯》822	《徵》7‧4	朝字部件「卓」增繁二橫筆。而標準字例右邊原爲部件「月」卻減筆爲「刀」，屬簡化。故韓字互見於複筆簡化、複筆增繁。

棘		《匯》663	《徵》7‧9	棘字增繁二橫筆。
齊		《澂》頁49	《赫》頁131	齊字增繁二豎筆。
宋		《赫》頁129	《澂》頁79	宋字增繁二斜筆。
長		《舉》頁790	《澂》頁65 《匯》274	長字增繁豎筆、曲筆數筆，與標準字例極具差異，屬字形訛變。
韓		《赫》頁52	《舉》頁774	韓字部件「韋」增繁橫筆、豎筆數筆，與標準字例極具差異，屬字形訛變。
佗		《徵》8‧3	《徵》8‧3	佗字部件「它」增繁曲筆數筆，與標準字例極具差異，屬字形訛變。

上舉複筆增繁數例，其筆劃增繁情形可歸納為四類：(1)橫筆增繁：有「朝」、「棘」等字；(2)豎筆增繁：有「齊」字；(3)斜筆增繁：有「宋」字；(4)訛變：有「長」、「韓」、「佗」等字。

（二）部件增繁

所謂「部件」，指其能獨立成為一個「字」的，在構成其它字時，或擔任形符、聲符，即偏旁的角色，也可能只是偏旁的一部份。〔註22〕漢印文字部件增繁可分為「有義增繁」與「無義增繁」二類。

1. 有義增繁

有義增繁謂在文字原有基礎上增繁形符，用於強化文字之表義。例如：

〔註22〕黃師靜吟：《楚金文研究》（高雄：國立中山大學中國文學研究所博士論文，1997年），頁93。

表六十九：部件有義增繁字例表

釋文	《說文》小篆	標準字例	增繁字例	說明
芻	（篆）	（圖）《徵》1‧17	（圖）《舉》頁561	芻字增繁形符「艸」。
果	（篆）	（圖）《概》頁61	（圖）《徵》6‧5 （圖）《徵》6‧5	果字增繁形符「艸」。
戰	（篆）	（圖）《徵》12‧17	（圖）《舉》頁675	戰字增繁形符「戈」。
去	（篆）	（圖）《赫》頁128 （圖）《陝》1265	（圖）《補》5‧2	去字增繁形符「辵」。這種演變現象，亦見於古文字例，如：（圖）（《語》頁191）、（圖）（《彙》0857）。

上舉四例，「芻」字增繁形符「艸」，強化刈草狀；「果」字增繁形符「艸」，強化果實生於草木之上；「戰」字增繁形符「戈」，強化戰場上短兵交接激烈戰況；「去」字增繁形符「辵」，有強化來去之意。

2. 無義增繁

增繁無義偏旁，係指在文字中增加形符，然而所增形符對文字的表意功能不起直接作用。〔註23〕例如：

表七十：部件無義增繁字例表

釋文	《說文》小篆	標準字例	增繁字例	說明
文	（篆）	（圖）《舉》頁422	（圖）《補》9‧2	文字增繁形符「于」。在「文」字中間空白處添以形符，屬古文形中常

〔註23〕《戰國文字通論訂補》，頁215。

					見情形，如：（圖）、（旂作父戊鼎）。
中	中	《匯》151		《徵》1‧8	中字增繁形符「口」。這種演變現象，亦見於古文字例，如：（《戰》頁21）。
屠	屠	《匯》1391		《徵》8‧18	屠字增繁形符「大」。
吾	吾	《舉》頁1214		《徵》2‧5	吾字增繁形符「彳」。這種演變現象，亦見於古文字例，如：（詛楚文）。
貳	貳	《匯》508		《補》6‧5	貳字增繁形符「貝」。
惡	惡	《匯》1375		《舉》頁793	惡字增繁形符「十」。
讎	讎	《補》3‧2		《補》3‧2	讎字增繁形符「隹」。
兼	兼	《舉》頁473		《補》7‧3	兼字增繁形符「隹」。

三、異化

異化，則是對文字的筆劃和偏旁有所變異。異化的結果，筆劃和偏旁的簡、繁程度並不顯著，而筆劃的組合、方向和偏旁的種類、位置則有較大的變化。〔註

〔註24〕《戰國文字通論訂補》，頁226。

〔註24〕何琳儀將戰國文字異化情形歸之爲十四類：（一）方位互作；（二）形符互作；（三）形近互作；（四）音符互作；（五）形音互作；（六）置換形符；（七）分割筆劃；（八）連接筆劃；（九）貫穿筆劃；（十）延伸筆劃；（十一）收縮筆劃；（十二）平直筆劃；（十三）彎曲筆劃；（十四）解散形體；〔註25〕筆者考察漢印文字異化情形，將其析爲方位互作、部件互作、筆劃變異三類，並於各類下予以細目說明：

（一）方位互作

方位互作，係指文字的形體方向和偏旁位置的變異。〔註26〕漢印文字方位互作情形，有正反互作、正側互作、左右互作、內外互作、四周互作，其中以正反互作、左右互作、四周互作最爲常見，正側互作次之，內外互作則較罕見。

1. 正反互作

璽印文字刻鑄須反刻於印面，抑印於實物上才能呈現正文。正反互作印文恰好相反，因在印面誤刻文字正文，故抑印結果即呈現反文情形。印文正反誤刻，多數是刻工一時疏忽所造成。例如：

表七十一：正反互作字例表

釋文	《說文》小篆	標準字例	異化字例	說明
方	㫄	《舉》頁 784	《舉》頁 790	方字正反互作。這種演變現象，亦見於古文字例，如：（《語》頁 343）、（郭店楚簡・五行41）。
永	𠂢	《匯》1049	《匯》1238	永字正反互作。這種演變現象，亦見於古文字例，如：（吳方彝）、（《語》頁 438）。

〔註25〕《戰國文字通論訂補》，頁 226～248。

〔註26〕《戰國文字通論訂補》，頁 226。

于		《舉》頁 1214	《舉》頁 1235	于字正反互作。這種演變現象，亦見於古文字例，如：（《語》頁 180）、（《戰》頁 306）。
印		《匯》29	《匯》188	印字正反互作。
尉		《匯》187	《匯》188	尉字正反互作。這種演變現象，亦見於古文字例，如：（《戰》頁 678）。
平		《匯》935	《匯》469	平字正反互作。這種演變現象，亦見於古文字例，如：（中山王墓宮堂圖）、（《彙》0116）。
丞		《匯》29	《匯》643	丞字正反互作。這種演變現象，亦見於古文字例，如：（高奴銅權）。
廣		《匯》1052	《匯》1240	廣字正反互作。
左		《舉》頁 500	《徵》5‧4	左字正反互作。
外		《概》頁 60	《徵》7‧7	外字正反互作。這種演變現象，亦見於古文字例，如：（臧孫鐘）。

男	昜	《匯》1241	《徵》13・14	男字正反互作。
鄒	鄒	《舉》頁 627	《徵》6・24	鄒字部件「芻」正反互作。
加	加	《徵》13・16	《徵》13・16	加字部件「力」正反互作。
桃	桃	《徵》6・2	《徵》6・2	桃字部件「兆」正反互作。
子	子	《澂》頁 105	《徵》14・15	子字正反互作。這種演變現象，亦見於古文字例，如：（《彙》1651）、（《彙》0233）。
圍	圍	《舉》頁 377	《徵》6・16	圍字正反互作。這種演變現象，亦見於古文字例，如：（庚壺）。
臣	臣	《赫》頁 149	《澂》頁 76	臣字正反互作。這種演變現象，亦見於古文字例，如：（《語》頁 117）。
毛	毛	《徵》8・18	《徵》8・18	毛字正反互作。
展	展	《舉》頁 1104	《舉》頁 778	展字正反互作。
州	州	《補》11・5	《補》11・5	州字正反互作。
筐	筐	《舉》頁 1087	《徵》12・19	筐字正反互作。

2. 正側互作

「正側互作」為文字部件產生 90 度翻轉，形成與原字正側互異，此互作情形並不影響字形釋讀。例如：

表七十二：正側互作字例表

釋文	《說文》小篆	標準字例	異化字例	說明
宜		《匯》136	《徵》7‧16	宜字部件「夕」產生 90 度翻轉。
願		《澂》頁 73	《徵》9‧1	願字部件「目」產生 90 度翻轉。
得		《澂》頁 56	《舉》頁 1137	得字部件「目」產生 90 度翻轉。這種演變現象，在漢代書體中屬常見，如：（二年酒鎗）。
蜀		《徵》13‧8	《徵》13‧8	蜀字部件「目」產生 90 度翻轉。
永		《匯》1049	《舉》頁 954 《舉》頁 955	永字產生 90 度翻轉。這種演變現象，在漢代書體中屬常見，如：（永始乘輿鼎）、（永始三年乘輿鼎）。
巳		《舉》頁 484	《徵》14‧18	巳字產生 90 度翻轉。

上舉六例中，「得」、「永」正側互作字形，在漢代書體中屬常見。

3. 左右互作

「左右互作」為文字部件產生左右變易，其互作後字形，並不影響文字本義。例如：

表七十三：左右互作字例表

釋文	《說文》小篆	標準字例	異化字例	說明
校		《匯》187	《匯》188	校字部件「木」、「交」左右互作。
蘇		《澂》頁 104	《澂》頁 134	蘇字部件「魚」、「禾」左右互作。這種演變現象，亦見於古文字例，如：（《戰》頁 25）、（《戰》頁 25）。
調		《澂》頁 60	《澂》頁 70	調字部件「言」、「周」左右互作。
相		《舉》頁 487	《舉》頁 1245	相字部件「木」、「目」左右互作。這種演變現象，亦見於古文字例，如：（越王者旨於賜鐘）。
郎		《匯》36	《徵》6．25	郎字部件「良」、「邑」左右互作。
杜		《徵》6．2	《徵》6．2	杜字部件「木」、「土」左右互作。這種演變現象，亦見於古文字例，如：（《彙》2415）。
郭		《吉》231	《徵》6．26	郭字部件「𦎫」、「邑」左右互作。
顯		《徵》9．3	《徵》9．3	顯字部件「㬎」、「頁」左右互作。這種演變現象，在漢代書體中屬常見，如：（龍氏鏡）。

猶		《徵》10．7	《徵》10．7	猶字部件「犭」、「酋」左右互作。這種演變現象，亦見於古文字例，如：（石鼓）。
親		《吉》308	《補》8．7	親字部件「亲」、「見」左右互作。
黔		《徵》10．11	《赫》頁113	黔字部件「黑」、「今」左右互作。
緱		《徵》13．5	《徵》13．5	緱字部件「糸」、「矦」左右互作。
增		《徵》13．11	《補》13．4	增字部件「土」、「曾」左右互作。
新		《匯》392	《徵》14．5	新字部件「亲」、「斤」左右互作。這種演變現象，亦見於古文字例，如：（《戰》頁928）。
陷		《匯》269	《徵》14．10	陷字部件「阜」、「臽」左右互作。
好		《舉》頁1223	《徵》12．13	好字部件「女」、「子」左右互作。這種演變現象，亦見於古文字例，如：（石鼓）、（林氏壺）。
牾		《補》14．5	《補》14．5 《赫》頁56	牾字部件「午」、「吾」左右互作。

| 訓 | （字形） | （字形）《補》3‧2 | （字形）《徵》3‧4 | 訓字部件「言」、「川」左右互作。這種演變現象，亦見於古文字例，如：（字形）（包山楚簡210）。 |
| 桂 | （字形） | （字形）《徵》6‧2 | （字形）《補》6‧1 | 桂字部件「木」、「圭」左右互作。 |

4. 內外互作

「內外互作」是指文字結體之部件原是左右組合，今卻有其中一部件置入另一部件當中，或是原置於內之部件反脫之於外，因而形成內、外互異情形。例如：

表七十四：內外互作字例表

釋文	《說文》小篆	標準字例	異化字例	說明
剛	（字形）	（字形）《赫》頁144	（字形）《補》4‧5	剛字部件「刀」置入部件「岡」當中。
冠	（字形）	（字形）《徵》7‧20	（字形）《徵》7‧20	冠字部件「寸」原置於內，今反脫之於外。
濱	缺	（字形）《徵》11‧13	（字形）《徵》11‧13	濱字部件「水」置入部件「賓」當中。
勮	（字形）	（字形）《匯》603	（字形）《徵》13‧16	勮字部件「力」置入部件「豦」當中。

5. 四周互作

「四周互作」指構成文字之左右、上下部件，原是左右組合結體反為上下組合，或是上下組合結體變為左右組合，這種異化方式，通常沒有變化規律，全為刻工匠心獨運。例如：

表七十五：四周互作字例表

釋文	《說文》小篆	標準字例	異化字例	說明
讎	讎	《補》3・2	《舉》頁 687	讎字部件「隹」、「言」原是左右組合反爲上下組合。
辯	辯	《補》14・4	《補》14・4	辯字部件「辛」、「言」原是左右組合反爲上下組合。這種演變現象，亦見於古文字例，如： （睡虎地秦簡・爲吏 15）。
鞅	鞅	《徵》3・15	《舉》頁 1195	鞅字部件「革」、「央」原是左右組合反爲上下組合。
時	時	《吉》169	《徵》7・1	時字部件「日」、「寺」原是左右組合反爲上下組合。
江	江	《舉》頁 853	《補》11・1	江字部件「水」、「工」原是左右組合反爲上下組合。
壙	壙	《徵》13・12	《舉》頁 466	壙字部件「土」、「廣」原是左右組合反爲上下組合。
所	所	《徵》14・5	《徵》14・5	所字部件「戶」、「斤」原是左右組合反爲上下組合。這種演變現象，亦見於古文字例，如： （《戰》頁 927）。
翊	翊	《匯》290	《徵》4・5	翊字部件「立」、「羽」原是左右組合反爲上下組合。
仁	仁	《匯》1191	《徵》8・1	仁字部件「人」、「二」原是左右組合反爲上下組合。這種演變現象，亦見於古文字

				例，如：（中山王鼎）。
濕		《匯》875	《徵》11・5	濕字部件「水」、「㬎」原是左右組合反為上下組合。
池		《匯》1172	《舉》頁448	池字部件「水」、「也」原是左右組合反為上下組合。
地		《補》13・4	《補》13・4 《補》13・4	地字部件「土」、「也」原是左右組合反為上下組合。這種演變現象，在漢代書體中屬常見，如：（與天相壽鏡）。
野		《徵》13・12	《匯》661 《補》13・5	野字部件「里」、「予」原是左右組合，今里字部件「土」反置於「予」下，成為上下組合。
界		《徵》13・13	《徵》13・13	界字部件「田」、「介」原是上下組合反為左右組合。
景		《澂》頁73	《補》7・1	景字部件「日」、「京」原是上下組合反為左右組合。
鹽		《補》12・1	《徵》12・2 《徵》12・2	鹽字部件「𪉷」、「皿」原是上下組合，反為左右組合。
碧		《徵》1・5	《徵》1・5 《徵》1・5	碧字部件「王」、「石」原是上下組合反為左右組合。

整體說來，漢印文字「四周互作」以原是左右組合反為上下組合字例為主，共計十三例，有「讎」、「辯」、「鞅」、「時」、「江」、「壙」、「所」、「翊」、「仁」、

「濕」、「池」、「地」、「野」等字例；至於部件原是上下組合反爲左右組合字例，有「界」、「景」、「鹽」、「碧」四例。另如「辯」、「所」、「仁」三字異化字形，乃承襲於古文字例，非漢印文字獨創；至於「地」字四周互作字形，在漢代書體中屬常見。

（二）部件互作

「部件互作」，即文字部件因義近造成更換互用，或因形體相近而造成誤用情形。又部件可能是文字偏旁的一部份，故部件互作亦可能是「偏旁互作」。漢印文字部件互作現象可細分爲「義近通用」、「形近誤用」，下分別例舉說明之：

1. 義近通用

在古體形聲字中，如果兩種形旁意義相近，即可互相代用，並不因更換形旁而改變本字的意義。〔註27〕義近偏旁通轉情形，於金文當中實屬常見，對此，唐蘭在《古文字學導論》中曾云：

> 通轉和演變是不同的。演變是由時代不同而變化，……至於通轉，卻不是時間的關係，在文字的型式沒有十分固定以前，同時的文字，會有好多樣寫法，既非特別摹古，也不是有意創造新體，只是有許多通用的寫法，是當時人所公認的。〔註28〕

> 在凡義相近的字在偏旁裡可以通轉，像巾和『衣』通，所以『常』、『帬』、『幝』、『帗』等字，可以作『裳』、『裙』、『禪』、『袚』；土和阜通，所以『垝』、『壄』、『墇』、『壝』，可以作『陒』、『陸』、『障』、『壝』。〔註29〕

唐蘭對於義近字偏旁通轉提出了一項重要原則——「是當時人所公認的」，也就是「約定俗成」。因爲約定俗成，故眾多偏旁通轉義近字得以有跡可循。而這種偏旁通轉情形，何琳儀又稱其爲「形符互換」，即「形符互換之後，形體雖異，意義不變。」〔註30〕學者高明曾就古文字體和古代文獻中通轉實例，歸納常見

〔註27〕高明：《中國古文字學通論》（臺北：五南圖書出版有限公司，1993 年 12 月），頁109。

〔註28〕唐蘭：《古文字學導論》（臺北：洪氏出版社，1978 年 7 月），頁 237。

〔註29〕《古文字學導論》，頁 247。

〔註30〕《戰國文字通論訂補》，頁 229。

字例三十二類，如：「人作女」、「首作頁」、「目作見」、「口作言」、「心作言」、「音作言」、「肉作骨」、「止作足」、「止作辵」、「辵作彳」、「走作辵」、「攴作戈」、「鳥作隹」、「羽作飛」、「艸作芔」、「禾作米」、「衣作巾」、「衣作糸」、「宀作广」、「缶作瓦」、「土作田」、「土作阜」、「日作月」……等。〔註31〕王愼行《古文字與殷周文明》據高明研究成果復歸納出二十二類，如：「人作卩」、「女作卩」、「女作母」、「又作寸」、「又作手」、「攴作殳」、「行作彳」、「止作彳」、「口作欠」、「言作欠」、「水作雨」、「屮作木」、「幺作糸」、「宀作穴」、「艸作竹」……等。〔註32〕近年，何琳儀《戰國文字通論訂補》又補高氏、王氏列舉所無，有「木作禾」、「糸作束」二例。〔註33〕

　　漢印文字承繼先秦義近字偏旁通轉現象，唯因秦始皇統一文字，加以漢代文字隸定施行後，使先秦時期「文字異形」〔註34〕現象大幅減少，故於漢印文字中，義近通用、形近誤用字例不如先秦時期普遍，然亦偶有可見，茲例舉如下：

　　表七十六：義近通用字例表

釋文	《說文》小篆	標準字例	異化字例	說明
積		《徵》7‧10	《徵》7‧10	積字部件「禾」作「木」。
陷		《匯》204	《徵》14‧10	陷字部件「阜」作「邑」。

〔註31〕高明：《中國古文字學通論》（臺北：五南圖書出版有限公司，1993 年 12 月），頁110～132。

〔註32〕王愼行：《古文字與殷周文明》（西安：陝西人民教育出版社，1998 年 8 月），頁3～36。

〔註33〕《戰國文字通論訂補》，頁230～233。

〔註34〕《說文解字注‧敘》云：「其後諸侯力政不統於王，惡禮樂之害己而皆去其典籍，分爲七國。田疇異晦，車涂異軌，律令異灋，衣冠異制，言語異聲，文字異形。」，〔清〕段玉裁：《說文解字注》（臺北：洪葉文化事業有限公司，2001 年 10 月），頁765 上下。

宦	宦	宦 《徵》7‧15	宦 《徵》7‧15	宦字部件「宀」作「穴」。
寬	寬	寬 《舉》頁642	寬 《徵》7‧16	寬字部件「宀」作「穴」。
窯	窯	窯 《徵》7‧18	窯 《徵》7‧18	窯字部件「穴」作「宀」。
祭	祭	祭 《匯》1366	祭 《概》頁60	祭字部件「又」作「攴」。這種演變現象，亦見於古文字例，如：祭（義楚耑）、祭（睡虎地秦簡‧日乙155）。
賢	賢	賢 《舉》頁629	賢 《徵》6‧16	賢字部件「又」作「攴」。
堅	堅	堅 《舉》頁658	堅 《吉》341	堅字部件「又」作「攴」。
蔡	蔡	蔡 《徵》1‧16	蔡 《徵》1‧16 蔡 《舉》頁458	蔡字部件「又」作「攴」。
豎	豎	豎 《澂》頁56 豎 《舉》頁603	豎 《舉》頁556 豎 《吉》334	豎字部件「又」作「攴」。
篤	篤	篤 《徵》10‧3	篤 《徵》10‧3 篤 《徵》10‧3	篤字部件「竹」作「艸」。

節	（圖）	《徵》5‧1	（圖）	《徵》5‧1	節字部件「竹」作「艸」。這種演變現象，在漢代書體中屬常見，如：（圖）（楊鼎）、（圖）（龍氏鏡）。
筐	（圖）	《舉》頁1087	（圖）	《徵》12‧19	筐字部件「竹」作「艸」。

　　綜上所列舉，漢印文字部件義近通用情形，可歸納為「禾作木」、「阜作邑」、「宀作穴」、「又作攴」、「竹作艸」五類，計十三例，其中又以「又作攴」字例為數最多，有「祭」、「賢」、「堅」、「蔡」、「豎」五例，次為「宀作穴」，有「宦」、「窯」、「寬」三例，另「竹作艸」亦有「節」、「筐」、「篤」三例；至於「禾作木」者，有「積」字一例，又「阜作邑」者，有「陷」字一例。另如「祭」字異化字形，乃承襲於古文字例。

　　2. 形近誤用

　　形體相近偏旁往往容易混用，這種誤用多起於書寫者筆誤或對文字結體認知不足所致，故有魯魚亥豕之訛，亦有因文字受到簡省、增繁所致，使文字結構產生變異，故在以訛傳訛下將錯就錯，不斷沿用。姜亮夫《古文字學》曾指出這種現象：

> 囧形譌作日，成為明的偏旁，又譌作四，成賣、讀、瀆、牘等的偏旁。四又與網混，成為羅、罹等字的偏旁。[註35]

無論是囧誤作日，或是四誤作网，都說明了形近誤用字，有可能成為後世通行字體，然透過古今字形檢索探究，仍可從中透析其訛誤痕跡。

　　漢印文字形近誤用相較於義近通用，字例較多，類型更富，有「土作壬」、「目作囧」、「日作目」、「疒作广」、「辵作走」、「匕作止」、「雨作西」、「疋作之」、「艸作止」、「口作田」、「人作彳」、「矢作大」、「欠作攴」等，茲舉字例如下：

〔註35〕姜亮夫：《古文字學》（昆明：雲南人民出版社，1999年11月），頁50。

表七十七：形近誤用字例表

釋文	《說文》小篆	標準字例	異化字例	說明
甄		《補》12・7	《補》12・7	甄字部件「土」作「壬」。
涅		《徵》11・9	《舉》頁757 《匯》657	涅字部件「土」作「壬」。
望		《吉》190	《舉》頁486	望字部件「壬」作「土」。這種演變現象，亦見於古文字例，如： （無叀鼎）。
聖		《舉》頁561 《赫》頁150	《吉》242 《舉》頁853	聖字部件「壬」作「土」。這種演變現象，在漢代書體中屬常見，如： （池陽宮行鐙）。
郢		《徵》6・23	《徵》6・23	郢字部件「壬」作「土」。這種演變現象，亦見於古文字例，如： （《戰》頁418）。
相		《舉》頁487	《舉》頁1001	相字部件「目」作「囧」。
萌		《舉》頁964	《舉》頁977	萌字部件「囧」作「目」。
明		《澂》頁73	《舉》頁647 《舉》頁1306	明字部件「囧」作「目」。這種演變現象，亦見於古文字例，如： （睡虎地秦簡・日乙206）。

都		《匯》1286	《徵》6‧20	都字部件「日」作「目」。
椋		《徵》6‧2	《徵》6‧2	椋字部件「日」作「目」。
疵		《澂》頁58	《徵》7‧19	疵字部件「疒」作「广」。
病		《徵》7‧19 《陝》1265	《吉》180 《吉》243	病字部件「疒」作「广」。
疢		《澂》頁103	《徵》7‧20	疢字部件「疒」作「广」。
應		《徵》10‧16	《澂》頁59	應字部件「疒」作「广」。
龐		《徵》9‧10	《徵》9‧10	龐字部件「广」作「疒」。
廖	缺	《吉》273	《舉》頁476	廖字部件「广」作「疒」。
延		《舉》頁371	《徵》2‧18	延字部件「廴」作「辵」。
迎		《徵》2‧12	《舉》頁611	迎字部件「辵」作「廴」。
遷		《徵》2‧13	《徵》2‧13	遷字部件「辵」作「廴」。
進		《匯》884	《徵》2‧11	進字部件「辵」作「廴」。

眞		《徵》8‧11	《舉》頁618	眞字部件「匕」作「止」。
老		《匯》1353	《徵》8‧16 《匯》1354	老字部件「匕」作「止」。這種演變現象，在漢代書體中屬常見，如：（日有憙鏡）。
霸		《匯》23	《徵》7‧6	霸字部件「雨」作「西」。
定		《吉》338	《徵》7‧14	定字部件「疋」作「之」。
驪		《徵》10‧2 《陜》1044	《徵》10‧2	驪字部件「艸」作「止」。
高		《補》5‧4	《補》5‧4	高字部件「口」作「田」。
脩		《匯》297	《徵》4‧14	脩字部件「人」作「彳」。
矣		《概》頁61	《徵》5‧13	矣字部件「矢」作「大」。
歐		《吉》322	《舉》頁827	歐字部件「欠」作「攴」。

　　上表列舉二十九個字例中，以「广作广」字例爲數最多，計六例，有「疵」、「病」、「疢」、「應」、「龐」、「廖」等字；次爲「土作壬」五例，有「甄」、「涅」、「望」、「聖」、「郢」等字；次爲「辵作辵」四例，有「延」、「迎」、「遷」、「進」等字；次爲「目作囧」三例，有「相」、「萌」、「明」等字；次爲「日作目」二例，有「都」、「椋」等字；次爲「匕作止」二例，有「眞」、「老」等字；另「雨

作西」、「辵作之」、「艸作止」、「口作田」、「人作彳」、「矢作大」、「欠作攴」則各有一字例，分別爲字例「霸」、「定」、「驪」、「高」、「脩」、「疾」、「歐」。另如「望」、「郢」、「明」三字異化字形，乃承襲於古文字例；至於「聖」、「老」形近誤用字形，在漢代書體中屬常見。

3. 聲符替換

形聲字的音符往往可以用音同或音近的另一音符替換，[註36] 漢代璽印文字這種異化方式相當少見，筆者目前蒐尋到一例。

表七十八：聲符替換字例表

釋文	《說文》小篆	標準字例	異化字例	說明
譚	缺	《舉》頁 569	《舉》頁 630	「早」、「子」聲母均爲精紐。

4. 置換形符

置換形符，是指由三個以上偏旁構成的字的某一偏旁，被另外相關的形符所替代。置換後的形體與原來形體有局部差異，經詳密比較分析，尚可釋讀。[註37] 如：

表七十九：置換形符字例表

釋文	《說文》小篆	標準字例	異化字例	說明
醫		《徵》14・19	《舉》頁 646	醫字部件「医」，置換爲「臣」。
勇		《徵》13・16	《徵》13・16	勇字部件「力」，置換爲「口」。

〔註36〕《戰國古文字通論訂補》，頁 237。

〔註37〕《戰國古文字通論訂補》，頁 241。

憲		《徵》10．17	《故》印 85	憲字部件「心」，置換爲「寸」。
猛		《徵》10．6	《徵》10．6	猛字部件「犬」，置換爲「卪」。
鑄		《徵》14．1	《徵》14．1	鑄字部件「吋」，置換爲從「火」。
弱		《徵》9．3	《徵》9．3	弱字部件「彡」，置換爲「水」。

（三）筆劃變異

筆劃變異爲對文字形體進行筆劃分割、連接、貫穿、延伸、收縮、平直、彎曲、解散等變易，常使文字產生訛變，造成釋讀之誤解。

1. 分割筆劃

分割筆劃，爲對原字連接筆劃進行分割。例如：

表八十：分割筆劃字例表

釋文	《說文》小篆	標準字例	異化字例	說明
大		《匯》1211	《舉》頁 538	大字中間斜筆具筆劃分割。這種演變現象，亦見於古文字例，如：（大子鼎）、（太后鼎）。
牟		《徵》2．3	《徵》2．3	牟字中間豎筆具筆劃分割。
赤		《徵》10．11	《徵》10．11	赤字部件「火」具筆劃分割。這種演變現象，亦見於古文字例，如：（此鼎）、（《彙》3226）。

釋文		標準字例	異化字例	說明
癸	癸	《徵》14．15	《徵》14．15 《舉》頁 686	癸字部件「矢」具筆劃分割。這種演變現象，亦見於古文字例，如：（《戰》頁 965 ）、（《戰》頁 965）。
蓋	蓋	《舉》頁 655	《補》1．5 《吉》279	蓋字部件「去」具筆劃分割。這種演變現象，亦見於古文字例，如：（秦公簋蓋）。

2. 連接筆劃

連接筆劃，指將原字分開筆劃予以連接。例如：

表八十一：連接筆劃字例表

釋文	《說文》小篆	標準字例	異化字例	說明
臣	臣	《赫》頁 149	《澂》頁 100 《舉》頁 1209	臣字中間豎筆予以連接。這種演變現象，亦見於古文字例，如：（侯馬盟書）、（楚帛書）。
賢	賢	《徵》6．16	《澂》頁 49	賢字部件「臣」中間豎筆予以連接。這種演變現象，在漢代書體中屬常見，如：（五鳳熨斗）、（陽泉熏盧）。
望	望	《補》8．3	《澂》頁 97	望字部件「臣」中間豎筆予以連接。

臨		《澂》頁 97	《匯》706	臨字部件「臣」中間豎筆予以連接。這種演變現象，亦見於古文字例，如：（睡虎地秦簡・日乙 136）。
徒		《匯》793	《匯》1305	徒字部件「走」中間豎筆予以連接。
趙		《澂》頁 100	《舉》頁 518 《澂》頁 46	趙字部件「走」中間豎筆予以連接。這種演變現象，在漢代書體中屬常見，如：（信都食宮行鐙）、（五鳳熨斗）。
奉		《徵》3・11	《徵》3・11	奉字中間豎筆予以連接。
戶		《徵》12・2	《匯》49	戶字右側豎筆予以連接。這種演變現象，亦見於古文字例，如：（《語》頁 449）、（睡虎地秦簡・效律 57）。
申		《徵》14・19 《補》14・5	《補》14・5 《徵》14・19	申字橫筆予以連接。這種演變現象，亦見於古文字例，如：（《彙》1295）。
世		《舉》頁 901	《徵》3・2 《舉》頁 898	世字橫筆予以連接。這種演變現象，在漢代書體中屬常見，如：（承安宮鼎）、（駘氏鏡）。

黨	(字形)	(字形)《徵》10．11	(字形)《徵》10．11	黨字部件「黑」橫筆予以連接。這種演變現象，在漢代書體中屬常見，如：(字形)（上黨武庫戈）。
閻	(字形)	(字形)《舉》頁907	(字形)《澂》頁136	閻字部件「臽」橫筆予以連接。這種演變現象，亦見於古文字例，如：(字形)（《戰》頁780）。
乘	(字形)	(字形)《徵》5．18	(字形)《補》5．6	乘字中間曲筆予以連接。這種演變現象，亦見於古文字例，如：(字形)（《戰》頁351）。

　　整體而論，漢印文字中凡部件具「臣」、「走」者，其中間豎筆多予以連接，如部件「臣」字例，有「臣」、「賢」、「望」、「臨」等字；部件「走」字例，有「徒」、「趙」等字。因部件「走」字形體與隸定字相若，故疑其異化現象可能受到隸變影響。又「世」、「黨」二字之連接筆劃字形，亦可能受到隸變影響所致。

　　據上表列舉十三字例中，以豎筆連接為主，計八例；另橫筆連接占少數，有四例，而曲筆連接僅一例。另如「臣」、「臨」、「戶」、「申」、「閻」、「乘」六字異化字形，乃承襲於古文字例。

　　3. 貫穿筆劃

　　貫穿筆劃，係指文字線條相交另一線條時，無意識地穿透。〔註38〕如下表：

表八十二：貫穿筆劃字例表

| 釋文 | 《說文》小篆 | 標準字例 | 異化字例 | 說明 |
| 尹 | (字形) | (字形)《舉》頁998 | (字形)《舉》頁452 | 尹字中間曲筆筆劃貫穿。 |

〔註38〕《戰國文字通論訂補》，頁243。

釋文	《說文》小篆	標準字例	異化字例	說明
			《舉》頁 729	
曾	曾	《徵》2・1	《徵》2・1	曾字部件「田」豎筆筆劃貫穿。
青	青	《徵》3・10	《徵》5・10	青字部件「主」豎筆筆劃貫穿。
臨	臨	《澂》頁 97	《徵》8・13	臨字部件「臣」豎筆筆劃貫穿。
師	師	《徵》6・13	《徵》6・13 《匯》1351	師字部件「帀」豎筆筆劃貫穿。這種演變現象，亦見於古文字例，如：（《彙》5487）。

上表列舉貫穿筆劃五字例中，以文字部件之豎筆、曲筆貫穿為主，至於橫筆、斜筆貫穿則無一所見。這種情形顯示：璽印文字於刻鑄豎筆、曲筆線條時之力道，較橫筆、斜筆筆劃不易掌控。另「師」字貫穿筆劃字形，乃承襲於古文字例。

4. 延伸筆劃

延伸筆劃，為對文字筆劃進行延伸與擴展。例如：

表八十三：延伸筆劃字例表

釋文	《說文》小篆	標準字例	異化字例	說明
徐	徐	《吉》215	《吉》213	徐字部件「余」具「｜→Ｖ」筆劃延伸。這種演變現象，亦見於古文字例，如：（《戰》頁 115）。
免	免	《徵》10・5	《徵》10・5	免字下方曲筆具「ㄑ→个」筆劃延伸。

5. 收縮筆劃

收縮筆劃，乃與延伸筆劃相對而言，是將文字筆劃加以收縮。例如：

表八十四：收縮筆劃字例表

釋文	《說文》小篆	標準字例	異化字例	說明
門		《舉》頁 1205 《雀》頁 373	《舉》頁 1209 《匯》184	門字兩側豎筆具「｜→ｌ」筆劃收縮。這種演變現象，亦見於古文字例，如：（《彙》0168）。
闍		《徵》4‧5	《徵》4‧5	闍字部件「門」兩側豎筆具「｜→ｌ」筆劃收縮。
闕		《吉》343	《徵》12‧3	闕字部件「門」兩側豎筆具「｜→ｌ」筆劃收縮。
酉		《徵》14‧19	《徵》14‧19	酉字中間豎筆具「｜→｜」筆劃收縮。這種演變現象，亦見於古文字例，如：（《戰》頁 974）、（青川木牘）。
市		《匯》279	《匯》1318	市字中間曲筆、兩側豎筆具「｜→｜」筆劃收縮。這種演變現象，亦見於古文字例，如：（《戰》頁 339）、（《戰》頁 339）。
昌		《匯》1257	《匯》1281	昌字兩側豎筆具「｜→ｌ」筆劃收縮。這種演變現象，亦見於

				古文字例，如：（《語》頁 259）、（《彙》0006）。
幸		《舉》頁 1349	《舉》頁 542	幸字左側豎筆具「｜→｜」筆劃收縮。
建		《徵》2‧17	《徵》2‧17	建字部件「聿」下方橫筆具「—→•」筆劃收縮。
朔		《匯》894	《故》印 23	朔字部件「屰」中間橫筆具「—→一」筆劃收縮。這種演變現象，在漢代書體中屬常見，如：（上林鼎）。

　　從上表舉列收縮筆劃數例中顯示：漢印文字以豎筆收縮為主；其中，又以文字結體具部件「門」者豎筆收縮最為常見。另如「門」、「酉」、「市」、「昌」四字異化字形，乃承襲於古文字例；至於「朔」字收縮筆劃字形，在漢代書體中屬常見。

　　6. 平直筆劃

　　平直筆劃，是將文字彎曲筆劃予以取直，這種異化現象，為文字演變過程中「截曲取直」之展現，例如：

表八十五：平直筆劃字例表

釋文	《說文》小篆	標準字例	異化字例	說明
逆		《徵》2‧12	《澂》頁 72	逆字部件「屰」中間曲筆筆劃平直。
朔		《匯》894	《徵》7‧6 《陝》1045	朔字部件「屰」上方斜筆、下方曲筆筆劃平直。這種演變現象，亦見於古文字

				例，如：（睡虎地秦簡・日乙53）、（《戰》頁470）。
庶	庶	《舉》頁466	《徵》9‧10	庶字部件「广」曲筆筆劃平直。
今	今	《徵》5‧12	《徵》5‧12	今字上方、下方斜筆筆劃平直。
肆	肆	《徵》9‧13	《徵》9‧13	肆字部件「長」、「聿」曲筆筆劃平直。
誤	誤	《舉》頁558	《徵》3‧7	誤字部件「言」、「吳」曲筆筆劃平直。
校	校	《匯》187	《徵》6‧10	校字部件「交」曲筆筆劃平直。
南	南	《匯》946	《徵》6‧13	南字中間斜筆筆劃平直。這種演變現象，在漢代書體中屬常見，如：（南皮侯家鍾）、（南皮侯家鼎）。
年	年	《舉》頁371	《澂》頁52	年字曲筆筆劃平直。這種演變現象，在漢代書體中屬常見，如：（河東鼎）、（吾作鏡）。
禁	禁	《匯》136	《徵》1‧4	禁字部件「木」曲筆筆劃平直。
公	公	《澂》頁49	《舉》頁528	公字曲筆筆劃平直。

李	李	《吉》170	《吉》172	李字部件「木」曲筆筆劃平直。這種演變現象，亦見於古文字例，如：（《戰》頁 354）。
行	行	《舉》頁 1327	《舉》頁 543	行字曲筆筆劃平直。
屯	屯	《徵》1．8	《徵》1．8	屯字曲筆筆劃平直。
椑	椑	《徵》6．8	《徵》6．8	椑字部件「卑」曲筆筆劃平直。這種演變現象，亦見於古文字例，如：（睡虎地秦簡・為吏 22）。
辟	辟	《徵》9．5	《徵》9．5	辟字部件「㞕」、「辛」曲筆筆劃平直。這種演變現象，在漢代書體中屬常見，如：（尚方鏡）、（龍氏鏡）。
騶	騶	《徵》10．4	《舉》頁 626	騶字部件「芻」曲筆筆劃平直。這種演變現象，亦見於古文字例，如：（睡虎地秦簡・雜抄 3）。
百	百	《徵》4．3	《舉》頁 922	百字斜筆筆劃平直。這種演變現象，亦見於古文字例，如：（青川木牘）。
裴	裴	《舉》頁 551	《徵》8．15	裴字部件「衣」斜筆筆劃平直。

袁	（說文小篆字形）	《徵》8‧15	《舉》頁 574 《舉》頁 698	袁字部件「土」斜筆筆劃平直。這種演變現象，在漢代書體中屬常見，如：（袁氏鏡）。

上舉數例中，「誤」、「南」、「年」、「辟」、「百」、「裴」、「袁」七例，以其簡化字例形體與隸定字相若，故疑其異化現象可能受到隸變影響。

7. 彎曲筆劃

彎曲筆劃，乃與平直筆劃相對而言，是將文字平直筆劃加以彎曲。例如：

表八十六：彎曲筆劃字例表

釋文	《說文》小篆	標準字例	異化字例	說明
陽	（陽小篆）	《匯》298	《匯》373	陽字部件「昜」中間橫筆筆劃彎曲。
吉	（吉小篆）	《徵》2‧7	《徵》2‧7	吉字部件「士」橫筆筆劃彎曲。這種演變現象，在漢代書體中屬常見，如：（吉洋昌洗）。
頓	（頓小篆）	《徵》9‧2	《徵》9‧2 《徵》9‧2	頓字部件「屯」橫筆筆劃彎曲。
午	（午小篆）	《徵》14‧18	《徵》14‧18	午字橫筆筆劃彎曲。
封	（封小篆）	《徵》13‧11	《匯》895	封字部件「圭」橫筆筆劃彎曲。
王	（王小篆）	《匯》992	《舉》頁 1290	王字橫筆筆劃彎曲。

任	（任篆）	（印）《徵》8‧6	（印）《徵》8‧6	任字部件「壬」橫筆筆劃彎曲。
江	（江篆）	（印）《徵》11‧1	（印）《徵》11‧1	江字部件「工」橫筆筆劃彎曲。
子	（子篆）	（印）《澂》頁105	（印）《舉》頁864	子字曲筆筆劃彎曲。
華	（華篆）	（印）《舉》頁780	（印）《舉》頁591	華字曲筆筆劃彎曲。
索	（索篆）	（印）《徵》6‧13	（印）《徵》6‧13	索字橫筆筆劃彎曲。這種演變現象，亦見於古文字例，如：（圖）（《戰》頁388）、（圖）（睡虎地秦簡‧秦律167）。

8. 解散形體

解散形體，是對文字形體和偏旁的破壞。〔註39〕文字構造一旦解散，容易造成釋讀困難，又解散形體並無規律性可循，故文字訛變現象相當顯著。例如：

表八十七：解散形體字例表

釋文	《說文》小篆	標準字例	異化字例	說明
部	（部篆）	（印）《匯》151	（印）《徵》6‧22	部字部件「音」解散形體。
蔵	（蔵篆）	（印）《匯》172	（印）《舉》頁674	蔵字部件「歲」解散形體。
丞	（丞篆）	（印）《匯》23	（印）《徵》3‧12	丞字解散形體。這種演變現象，亦見於古

〔註39〕《戰國文字通論訂補》，頁248。

				文字例，如：（《戰》頁 161）。
農	農	《匯》835	《徵》3·14	農字部件「辰」解散形體。這種演變現象，在漢代書體中屬常見，如：農（永平平合）。
薛	薛	《補》1·4	《補》1·4	薛字部件「辥」解散形體。
必	必	《徵》2·2	《徵》2·2	必字解散形體。
僕	僕	《徵》3·11	《匯》39	僕字部件「䒑」解散形體。
穰	穰	《補》7·3	《補》7·3	穰字部件「襄」解散形體。這種演變現象，亦見於古文字例，如：（《戰》頁 483）。
仲	仲	《徵》8·2	《徵》8·2	仲字解散形體。
職	職	《徵》12·6	《徵》12·6	職字解散形體。
燕	燕	《吉》223	《補》11·6 《補》11·6	燕字解散形體。

　　漢印文字結體特徵，具有簡化、增繁、異化三種情形；其中，又以異化情形字例最繁，類別最富。這種現象，說明璽印文字受到印面大小所限，展現在

鑄鑿方面的工藝與字體平衡，相較於其他書體文字，顯得更具藝術美感。此外，漢印文字異化情形叢出，同樣說明璽印作爲個人憑信時，在做爲單一個體使用前提下，印面文字的自我特徵是最被重視的，故各家在鑄鑿璽印文字時，無不在字體筆勢上細細斟酌，以求個人用印之獨立性。而漢印文字承襲古文字形特性，說明中國文字演變始終保有傳承性、歷史性，故能在遞嬗流轉中，承前起後，循序漸進。

四、「＝」符號

「＝」符號作爲重文及合文符使用，其年代可追溯至殷商卜辭。春秋戰國時期，「＝」符號更是廣泛運用，如金文中「子子孫孫」，重文作「子＝孫＝」；又璽印文字，「司馬」合文作 （《彙編》3785），「邯鄲」合文作 （《彙編》4034）。王獻唐分析銘文、簡帛「＝」符號用法，將其歸之四類，並概稱「重文符」：（一）疊字；（二）合文；（三）複姓；（四）偏旁複形。〔註40〕王獻唐將「＝」符號概稱爲「重文符」，此極爲不妥，這種分類方式，並無法涵蓋古文字中「＝」符號所有使用範圍。林素清《先秦古璽文字研究》，便據王氏歸納修正爲：（一）重文；（二）合文；（三）複合詞；（四）偏旁複形四類；〔註41〕明示「＝」符號實際使用情形。爾後，何琳儀研析戰國銅器銘文、帛書、符節、璽印文字，又將其歸納爲：（一）重文符號；（二）合文符號；（三）省形符號；（四）對稱符號。〔註42〕總結學者歸納各項，「＝」符號自殷商卜辭、周代銘文直至戰國簡帛、璽印文字〔註43〕使用情況，至少具有「重文」、「合文」、「複合詞」、「省形」等功能。

漢代文字受到秦代書同文制度影響，文字異形大幅減少，「＝」符號運用於璽印文字更是微乎其微，筆者目前於印譜、印文字典中蒐尋一例，出自羅福頤《漢印文字徵》10·14「大」字下字例（如下圖十一），其名「齊御史大夫」，

〔註40〕王獻唐：〈說挮線〉，《中國文字》1969 年第 34 期。

〔註41〕林素清：《先秦古璽文字研究》（臺北：國立臺灣大學中國文學研究所碩士論文，1974 年），頁 45。

〔註42〕《戰國文字通論訂補》，頁 252～254。

〔註43〕林雅婷《戰國合文研究》曾將戰國璽印文字合文現象歸之爲五類：（一）職稱合文；（二）地名合文；（三）複姓合文；（四）複名合文；（五）吉語合文。（高雄：國立中山大學中國文學研究所碩士論文，1998 年），頁 109～133。

本印爲「大夫」合文。

圖十一：「齊御史大夫」字例

御史大夫，官名，《漢書‧百官公卿表上》云：

> 御史大夫，秦官，位上卿，銀印青綬，掌副丞相。……成帝綏和元
> 年更名大司空，金印紫綬，祿比丞相，置長史如中丞，官職如故。
> 哀帝建平二年復爲御史大夫，元壽二年復爲大司空，御史中丞更名
> 御史長史。〔註44〕

漢書所載，御史大夫官名乃爲秦置，漢時沿用，唯官名偶有變易。至於《漢印文字徵》著錄「齊御史大夫」一印，兩漢史籍未載，故此印是否爲漢官印仍具疑議。《周書‧顏之儀傳》：「顏之儀字子升，琅邪臨沂人也，晉侍中含九世孫。祖見遠，齊御史治書。」〔註45〕又《梁書‧顏協傳》云：

> 顏協字子和，琅邪臨沂人也。七代祖含，晉侍中、國子祭酒、西平
> 靖侯。父見遠，博學有志行。初，齊和帝之鎮荊州也，以見遠爲錄
> 事參軍，及即位於江陵，以爲治書御史，俄兼中丞。〔註46〕

此外，《隋書‧經籍志》亦載：「禮論要鈔十卷。」注云：「梁有齊御史中丞荀萬秋鈔略二卷。」〔註47〕據《周書》、《梁書》、《隋書》三部史書所錄，北齊設有御史大夫官職，掌治書。依此回探《漢印文字徵》「齊御史大夫」印，顯然此印當爲齊官印，絕非漢印，爲羅福頤誤錄。那麼，漢印中「＝」符號於印譜、印文字典僅見之例，目前已確非爲漢印而屬齊印，則「＝」符在漢代璽印文字中之運用，恐已消退。

〔註44〕〔漢〕班固：《漢書‧百官公卿表上》（臺北：藝文印書館，1982年），頁300上。

〔註45〕〔唐〕令狐德棻等撰：《周書》（臺北：藝文印書館，1982年），頁296上。

〔註46〕〔唐〕姚思廉：《梁書》（臺北：藝文印書館，1982年），頁356下。

〔註47〕〔唐〕李延壽：《隋書》（臺北：藝文印書館，1982年），頁825上。

第二節　風　格

　　漢印文字官私有別。官印方面，大抵西漢多出澆鑄，東漢多鑿刻，然皆屬陰文；至於私印，有鑄有鑿，陰文、陽文並行，形式較爲自由。官印主要用於政事公文、軍機部門，文字力求規整；而私印作爲個人憑信，用於日常生活人際往來、經濟買賣或是刻鑄閒章日常佩戴，故力求個人特色，以防僞造；另外，更出現屈曲繆篆筆勢，以及蜿蜒鳥蟲書體，展現漢印文字成熟開創風貌。又漢印使用可分爲西漢、新莽、東漢時期，因各時期帝王頒布印制均有差異，故使印文各具特色。而漢代邊境屢遭異族侵擾，爲求軍事安定，每有頒授異族首領歸義官印，這些首領官印與國內官印相較，有其特殊風格。本節即以官私印、鑄鑿、時代、地域四個方向，析探漢印文字風格特徵。

一、官私印

（一）官　印

　　羅福頤曾將古璽文獻記載及考古發現二者對照後，云：「漢魏官印傳世的情況，雖多出於壙墓，也偶有出於遺址者。」〔註48〕另歸納傳世古璽印的由來有六種：1.職官遷，死必解印綬；2.戰役中虜獲印章必上繳；3.爲戰爭中殉職者遺物；4.爲戰敗流亡者所遺棄；5.宋有賜官印隨葬的規定；6.唐以來處理廢印的記載；〔註49〕在羅氏所提出的論點中，正爲古代官印發配與製作提供相關線索。其中，「職官遷，死必解印綬」說明了官印隸屬中央或地方官府之制度，故凡職遷、亡歿，皆須將印綬繳回，以待新官員上任，再授予印信，這種重複發給的官印制度，與今無別。

　　因官印主要用於公文上呈、往來，以行使各項職權，故官印文字力求規整、一目即識。西漢官印多出澆鑄，東漢多爲鑿刻，然皆屬陰文，以銅質龜紐、瓦紐爲主，從遺世漢官印中，甚至有發現兩漢鑄印母範，〔註50〕足見官印製作之規範化。漢官印文字仍以篆體爲主，唯自成風格，筆勢漸趨平直方正，文字線條飽滿充塞印面，顯得平穩莊重。另外，傳世漢官印有作爲實用者，

〔註48〕羅福頤：《古璽印概論》（臺北：學海出版社，1983年9月），頁40。

〔註49〕《古璽印概論》，頁40～41。

〔註50〕如漢官印屬兩面印者，有：長安獄丞、□圉□印；五原候印、五原都尉章；恰平馬成印、鞏縣徒丞印，這些璽印，係屬鑄印母範，參見表八十二。

即實地用於政事，亦有出自殉葬明器，非實用性質。這種做為殉葬使用的官印，文字草率鑿刻，顯然是刻工急為死者殯葬用製作，故此類官印不受「死必解印綬」規範，如長沙馬王堆利倉墓出土的「長沙丞相」、「軑疾之印」二印，以及封泥「軑疾家丞」。

表八十八：漢官印風格一覽表

漢官印	母範	長安獄丞《概》頁38	□園□印《概》頁38	洽平馬丞印《概》頁38	鞏縣徒丞印《概》頁38
		五原都尉章《概》頁38	五原候印《概》頁38		
漢官印	實用印	武陵尉印（西漢）《匯》748	執澅直二十二（新莽）《匯》11	太醫丞印（東漢）《匯》79	
	殉葬明器	長沙丞相（西漢）《匯》1146	軑疾之印（西漢）《匯》1144	軑疾家丞（西漢）《匯》1145	

（二）私　印

傳世古代私印，大多數也出於墓葬，可能有的是生前實用品。〔註51〕私印作為個人憑信之用，有別官印印文齊整規範，其個人特色顯著。漢私印有鑄有鑿，陰文、陽文並行，印文除篆體以及沿用戰國蜿蜒鳥蟲書體外，更出現漢代獨具之繆篆書體，展現漢印文字多采風貌。下分別予以繆篆、鳥蟲書以及四靈印概述：

1. 繆篆

許慎《說文解字・敘》云：

> 自爾秦書有八體：一曰大篆，二曰小篆，三曰刻符，四曰蟲書，五曰摹印，　六曰署書，七曰殳書，八曰隸書。〔註52〕

> 及亡新居攝，使大司空甄豐等校文書之部。自以為應制作，頗改定古文。時有六書：一曰古文，孔子壁中書也；二曰奇字，即古文而異者也；三曰篆書，即小篆，秦始皇帝使下杜人程邈所作也；四曰左書，即秦隸書；五曰繆篆，所以摹印也；六曰鳥蟲書，所以書幡信也。〔註53〕

段玉裁於「五曰摹印」下注曰：「即新莽之繆篆也。」〔註54〕而許氏云：「繆篆，所以摹印也。」說明繆篆運用於璽印情形。然繆篆形體究屬為何，說法不一。羅福頤、王人聰在合著《印章概述》一書云：

> 過去許多研究印章的人，認為漢魏印上，平方正直的篆書就是繆篆，比如桂馥就曾把漢銅印上的篆書，編成一部書叫《繆篆分韻》，其實這是錯誤的。漢代的許慎在《說文解字》序中曾把這種書體解釋得很清楚。他說："繆篆所以摹印也。"這意思就是說：繆篆是一種刻印章用的書體。他又解釋繆字的意思說："一曰綢繆也。"綢繆就是糾纏或束縛重疊，像一根繩子纏繞在一起就可叫綢繆；形容一種曲折回繞的字體，也可叫綢繆，或省稱繆。因此，繆篆也就是一種形狀曲折回繞，用來刻印的文字書體。但是漢印

〔註51〕《古璽印概論》，頁40。

〔註52〕《說文解字注・敘》，頁766上。

〔註53〕《說文解字注・敘》，頁768下～769上。

〔註54〕《說文解字注・敘》，頁766上。

中所見到的篆體，大多數是平直方正，與綢繆意思不合，只有漢
魏私印中，有一種書體多作曲折回繞之狀，和許愼所說繆篆的意
思正相符合。如本書所舉的“祭睢”、“東憲私印”之類。這種
書體才叫做繆篆，和許愼所說的意思正合。這實際就是當時的一
種美術字。〔註55〕

然馬國權〈鳥蟲書論稿〉一文則如是說：

對於蟲書與繆篆的區別，我在一九七九年所寫《繆篆研究》一文中
曾加討論。繆確是屈曲之意。問題在於，它指是線條豐滿，橫平正
直中而作盤屈曲折的一種呢？還是指整個字的筆道都蜿蜒回繞，婉
轉流麗的一種？我們認爲，繆篆應該指前面的一種。繆篆由於是印
章的專用字體，字與字間，配搭要求停勻，筆畫少的線條就多盤屈
曲些，筆畫多的則不屈，甚至加以簡省以求勻稱，……而羅、王兩
先生所舉的「祭睢」、「東憲私印」兩印，卻恰好與我們前面談到的
漢印中的蟲書特點相一致。〔註56〕

上述二說，各有所見，羅、王二氏認爲繆篆筆勢乃作屈曲盤繞，馬國權則指出：
繆篆筆道是在橫正平直當中盤折屈曲。此外，馬國權在〈繆篆研究〉文中，更
將繆篆形體特點歸爲三類：（1）結構勻稱；（2）筆劃飽滿；（3）線條平正；〔註
57〕此論點提出，有意將繆篆與鳥蟲書實地作一區分。鳥蟲書於春秋戰國時期的
青銅兵器、戈劍戟當中屢有可見，〔註58〕且魚鳥蟲形蜿蜒精美，易於辨認，而
漢印蜿蜒字體，除沿用戰國鳥蟲書體外，又獨創漢繆篆體，二者皆具屈曲筆勢
特色，容易產生混淆。

　　若從遺世漢私印中考察，所謂「摹印」繆篆，在西漢時期業已使用，如
表八十三「蓋沈印信」、「呂福」、「李甲」、「馮桀私印」、「郅通私印」，其印面

〔註55〕羅福頤、王人聰合著：《印章概述》（香港：中華書局，1973月2月），頁27～28。

〔註56〕馬國權：〈鳥蟲書論稿〉，《古文字研究》第十輯，頁172～173。

〔註57〕馬國權：〈繆篆研究〉，《古文字研究》第五輯，頁271～272。

〔註58〕侯福昌《鳥蟲書匯編·自序》云：「鳥蟲書起於何代，已無可考，徵之傳世古物，
僅玄婦壺銘始具鳥形，壺乃商器，殆鳥篆之嚆矢歟，迨至春秋戰國，諸侯各自爲
文，於是鳥蟲奇字盛行，尤以吳、越、楚、蔡南方諸國爲最。」（臺北：商務印書
館，1990年5月），頁10。

文字婉轉屈折，是繆篆典型樣貌。至於羅福頤在《古璽印概論》中列舉十二方漢繆篆私印，〔註 59〕如表八十四「祭睢」、「東憲私印」、「公乘舜印」、「潘剛私印」、「杜況私印」，其筆勢蜿蜒尖細，筆鋒具鳥頭之形，故其例舉非繆篆形體，當是鳥蟲書印。又《故宮歷代銅印特展圖錄》編號 123「王隆私印」、133「尚普私印字子真」、164「黃立私印」三方漢私印，〔註 60〕下皆註明「繆篆」，然觀表八十五舉列三方印文，鳥頭蟲身之形顯可辨認，故這三方私印亦為鳥蟲書體，非為繆篆。反探羅、王先生之說與馬氏所言，則馬氏對於繆篆特點「橫平正直中而作盤屈曲折」論述，顯然較趨嚴謹，更符合漢印繆篆形體實際樣貌。

表八十九：西漢繆篆私印印文圖版表

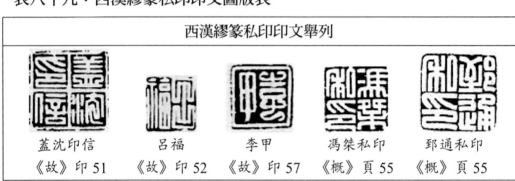

西漢繆篆私印印文舉列				
蓋沈印信	呂福	李甲	馮桀私印	郅通私印
《故》印 51	《故》印 52	《故》印 57	《概》頁 55	《概》頁 55

表九十：《古璽印概論》繆篆私印印文圖版表

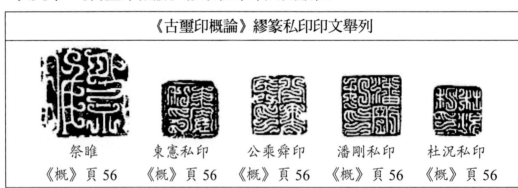

《古璽印概論》繆篆私印印文舉列				
祭睢	東憲私印	公乘舜印	潘剛私印	杜況私印
《概》頁 56	《概》頁 56	《概》頁 56	《概》頁 56	《概》頁 56

〔註 59〕《古璽印概論》，頁 56。

〔註 60〕《故宮歷代銅印特展圖錄》（臺北：國立故宮博物院，1987 年 7 月）。

表九十一：《故宮歷代銅印特展圖錄》繆篆私印印文圖版表

《故宮歷代銅印特展圖錄》繆篆私印印文舉列		
王隆私印	尚普私印字子眞	黃立私印
《故》印 123	《故》印 133	《故》印 164

2. 鳥蟲書

鳥蟲書，即鳥書和蟲書合稱。鳥書是在字形上添加鳥形，蟲書是採用其身子蜿蜒之形作爲字形特徵。馬國權〈鳥蟲書論稿〉云：

> 漢印上的鳥書，數量並不多。如同古鈢上的鳥書一樣，由於印面的限制，結體除必具鳥形之外，筆畫一般都不繁複，……漢印中以蟲書入印的爲數相當多，現在能夠見到的實物，或印譜上的鈐本，起碼有一百多方。〔註61〕

馬氏〈鳥蟲書論稿〉一文，分鳥蟲書爲鳥書和蟲書，並舉數方璽印以別其異，如下表所列，然細觀其舉鳥書、蟲書諸印，實難將二者全然區分，如蟲書所舉之印「新成甲」、「薄戎奴」，二印各字筆尖似爲鳥頭之形，又鳥書「綀仔妾娟」，蟲書蜿蜒特徵充塞其間，故筆者認爲，釋讀漢印鳥蟲書印，當予以一併稱之，而鳥書、蟲書區別，受到主觀認定以及印文模糊影響，倘執意別之，恐爲不恰。

表九十二：鳥書、蟲書印文一覽表

鳥書			
	綀仔妾娟	日利	張猛
	《概》頁 7	《概》頁 7	《舉》頁 1296

〔註61〕馬國權：〈鳥蟲書論稿〉，《古文字研究》第十輯，頁 155～162。

蟲書	新成甲 《概》頁 57	薄戎奴 《概》頁 57	夷吾 《概》頁 57

3. 四靈印

漢代四靈印僅見於私印，運用青龍、白虎、朱雀、玄武四種吉祥動物，或以龜、鶴、蛇、魚替代，將其肖形圖案塡置於印面周圍，中間刻鑄文字，以取吉祥之意。如：

表九十三：四靈印印文圖版表

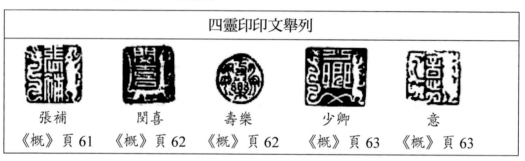

四靈印印文舉列				
張補 《概》頁 61	閔喜 《概》頁 62	壽樂 《概》頁 62	少卿 《概》頁 63	意 《概》頁 63

二、鑄 鑿

漢官印除作爲殉葬而非實用，故得以草率鑿刻不受規範外，大多數官印隸屬中央或地方官府，仍具印制規範。西漢官印多出澆鑄，東漢多鑿刻，唯皆陰文字體。漢私印有鑄有鑿，陰、陽文並行。漢印文字因爲鑄鑿二者本質不同，故所呈現之字形亦有差異。茲分別例舉如下：

表九十四：官私印澆鑄、鑿刻印文一覽表

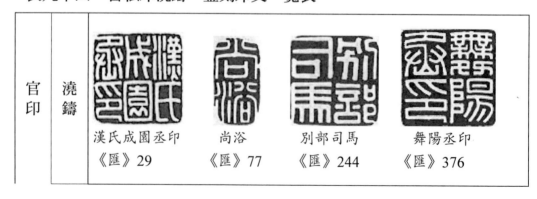

官印	澆鑄	漢氏成園丞印 《匯》29	尚浴 《匯》77	別部司馬 《匯》244	舞陽丞印 《匯》376

私印	鑿刻	器府之印《匯》102	中廚印信《匯》120	募五百將《匯》270	濟南尉丞《匯》562

私印	澆鑄	司馬賢印《澂》頁49	公孫忠臣《舉》頁1209	任容君印《舉》頁907	王廣《舉》頁474	徐延之印《舉》頁370
	鑿刻	蘇游成《澂》頁104	王富之印《赫》頁131	張放信印《赫》頁140	朱奉德印《舉》頁371	淳于嬰《舉》頁1201

上舉諸印，官私印鑄鑿風格迥然不同，大抵澆鑄文字筆劃飽滿、粗細均一，結構勻稱，書體整齊，如：「漢氏成園丞印」、「舞陽丞印」、「任容君印」，其印面文字構形精準，編排得當，故具對稱美感。而鑿刻文字較爲隨意，筆勢濃淡不一，粗細不一，或有露鋒，各字所占空間有大有小，如：「器府之印」、「濟南尉丞」、「王富之印」、「淳于嬰」，其印面空白充塞，顯然未善用每寸空間，以致印面失衡與參差。

三、時　代

漢印使用可分西漢、新莽、東漢時期，因各時期頒布印制均有差異，使印文各具特色。

（一）西漢時期

漢初承平，仍沿秦制，具田字格、日字格，不久漸廢。武帝時頒布官印制度予以規範，《漢書‧武帝紀》：「（太初元年）夏五月，正曆，以正月爲歲首。

色上黃，數用五，定官名，協音律。」注引張晏曰：「漢據土德，土數五，故用五，謂印文也。若丞相曰"丞相之印章"，諸卿及守相印文不足五字者，以"之"足之。」〔註62〕（見下表）此時期官印佈局齊等均衡，至西漢晚期筆道漸趨平直，風格典雅。

表九十五：西漢「官名+之印章」「官名+之印」印文格式一覽表

印文格式	西漢官名印		
官名+之印章 官名+之印	丞相之印章 《匯》3	太史令之印 《匯》18	少府之印章 《匯》72

西漢私印初期仍沿秦風，印文多加界格，中晚期後界格已廢，印文發展到三或四字，形制與官印漸為一致，均呈筆勢飽滿，剛柔相兼。茲將西漢官、私印例舉如下：

表九十六：西漢官私印初期、中晚期印文一覽表

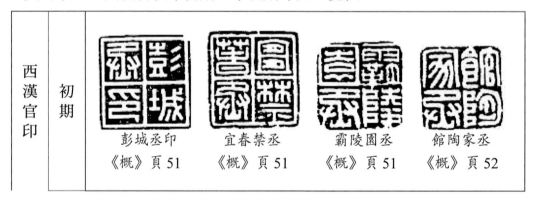

西漢官印	初期	彭城丞印 《概》頁51	宜春禁丞 《概》頁51	霸陵園丞 《概》頁51	館陶家丞 《概》頁52

〔註62〕〔漢〕班固：《漢書・武帝紀》（臺北：藝文印書館，1982年），頁99上。

	中晚期	未央廄丞《概》頁 52	三封左尉《概》頁 52	淮陽王璽《匯》992	廣漢大將軍章《匯》149
西漢私印	初期	楊賈《概》頁 54	莊文《概》頁 54	李騁《概》頁 54	公孫齒《概》頁 54
	中晚期	史宜成印《概》頁 54	陳褒私印《概》頁 55	崔應之印《概》頁 54	王光私印《概》頁 55

　　上舉數印，官印尺寸顯然較私印大上幾厘米，此情形反映西漢盛強、以國為尊心態，故武帝頒布官印制度予以規範，正是以政治目的為考量。初期官、私印仍具秦風田字格、日字格，唯官印文字筆勢較飽滿，私印則略為纖細。中晚期後，官、私印尺寸差異縮小，筆勢漸趨一致，其蘊含當與武帝對外戰事失利，加以迷信丹術、政事日趨萎靡，故使中央集權逐漸崩盤有關。

　　（二）新莽時期

　　王莽執政，改行古制，官印爵稱子男，縣令長改曰宰，印文多成五字，此皆為辨識新莽官印重要依據。本時期印文筆劃勻稱工整，字形稍長，印面均等三分，前二等份各佔二字，唯第三等份由一字獨占，為求印面平衡，印文末字特意拉長筆劃，與之協調。

　　新莽私印深受官印印制影響，多呈五字，姓名字數不足者，則添加「之」字補足，如下表私印舉列數印。茲將新莽官、私印例舉如下：

表九十七：新莽官私印印文一覽表

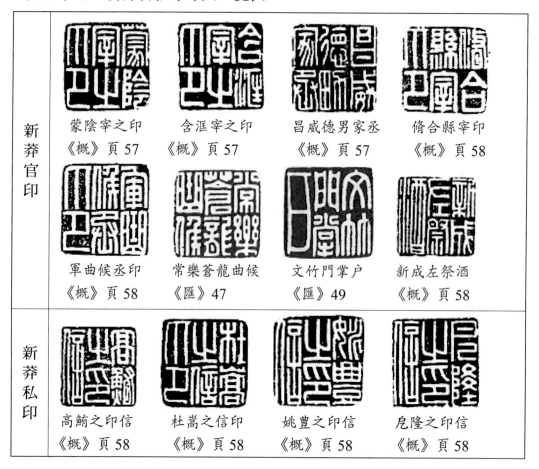

新莽官印	蒙陰宰之印《概》頁 57	含洭宰之印《概》頁 57	昌威德男家丞《概》頁 57	脩合縣宰印《概》頁 58
	軍曲候丞印《概》頁 58	常樂蒼龍曲候《匯》47	文竹門掌戶《匯》49	新成左祭酒《概》頁 58
新莽私印	高鮪之印信《概》頁 58	杜嵩之信印《概》頁 58	姚豐之印信《概》頁 58	尼隆之印信《概》頁 58

　　新莽官、私印為西漢中晚期漢印風格開起嶄新一頁。除改行古制使官印職稱顯著變易外，更重要的是印面五字使用造成風潮，連帶私印也一併沿襲，而五字印印面佈局恰到好處，印文筆劃穠纖合度，善用空間，是新莽時期有別西漢、東漢之獨特風格。

（三）東漢時期

　　東漢初期官印上承西漢晚期、新莽餘風，印文字體偏長，筆劃均齊工整，風格渾厚莊重。至中晚期筆勢隨意，印面佈局空間充塞，印文筆劃粗細不一，嚴謹態度遠遜於前。

　　東漢私印形式變化多樣，印面款式則有方形、長方形、圓形、心形、三環形、四葉形等；印制方面，兩面印〔註63〕、子母印（有兩套印、三套印）〔註64〕

〔註63〕「兩面印」，印章鑄鑿兩面印文。

〔註64〕曹錦炎《古代璽印》：「子母印始於西漢中期以後，母印中空，子印套於母印中空處，多兩印一套，東漢時有三印一套者，層層套合，構思巧妙。」（北京：文物出

頗爲流行，風格多端。另，東漢末年道教印的大量出現，亦爲私印增添幾分宗教色彩。茲將東漢官、私印例舉如下：

表九十八：東漢官印初期、中晚期及私印形制印文一覽表

東漢官印	初期	朔寧王太后璽《匯》1183	朔方長印《匯》896	下邳中尉司馬《匯》1055	膚印《匯》1309
	中晚期	九原丞印《匯》879	復陽國尉《匯》1143	河池矦相《匯》1172	帑府《匯》1298
東漢私印	姓名印	張果成印《概》頁61	劉次卿印完封請發《概》頁62	河華記印《概》頁62	魏孝君《概》頁62
	套印　兩面印	田長卿印《概》頁63	田破石子《概》頁63		
	套印　兩套印	曹亭耳《概》頁63	肖形印《概》頁63 〔註65〕		

版社，2002 年 7 月），頁 96。

〔註65〕這兩方印文出於同一兩套印，第一方有印文，第二方僅刻鑄鶴魚肖形文。

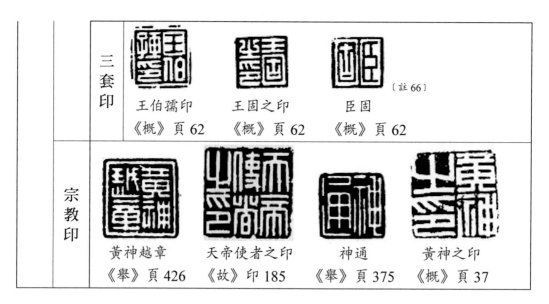

三套印	王伯孺印《概》頁 62	王固之印《概》頁 62	臣固《概》頁 62 〔註66〕	
宗教印	黃神越章《舉》頁 426	天帝使者之印《故》印 185	神通《舉》頁 375	黃神之印《概》頁 37

　　東漢初期官印仍保西漢、新莽餘風，如：「朔方長印」，唯印面文字多有開創，增至六字，如：「朔寧王太后璽」、「下邳中尉司馬」，或如私印「劉次卿印完封請發」共有八字。中晚期官印受到國內草莽民亂影響，國勢衰頹，嚴謹風格不再，代之則爲隨意刻鑄，不假修飾，如：「復陽國尉」、「河池矦相」。另在私印方面，印面款式富於變化，如上表舉列心形印「劉次卿印完封請發」、四葉形「河華記印」、三環形「魏孝君」，又如兩套印「曹亭耳、鶴魚肖形」、三套印「王伯孺印、王固之印、臣固」，這些別出心裁款式設計，皆爲東漢私印增添印文佈局趣味，成爲本時期獨有特徵。

四、地　域

（一）漢　邦

　　使用於兩漢國土官印，如前文所述，西漢、新莽、東漢時期各具特色，更有帝王頒布印制予以規範，顯示各朝對於官印制度之重視。

（二）異　族

　　兩漢時期，四方疆域屢受匈奴、鮮卑、烏桓、蠻族等異族侵擾，爲求短暫安定，政治上懷柔、和親安撫屢見不顯，而漢賜四方異族官印亦由此基礎衍生。漢賜異族官印，主要以賜予上層貴族爲對象，賜印目的來自賜爵時的實質給予，使異族首領借重漢威以維護、擴大自身的聲勢與地位，〔註67〕而漢朝則藉此換

〔註66〕這三方印文出於同一三套印，並分別刻鑄印主姓名、字號與身分。

〔註67〕葉其峰：〈兩漢時期的匈奴官印〉，《秦漢魏晉南北朝官印研究》（香港：香港中文

得邊境安寧，二者相互從中獲取利益。兩漢異族官印，依據賜予對象不同各有差異，〔註 68〕大抵多出鑿刻，印文字數少有四字，多至十二字，佈局參差，筆勢隨意，結構鬆散，形制與漢邦官印相較，明顯不受規範重視。茲例舉西漢、新莽、東漢異族官印如下：

表九十九：西漢、新莽、東漢時期異族官印印文一覽表

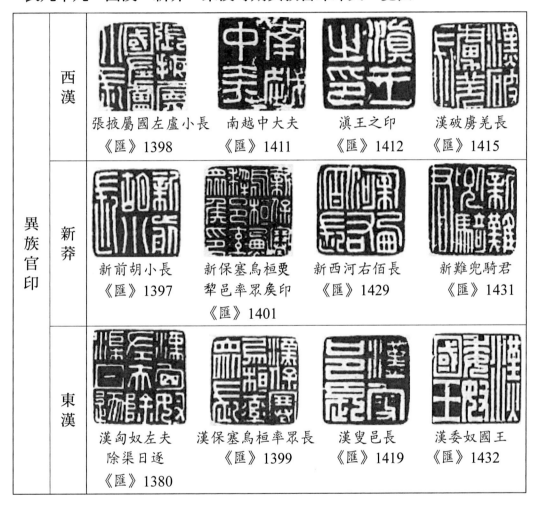

異族官印	西漢	張掖屬國左盧小長《匯》1398	南越中大夫《匯》1411	滇王之印《匯》1412	漢破虜羌長《匯》1415
	新莽	新前胡小長《匯》1397	新保塞烏桓㷙犂邑率眾矦印《匯》1401	新西河右佰長《匯》1429	新難兜騎君《匯》1431
	東漢	漢匈奴左夫除渠日逐《匯》1380	漢保塞烏桓率眾長《匯》1399	漢叟邑長《匯》1419	漢委奴國王《匯》1432

上舉西漢、新莽、東漢異族官印，除新莽時期印文特地別上「新」字予以區分外，餘多註明「漢」字，明確表示這些異族首長官印乃出自漢邦頒授。西漢頒授異族官印以南越、西南少數民族為主；新莽頒授異族官印以匈奴、西域諸國為主；東漢頒授異族官則以匈奴、烏桓、倭奴以及西北、雲貴少數民族為

大學文物館，1990 年 1 月），頁 149。

〔註 68〕詳參第三章第二節官名印「四、異族官名印」論述。

主，從各時期頒授異族官印來看，亦可顯現各期所受異族侵擾情形。

第三節　小　結

漢代文字上承秦篆下開隸楷風格，筆勢漸改曲爲直。在璽印文字結體上，漢印文字具有簡化、增繁、異化情形，唯在秦始皇統一先秦「文字異形」現象後，漢印文字書體混亂情形已較戰國時期大幅銳減，其簡化、增繁、異化方式亦與戰國璽印文字顯著不同。漢印文字結體特徵多與印面佈局配置、美化，或是刻工誤筆、主觀鑄鑿深具聯繫。

關於漢印文字結體特徵，可分爲下列細目：一、「簡化」：（一）筆劃簡化：單筆簡化、複筆簡化；（二）部件簡化：簡化重複部件、簡化形符、簡化聲符；（三）共用筆劃。二、「增繁」：（一）筆劃增繁：單筆增繁、複筆增繁；（二）部件增繁：有義增繁、無義增繁。三、「異化」：（一）方位互作：正反互作、正側互作、左右互作、內外互作、四周互作；（二）部件互作：義近通用、形近誤用、聲符替換、置換形符；（三）筆劃變異：分割筆劃、連接筆劃、貫穿筆劃、延伸筆劃、收縮筆劃、平直筆劃、彎曲筆劃、解散形體。整體而論，漢印文字簡化、增繁、異化字例之演變，可再別爲二類：（一）演變字例可溯源於古文字例；（二）演變字例在漢代書體中屬常見；這二種字形演變特徵，除說明漢印文字具有承襲古文字特性外，亦展示漢隸制度對於文字演變過程之重大影響，故從漢印文字探求中，可體現中國文字「繼往開來」之特性。另外，漢印文字雖具簡化、增繁、異化現象，然各字例演變並非獨立，反倒是可同時見於其他類別，相互參照，茲將各字例互見情形列舉如下：

表一百：漢印文字字例演變互見情形一覽表

釋文	結體細目
湯	單筆簡化、單筆增繁
親	單筆簡化、左右互作
臨	單筆簡化、連接筆劃、貫穿筆劃
尉	單筆簡化、正反互作
張	複筆簡化、共用筆劃
朝	複筆簡化、複筆增繁
昌	複筆簡化、收縮筆劃

宜	簡化重複部件字、正側互作
濕	簡化重複部件字、四周互作
廖	共用筆劃、部件形近誤用
建	單筆增繁、收縮筆劃
廣	單筆增繁、正反互作
惡	單筆增繁、無義增繁
雛	無義增繁、四周互作
永	正反互作、正側互作
丞	正反互作、解散形體
臣	正反互作、連接筆劃
筐	正反互作、部件義近通用
校	左右互作、平直筆劃
相	左右互作、部件形近誤用
陷	左右互作、部件義近通用
賢	部件義近通用、連接筆劃
望	部件形近誤用、連接筆劃
朔	收縮筆劃、平直筆劃

　　至於漢印風格方面，呈現多貌多彩，陰文、陽文鑄鑿並行。璽印文字除官、私有別，鑄鑿有別，時代有別外，地域別異亦為其一。本章論述漢印文字形構特徵，以結體和風格二節進行分述、歸整，並輔以印文圖版解說，然因蒐尋譜錄資料尚不完備，故對漢印文字形構特徵之剖析仍具諸多疏漏，此部分仍待日後細細耕耘予以補足。

第六章 結 論

　　漢代璽印文字除承續秦篆風格外，更因受到隸變影響，蜿蜒筆勢改曲爲直，爲中國璽印文字開啓新面貌。而漢印文字齊整典雅之篆刻藝術，受到明代文人競相推崇、大量仿刻影響，促使古璽印譜專書問世，勃興了明清二代金石學研究。據羅福頤統計，自明清以來至民國年間所著錄的印譜，計一百四十六種之多，其中印拓的璽印，除去重出和贋品之外，其數不下四萬餘方。〔註1〕這些不朽之作，是在漢印文字優美篆刻藝術導引下的重要鉅著，故對漢印文字進行深入剖析時，當不容忽視。

　　時至今日，對於漢代璽印研究，目前尚著重在單篇期刊論文刊載或通論性著作上，至於全面性探索方面，仍待耕耘。本文撰寫，奠基在前賢成果上，試在層層材料爬梳中，釐清漢印文字諸多特性，以期對漢代璽印文字能有更透徹精準的認識。

第一節　研究成果總結

一、《漢印文字徵》綜論與時代價值

　　在諸多古璽印譜中，羅福頤《漢印文字徵》集錄明清二代共八十五部印譜，

〔註 1〕高明：《中國古文字學通論》（臺北：五南圖書出版有限公司，1993 年 12 月），頁 660。

計收五千多方漢印，謂爲漢印之集大成者，是漢代璽印研究必備參考書目。然羅氏編著本書時，受到可徵引之出土材料影響，故對數方璽印收錄與現今學者之探究已有歧異，恐羅氏有將非漢印者誤釋爲漢印而將其收錄之誤。又羅氏編著本書體例，以《說文》始一終亥分部原則及收字順序編次，然書中尚有與《說文》體例歧出現象，形成前後矛盾之處；另如：誤釋璽印文字、缺錄璽印文字、待釋字等諸多疑問亦在書中叢出，故本論文研究漢代璽印文字之初，首對羅福頤《漢印文字徵》作一論述。在運用相關材料佐證下，目前計得以下成果：

表一百一：《漢印文字徵》論述成果一覽表

釐清類別	《漢印文字徵》字例	數目
與《說文》編次歧出	刻、酆、軷	3
《說文》無收，乃羅氏自行造篆	喻、呾	2
非源自八十五部印譜略字	齊、拔	2
未標列從出印譜略字	董、趙、連、偏、延、詒、丞、乃、祁、星、侵、吳、女、蟜、蠶、𡙕、䕃、𡩡、宮	19
缺列璽印隸定字	趙、延、躡、嘉、棣、霸、竈、印、馳、幸、灑、姽、嬰、義、紅、蠶、陵	17
漢印隸定字具□之待釋字	詳參附錄三	105
印面文字摹繪模糊之待釋字、篆體著錄誤置	獷、叔、帳、兒、須、功、辟、舜	8
於篆體上增摹一弧線	里	1
篆體部件錯置	萩、能、男	3
篆體部件誤摹	撢、嫖	2
篆體部件「廿」摹作「呂」	悁、涓、捐	3
篆體增筆筆劃	蒴、蕭、第、繡	4
篆體缺摹筆劃	萉、業、同、壽、淳、把	6
標列篆字與所收漢印隸定字歧出	詵、芋、荊、皆、尣、紺、蘇、化、廱	9
漢印隸定字「同印不同形體」	瓚、董、吾、和、咸、建、妾、支、晉、倉、椒、麋、宏、煩、庶、能、大、河、戰	19

「矣」字印文隸定歧出	建、奉、農、秉、效、烏、剛、笱、籍、可、饒、夏、椲、桑、祁、睍、穰、營、羅、傑、備、佐、屈、能、望	25
「寬」字隸定訛誤	樊、李、弁	3
非漢印之著錄	各、歸、善、叟、支、羌、烏、槐、郡、晉、㑊、佰、屠、魏、丸、驪、猶、夷、氏、率、金、辛	22
璽印文字誤釋	苦、吾、收、以	4
璽印文字缺錄	笺、羍、㞟、重、甯	5
非《漢印文字徵》附錄之待釋字	賣、芀、公、行、共、將、觭、衡、邴、程、蓼、傅、代、熊、幸、洗	16
釋讀《漢印文字徵》附錄待釋字	鋳 、學、重、麗、卷	5

　　根據上表所示，《漢印文字徵》體例歧出原因，可歸納為三類：（一）未明定凡例：編著印文字典首重編輯體例，故諸多印譜每於書前頁明載編輯凡例；然《漢印文字徵》集錄明清二代共八十五部印譜字例時，因未明確標舉著錄體例，故在眾多璽印文字編列中，每無所依憑、自亂其例，形成前後矛盾之處；（二）主觀摹繪：書中篆體，凡《說文》無收者，羅氏則予以拼湊摹繪，有失史載；（三）受限於出土材料：羅氏編輯《漢印文字徵》乃在 1930 至 1938 年間，時出土文獻材料與今相較，尚顯薄弱，故多有誤釋之例，唯此屬時代所限，未可苛求。

　　雖然《漢印文字徵》因著作較早，屢有誤釋，又因體例歧出，前後矛盾；然整體而論，羅氏統整明清二代共八十五部印譜，經旁徵文獻材料後，又以手摹方式著錄近五千多方漢印，其為漢代璽印研究提供的心力、貢獻，仍是後學望塵莫及、甚為感念的。

二、補史、證史的兩漢官印

　　兩漢官印可分為西漢、新莽、東漢三個時期，起於高祖六年（206B.C.），劉邦即位氾水之陽，迄於東漢獻帝建安二十五年（220A.D.），曹丕竄漢改元延康，自稱天子。本文論述，以探討孫慰祖《兩漢官印匯考》著錄官印為主，次旁及各博物館及相關單位所出近代璽印發掘報告、圖錄，藉由這些官印文字研究，除可補證古史料外，對於漢代地名、諸矦國名、邊塞民族侵擾情形，亦可

作考察。

　　本文考釋兩漢官印，先分爲官署印、官名印二類，次細分此二類別。於「官署印」分爲「中央官署印」、「地方官署印」；於「官名印」分爲「中央官名印」、「地方官名印」、「疾國官名印」、「異族官名印」。復次再就各細目予以西漢、新莽、東漢三時期分作探討。各類細目印文歸納結果羅列如下：

　　表一百二：兩漢官印分類細目一覽表

類別	地域劃分	分期	數量
官署印	中央官署印	西漢時期	13
		新莽時期	1
		東漢時期	4
	地方官署印	西漢時期	16
		新莽時期	1
		東漢時期	6
官名印	中央官名印	西漢時期	94
		新莽時期	31
		東漢時期	62
	地方官名印	西漢時期	153
		新莽時期	66
		東漢時期	112
	疾國官名印	西漢時期	52
		新莽時期	40
		東漢時期	30
	異族官名印	西漢時期	16
		新莽時期	10
		東漢時期	36
其　他			6

　　上表羅列七百四十九方兩漢官印，多數官名可與《漢書‧百官公卿表》、《漢書‧地理志》、《後漢書‧百官志》相互印證，唯部份官名乃史籍未載。而這些璽印印文材料，可補充史載之不足，以佐證漢史。各時期官印於史籍未可徵者如下表所列：

表一百三：兩漢官印印文於史籍未可徵者一覽表

類別	地域劃分	分期	印文	數量
官署印	中央官署印	西漢時期	器府之印、器府、馬府	3
		新莽時期	榆畜府	1
		東漢時期	藥藏府印	1
	地方官署印	西漢時期	司禾府印、屬始長、脩故亭印、南池里印、杜昌里印、**師**里、西鄉、西立鄉	8
		新莽時期	臨都鄉	1
		東漢時期		0
官名印	中央官名印	西漢時期	侵騎千人、騎五百將、邦候	3
		新莽時期	執灋直二十二、文竹門掌戶、尚浴、昭城門候印、討辦軍印	5
		東漢時期	虎奮將軍章、傅戰司馬印、軍稟司馬、昭假司馬	4
	地方官名印	西漢時期	武岡長印、陸糧尉印、上沅漁監、方除長印、高武左尉、立降右尉、屬廥左尉、西眩都丞、上昌農長、上久農長、霸西祭尊、衛舍祭尊、安民里祭尊印、長生單祭尊印、左礜桃支	15
		新莽時期	脩合縣宰印、文德左千人、集降尹中後候、將田己部右候、竇安馬丞印	5
		東漢時期	鐘壽丞印、浚國左尉、米粟祭尊、新安平政單印	4
	矦國官名印	西漢時期	牧丘家丞、昌信矦國相、卑梁國丞、綏仁國丞、眾鄉國丞、北安邑丞、防鄉家丞	7
		新莽時期	長聚則丞印	1
		東漢時期	博平家丞、富壽矦印、鴻信國尉、和善國尉、立解國丞、	5

	西漢時期		0
異族官名印	新莽時期	新越餘壇君、新西國安千制外羌佰右小長	2
	東漢時期	漢匈奴惡適姑夕且渠、漢匈奴姑塗黑臺耆、漢匈奴左夫除渠日逐、漢匈奴伊酒莫當百、漢匈奴惡適尸逐王	5
其　　他		泰倉、共印、喪尉	3

三、形制多變、燦爛的兩漢私印

　　與漢官印並存的，還有運用於日常生活的漢私印。就現存漢私印數量計算，總數至少在六千方以上。兩漢私印舉凡在使用及形制發展上，均達到前所未見之高峰，如有方形、長方形、圓形、柿蒂形、三環形、四葉形等印面款式；金、銀、銅、玉、滑石、琥珀、瑪瑙等質地；鼻紐、瓦紐、壇紐、橋紐、龜紐、虎紐、獸紐等紐式，此外亦有兩面印、兩套印、三套印等。印文方面，有鑄有鑿，有朱有白；書體有篆體、繆篆及鳥蟲書；林林總總的多變形制，為兩漢私印寫下燦爛一頁。本文為充分探討兩漢私印之多貌，將其析為「姓名印」、「成語印」、「宗教印」、「單字印」四部分作論述，目前所獲研究成果如下四端：

（一）承襲與創新的「複姓印」與「命名習尚」

　　本文在「複姓印」論述上，列舉漢代複姓六十一種，依據《通志‧氏族略》編次歸納，並援引印文圖版輔證，而對於該複姓同樣可在戰國古璽中獲徵引者，亦舉列《古璽彙編》著錄印文予以證明。總計在漢代複姓六十一種考釋中，得出複姓五十四種是古複姓之沿用，至於「周陽」、「櫟陽」、「第五」、「郁陽」、「蒲類」、「新成」、「姑陶」七種，則始見於兩漢，當為新起。

　　另在漢私印命名習尚探究方面，歸納出漢人命名具有：「神仙信仰」、「傾慕古人」、「除疾去病」、「以病名為名」、「安定邦國」、「追求富貴」、「修身處世」、「表身分、職稱」、「表國籍」、「以吉語入名」、「以出入禁忌命名」、「以牲畜動物命名」、「奇特命名」等特殊思想蘊含。

（二）多元蘊含的成語印

　　漢代成語印，側重在「吉語」，為先秦以來之高峰，大量的吉語印上刻鑄著

巨、利、大、千、萬、光、財、富、吉、長等字樣，反映了時代變遷、經濟蓬勃發展，以及人們所關注之焦點和榮祿追求。另外，印文字數的不受限制，〔註2〕亦爲成語印印文帶來獨特風格。

（三）獨具特色的宗教印

漢初提倡黃老之學，崇尚自然；東漢末，出現了以崇奉老子爲主之道教，同時產生了不少深具迷信色彩之印章。這些私印，爲道士用以通達天帝神祇、除凶避鬼、逢凶化吉所必備，成爲漢私印中最爲獨特一面。

（四）特殊用途的單字印

漢私印中，另有印面僅刻鑄一字者，是爲單字印。這些單字印文，或爲印主名字簡稱，或爲吉語印，皆屬個人配戴之用，具有獨特性。

四、承前、創新的漢印結體與風格

漢印文字以篆體爲基礎，唯受隸變影響，筆勢改曲爲直，自成風格。爲求善用印面空間，漢印文字多有簡化、增繁、異化現象，於私印上更出現屈曲繆篆筆勢，以及蚑蜒鳥蟲書體，深刻展現文字藝術風格，爲中國印章藝術開啓新面向。漢印文字結體因受秦篆統一所致，已無戰國時期「文字異形」現象，而隸變結果，讓漢印文字同時具有「襲篆」與「創新」特性，這種承前與創新的相互融合，促成"結構勻稱"、"筆劃飽滿"、"線條平正"〔註3〕之「漢繆篆」產生。此外，漢印文字受到前朝書同文制度影響，「＝」符號運用於璽印文字中已微乎其微；目前雖於羅福頤《漢印文字徵》中可徵引一例，然筆者考釋結果，已證其爲齊官印，非漢印，爲羅福頤誤錄；那麼，「＝」符號在漢代璽印文字中之運用，恐已消退。

漢印文字風格於官私印、鑄鑿、時代、地域等方面各有別異。以「官私印」而論：西漢多出澆鑄，東漢多鑿刻，皆屬陰文；至於私印，有鑄有鑿，陰文、陽文並行，形式較自由。印文「鑄鑿」方面：澆鑄文字筆劃飽滿、粗細均一，結構勻稱整齊，而鑿刻文字較隨意，筆勢濃淡不一。另在「時代」特徵上：漢

〔註 2〕如「封完言信願君自發錐元君印」、「修躬德以俟賢臣興顯令名存」二印皆刻鑄十二字之多。

〔註 3〕馬國權：〈繆篆研究〉，《古文字研究》第五輯，頁 271～272。

初仍沿秦制，具田字格、日字格，至晚期筆道漸趨平直，風格典雅；新莽時期印文穠纖合度，善用空間，獨特風格一目即識；東漢初期上承西漢晚期、新莽餘風，至中晚期筆勢隨意，嚴謹態度遠遜於前。而在「異族」官印特性方面：因多出鑿刻，筆勢隨意，其形制與漢邦官印相較，明顯較不受規範重視。

第二節　漢印文字未來研究展望

本文對漢代璽印文字研究與論述，限於薄弱學力下，不免以偏概全、多有疏漏，尤在印文考釋上格外顯著，故對兩漢官私印文字之探求，仍以材料彙整、討論甚多，至於實際文獻驗證方面，尚顯不足。僅管在前文書寫中，已林林總總提出不少問題，然依舊有些許面向值得再一一列舉，有待日後深入研究：

（一）國內外印譜蒐羅齊備

本文第貳章「《漢印文字徵》論述」，曾對羅福頤《漢印文字徵》集錄明清二代共八十五部印譜進行蒐尋，筆者目前在國內各大圖書館中，暫蒐尋到二十九部，又檢索大陸現存明清印譜發現，因年代久遠，諸多已散佚，遺世者又多歸屬善本書目不易檢視翻讀。受到集錄印譜蒐羅不甚齊備影響，本文在徵引材料中，難免有未盡完善之憾。另外，因國內外博物館收藏古璽印甚多，偶有博物館編輯館內璽印印文出版，故凡對於明清二代尚未蒐羅之印譜，抑或是博物館編選材料之掌握，仍是日後努力方向。

（二）璽印真偽之斷定

璽印文字研究材料多從印譜上徵引而來，故對璽印真偽之斷定，乃不容小覷。許多印譜上鈐拓的印文，或是號稱墓葬出土的璽印實物，皆有可能是幾可亂真的贗品，倘無視真偽疑慮，逕對印文直接釋讀，除耗費毋妄功夫外，還可能對史實作扭曲，故不可不詳查。

（三）判別璽印年代

本文研究漢代璽印文字，將兩漢時間定在高祖六年（206B.C.），劉邦即位氾水之陽，迄於東漢獻帝建安二十五年（220A.D.），曹丕竄漢改元延康，自稱天子。然多方璽印年代斷定，特別是在私印斷代上，有將高祖建國前（秦印）或曹丕竄漢後（曹魏印）過渡時期之印文納入討論的可能，故在判別璽印年代

上，仍須再予以釐清。

（四）璽印文字陸續考釋

《漢印文字徵》待考釋之漢印總數約在百方以上，加上其他譜錄未識、誤識印文，爲數更多。對於這些漢印文字之正確釋讀，除能補證漢史外，將有助於對古籍文獻進行更精準的校勘。

璽印文字之研究，本有賴地下出土文物與古文獻相互輔佐、印證，而今日探究成果，亦有可能爲明日新發掘文物推翻，形成不斷精益求精的考釋態度與過程。筆者對於漢代璽印文字研究期許，意在此立足點上臨深履薄，徐徐邁進。

參考書目

一、專　書（古籍按時代先後次序排列，其次按作者姓氏筆劃遞增排序）

1. 〔漢〕劉安：《淮南子》（臺北：藝文印書館，1974 年 4 月），3 版。

2. 〔漢〕司馬遷：《史記》（臺北：藝文印書館，1982 年）。

3. 〔漢〕桓寬：《鹽鐵論》（北京：中華書局，2003 年 9 月），北京新 1 版。

4. 〔漢〕衛宏：《漢舊儀》（臺北：藝文印書館，1965 年）。

5. 〔漢〕班固：《漢書》（臺北：藝文印書館，1982 年）。

6. 〔漢〕王符：《潛夫論》（北京：中華書局，1985 年），北京新 1 版。

7. 〔漢〕應劭：《風俗通姓氏篇》（北京：中華書局，1985 年），北京新 1 版。

8. 〔漢〕應劭：《漢官儀》（北京：中華書局，1985 年），北京新 1 版。

9. 〔漢〕高誘注：《戰國策》（北京：中華書局，1985 年），北京新 1 版。

10. 〔漢〕劉熙：《釋名》（北京：中華書局，1985 年），北京新 1 版。

11. 〔晉〕葛洪：《抱朴子》（北京：中華書局，1985 年，北京新 1 版。

12. 〔晉〕常璩：《華陽國志》（臺北：世界書局，1979 年 12 月），3 版。

13. 〔南朝宋〕范曄：《後漢書》（臺北：藝文印書館，1982 年）。

14. 〔南朝宋〕裴駰：《史記集解》（臺北：臺灣商務印書館，《景印文淵閣四庫全書・史部三》，1983 年 3 月）。

15. 〔南朝梁〕顧野王：《玉篇》（臺北：中華書局，1981 年 6 月），1 版。

16. 〔唐〕令狐德棻等撰：《周書》（臺北：藝文印書館，1982 年）。

17. 〔唐〕李延壽：《隋書》（臺北：藝文印書館，1982 年）。

18. 〔唐〕姚思廉：《梁書》（臺北：藝文印書館，1982 年）。

19. 〔唐〕司馬貞：《史記索隱》（北京：中華書局，1991 年）。

20. 〔唐〕林寶：《元和姓纂》（北京：中華書局，1994 年 5 月）。

21. 〔唐〕張守節：《史記正義》（臺北：臺灣商務印書館，《景印文淵閣四庫全書·史部六》，1983 年 3 月）。

22. 〔南唐〕徐鍇：《說文解字繫傳》（北京：中華書局，1998 年 12 月）。

23. 〔宋〕徐鉉等校訂：《說文解字》（北京：中華書局，1985 年），北京新 1 版。

24. 〔宋〕鄭樵：《通志》（臺北：臺灣商務印書館，1987 年 12 月），臺 1 版。

25. 〔宋〕羅泌：《路史》（臺北：臺灣商務印書館，《景印文淵閣四庫全書·史部一四一》，1983 年 3 月）。

26. 〔宋〕王應麟：《姓氏急就篇》（臺北：臺灣商務印書館，《景印文淵閣四庫全書·子部二五四》，1983 年 3 月）。

27. 〔宋〕鄧名世：《古今姓氏書辯證》（北京：中華書局，1985 年），北京新 1 版。

28. 〔明〕夏樹芳：《奇姓通》（臺南：莊嚴文化事業有限公司，《四庫全書存目叢書·子部一九九》，1995 年 9 月）。

29. 〔明〕陳士元：《姓觿》（北京：中華書局，1985 年），北京新 1 版。

30. 〔清〕王念孫：《廣雅疏證》（北京：中華書局，1985 年），北京新 1 版。

31. 〔清〕段玉裁：《說文解字注》（臺北：洪葉文化事業有限公司，2001 年 10 月），增修 1 版。

32. 〔清〕《周易》（臺北：藝文印書館，阮元《十三經注疏》本，1989 年 1 月）。

33. 〔清〕《周禮》（臺北：藝文印書館，阮元《十三經注疏》本，1989 年 1 月）。

34. 〔清〕《禮記》（臺北：藝文印書館，阮元《十三經注疏》本，1989 年 1 月）。

35. 〔清〕《左傳》（臺北：藝文印書館，阮元《十三經注疏》本，1989 年 1 月）。

36. 〔清〕《論語》（臺北：藝文印書館，阮元《十三經注疏》本，1989 年 1 月）。

37. 〔清〕《孟子》（臺北：藝文印書館，阮元《十三經注疏》本，1989 年 1 月）。

38. 〔清〕《詩經》（臺北：藝文印書館，阮元《十三經注疏》本，1989 年 1 月）。

39. 〔清〕瞿中溶：《集古官印考證》（上海：上海古籍出版社，《續修四庫全書·子部·譜錄類》，2002 年 3 月）。

40. 〔清〕鄭珍：《汗簡箋正》（臺北：廣文書局，1974 年 3 月）。

41. 〔清〕郭慶藩：《莊子集釋》（北京：中華書局，1985 年 8 月）。

42. 中國秦漢史研究會：《秦漢史論叢》第 1 輯（陝西：陝西人民出版社，1981 年 9 月）。

43. 方介堪、張如元：《璽印文綜》（上海：上海書店，1992 年 6 月）。

44. 王人聰：《新出歷代璽印集釋》（香港：香港中文大學文物館，1987 年）。

45. 王人聰：《香港中文大學文物館藏印續集一》（香港：香港中文大學文物館，1996 年）。

46. 王人聰：《古璽印與古文字論集》（香港：香港中文大學文物館，2000 年）。

47. 王人聰、羅福頤：《印章概述》（香港：中華書局，1973 年 2 月）。

48. 王人聰、葉其峰合著：《秦漢魏晉南北朝官印研究》（香港：香港中文大學文物館，1990 年 1 月）。

49. 王人聰、游學華編：《中國古璽印學國際研討會論文集》（香港：香港中文大學文物館，2000 年 3 月）。

50. 王廷洽：《中國古代印章史》（上海：上海人民出版社，2006 年 6 月）。

51. 王慎行：《古文字與殷周文明》（西安：陝西人民教育出版社，1998 年 8 月）。

52. 吉常宏、吉發涵：《古人名字解詁》（河北：語文出版社，2003 年 8 月）。

53. 安作璋、陳乃華：《秦漢官吏法研究》（濟南：齊魯書社，1993 年 12 月）。

54. 余迺永：《新校互註宋本廣韻》（香港：中文大學出版社，1993 年）。

55. 何琳儀：《戰國文字通論訂補》（江蘇：江蘇教育出版社，2003 年 1 月）。

56. 巫聲惠：《中華姓氏大典》（河北：河北人民出版社，2000 年 6 月）。

57. 李學勤、艾蘭：《歐洲所藏中國青銅器遺珠》（北京：文物出版社，1995 年 12 月）。

58. 沙夢海：《印學史》（杭州：西泠印社，1987 年 6 月）。

59. 那志良：《鉩印通釋》（臺北：臺灣商務印書館，1986 年 2 月），第 3 版。

60. 姜亮夫：《古文字學》（昆明：雲南人民出版社，1999 年 11 月）。

61. 唐蘭：《古文字學導論》（臺北：洪氏出版社，1978 年 7 月），再版。

62. 孫慰祖：《兩漢官印匯考》（上海：上海書畫出版社，1993 年）。

63. 孫慰祖：《古封泥集成》（上海：上海書店，1994 年 11 月）。

64. 孫慰祖：《孫慰祖論印文稿》（上海：上海書店，1999 年 1 月）。

65. 孫慰祖：《封泥發現與研究》（上海：上海書店，2002 年 11 月）。

66. 高明：《中國古文字學通論》（臺北：五南圖書出版有限公司，1993 年 12 月）。

67. 高敏：《秦漢史探討》（鄭州：中州古籍出版社，1998 年 9 月）。

68. 張海彤：《百家姓探源》（北京：首都師範大學出版社，1996 年 2 月）。

69. 教育部國語推行委員會：《國字標準字體〈教師手冊〉》（臺北：教育部員工消費合作社，1994 年 10 月）。

70. 梁東漢：《漢字的結構及其流變》（上海：上海教育出版社，1981 年 6 月）。

71. 曹錦炎：《古璽通論》（上海：上海書畫出版社，1996 年 3 月）。

72. 曹錦炎：《古代璽印》（北京：文物出版社，2002 年 7 月）。

73. 陳松長：《璽印鑑賞》（廣西：漓江出版社，1993 年 11 月）。

74. 陳夢家：《殷虛卜辭綜述》（北京：中華書局，1992 年 7 月）。

75. 湖南省博物館：《馬王堆漢墓研究》（湖南：湖南人民出版社，1981 年 8 月）。

76. 黃錫全：《汗簡注釋》（臺北：臺灣古籍出版有限公司，2005 年 1 月）。

77. 楊伯峻：《列子集釋》（臺北：華正書局，1987 年 9 月）。

78. 葉其峰：《古璽印與古璽印鑑定》（北京：文物出版社，1997 年 10 月）。

79. 葉其峰：《古璽印通論》（北京：紫禁城出版社，2003 年 9 月）。

80. 裘錫圭：《古文字論集》（北京：中華書局，1992 年 8 月）。

81. 裘錫圭：《文字學概要》（臺北：萬卷樓圖書有限公司，1994 年 3 月）。

82. 裘錫圭：《裘錫圭學術文化隨筆》（北京：中國青年出版社，1999 年 10 月）。

83. 趙從蒼、小鹿：《古代璽印》（北京：中國書店，1998 年 6 月）。

84. 劉釗：《古文字構形學》（福建：福建人民出版社，2006 年 1 月）。

85. 廣東省博物館、中國社會科學院考古研究所：《西漢南越王墓》（北京：文物出版社，1992 年 10 月）。

86. 譚其驤：《中國歷史地圖集》（上海：地圖出版社，1985 年 10 月）。

87. 顧頡剛、史念海：《中國疆域沿革史》（上海：中華書局，1934 年 2 月）。

二、期刊論文

1. 于豪亮：〈古璽考釋〉，《古文字研究》第 5 輯，頁 255～260。

2. 毛瑞芬、鄒麟：〈四川昭覺縣發現東漢武職官印〉，《考古》1993 年第 8 期，頁 765。

3. 王人聰：〈漢晉官印考證〉，《故宮博物院院刊》1983 年第 4 期，頁 22～28。

4. 王人聰：〈新莽官印三方試釋〉，《故宮博物院院刊》1985 年第 3 期，頁 187～192。

5. 王人聰：〈論西漢田字格官印及其年代下限〉，《故宮博物院院刊》1988 年第 4 期，頁 42～48。

6. 王人聰：〈西漢郡國特設官署官印略考〉，《江漢考古》1989 年第 1 期，頁 60～64。

7. 王人聰：〈新莽官印匯考〉，《秦漢魏晉南北朝官印研究》（香港：香港中文大學文物館，1990 年 1 月），頁 102～136。

8. 王人聰：〈兩漢王國、侯國、郡縣官印匯考〉，《秦漢魏晉南北朝官印研究》（香港：香港中文大學文物館，1990 年 1 月），頁 31～101。

9. 王人聰：〈戰國吉語、箴言璽考釋〉，《故宮博物院院刊》1997 年第 4 期，頁 50～55。

10. 王人聰：〈西漢私印初探〉，《古璽印與古文字論集》（香港：香港中文大學文物館，2000 年），頁 111～115。

11. 王人聰：〈部曲將與部曲督印考〉，《古璽印與古文字論集》（香港：香港中文大學文物館，2000 年），頁 195～199。

12. 王仲殊：〈說滇王之印與漢委奴國王印〉，《考古》1959 年第 10 期，頁 573～575。

13. 王廷洽：〈居延漢簡印章資料研究〉，《青海師範大學學報（哲學社會科學版）》1999 年第 3 期，頁 37～45。

14. 王倚平：〈古印中一枝奇葩——湖北省博物館館藏漢印〉，《江漢考古》2003 年第 2 期，頁 73～81。

15. 王國維〈古史新證總論〉，《王觀堂先生全集》（臺北：大通書局，1976 年），頁 4793～4794。

16. 王國維〈桐鄉徐氏印譜序〉，《王國維文集（第四卷）》（北京：中國文史出版社，1997 年 5 月），頁 182～183。

17. 牛濟普：〈漢代官印分期例舉〉，《中原文物》1998 年第 1 期，頁 98～106。

18. 王獻唐：〈說撻線〉，《中國文字》1969 年 12 月第 34 期。

19. 田河、朱力偉：〈秦印複姓初步統計〉，《古籍整理研究學刊》2005 年第 3 期，頁 93～97。

20. 田煒：〈古璽字詞叢考（十篇）〉，《古文字研究》第 26 輯，頁 386～390。

21. 何琳儀：〈古璽雜釋再續〉，《中國文字》新 17 期，頁 289～300。

22. 何琳儀：〈古璽雜釋讀〉，《古文字研究》第 19 輯，頁 470～489。

23. 吳朴：〈我對"滇王之印"的看法〉，《文物》1959 年第 7 期，頁 49。

24. 吳良寶：〈〈漢印複姓的考辨與統計〉補正〉，《文史》2002 年第 1 輯，頁 247～251。

25. 吳良寶：〈古璽複姓統計及相關比較〉，《古籍整理研究學刊》2002 年第 4 期，頁 40～44。

26. 吳振武：〈古璽姓氏考（複姓十五篇）〉，《出土文獻研究》第 3 輯，頁 74～87。

27. 吳振武：〈古璽合文考（十八篇）〉，《古文字研究》第 17 輯，頁 268～281。

28. 吳振武：〈戰國璽印中的申屠氏〉，《文史》第 35 輯，頁 48。

29. 吳環露、袁秉成：〈河北省撫寧縣發現古代銅印〉，《考古》1999 年第 3 期，頁 92。

30. 李如森：〈漢墓璽印及其制度試探〉，《社會科學戰線》1996 年第 5 期，頁 126～131。

31. 李克文：〈江蘇贛榆縣出土東漢別部司馬印〉，《考古》1996 年第 10 期，頁 65。

32. 杜彤華：〈介紹兩方漢印〉，《考古》1983 年第 6 期，頁 561。

33. 李迎年：〈河南方城縣出土漢代銀印〉，《考古》1993 年第 4 期，頁 380。

34. 李迎年：〈河南方城縣博物館藏官印〉，《考古》1995 年第 1 期，頁 90～91。

35. 李朝陽、馬先登：〈咸陽市楊陵區出土的一批秦漢印章與考釋〉，《文物春秋》1994 年 2 期，頁 50～51。

36. 李學勤：〈先秦人名的幾個問題〉，《古文獻叢論》1996 年 11 月，頁 128～136。

37. 李學勤：〈考古發現與古代姓氏制度〉，《古文獻叢論》1996 年 11 月，頁 116～127。

38. 李學勤：〈即墨小橋村出土西漢金印小記〉，《文物》2000 年第 7 期，頁 96。

39. 汪桂海：〈漢印制度雜考〉，《歷史研究》1997 年第 3 期，頁 82～91。

40. 周世榮：〈長沙出土西漢印章及其有關問題研究〉，《考古》1978 年第 4 期，頁 271～279。

41. 林泊：〈陝西臨潼縣新出土幾枚漢代印章〉，《考古》1993 年第 11 期，頁 1054。

42. 林素清：〈論戰國文字的增繁現象〉，《中國文字》新 13 期，頁 21～44。

43. 林素清：〈居延漢簡所見用印制度雜考〉，《中國文字》新 24 期，頁 147～171。

44. 邵磊：〈南京市博物館藏漢晉官印考略〉，《南方文物》1998 年第 1 期，頁 62～68。

45. 邵磊：〈西漢私印斷代探述〉，《南方文物》2001 年第 3 期，頁 97～103。

46. 姜保國：〈西漢金諸國侯印〉，《文物》2000 年第 7 期，頁 95。

47. 姚軍英：〈河南襄城縣發現一枚漢代銅印〉，《考古》1993 年第 3 期，頁 224。

48. 施謝捷：〈古璽雙名新考〉，《中國古文字研究》第 1 輯，頁 122～132。

49. 施謝捷：〈釋戰國楚璽中的"登徒"複姓〉，《文教資料》1997 年第 4 期，頁 110～113。

50. 孫慰祖：〈瀏覽漢印〉，《上海工藝美術》1998 年第 4 期，頁 28。

51. 徐寶貴：〈戰國璽印文字考釋〉，《中國文字》新 15 期，頁 177～194。

52. 旅順博物館：〈遷西縣出土"假司馬印"〉，《文物春秋》1997 年第 1 期，頁 92。

53. 秦波：〈西漢皇后玉璽和甘露二年銅方爐的發現〉，《文物》1973 年第 5 期，頁 26～29。

54. 耿建軍：〈試析徐州西漢楚王墓出土官印及封泥的性質〉，《考古》2000 年第 9 期，頁 79～85。

55. 馬永贏：〈太官之印與西漢的太官〉，《考古與文物》2006 年第 5 期，頁 77～79。

56. 高次若、王桂枝：〈寶鷄市博物館收藏的十方銅印章〉，《考古與文物》1982 年第 6 期，頁 33～43。

57. 馬國權：〈繆篆研究〉，《古文字研究》第 5 輯，頁 261～290。

58. 馬國權：〈鳥蟲書論稿〉，《古文字研究》第 10 輯，頁 139～176。

59. 馬璽倫、宋貴寶：〈山東沂水縣宋村出土漢代銅印〉，《考古》1993 年第 3 期，頁 67。

60. 曹錦炎：〈甲骨文合文研究〉，《古文字研究》第 19 輯，頁 445～459。

61. 曹錦炎：〈戰國古璽考釋（三篇）〉，《第二屆國際中國古文字學研討會論文集》，頁 397～403。

62. 許顯成：〈平安縣發現一枚漢代銅印〉，《文博》1994 年第 3 期，頁 56。

63. 陳根遠：〈古官印辨析五例〉，《故宮文物》1994 年第 4 期，頁 84～88。

64. 湯餘惠：〈古璽文字七釋〉，《第二屆國際中國古文字學研討會論文集》，頁 393～396。

65. 湯餘惠：〈略論戰國文字形體研究中的幾個問題〉，《古文字研究》第 15 輯，頁 9～100。

66. 雲南省博物館：〈晉寧石寨山出土有關奴隸社會的文物〉，《文物》1959 年第 5 期，頁 59～61。

67. 黃展岳：〈南越國六夫人印〉，《文物天地》1993 年第 2 期，頁 15～17。

68. 黃盛璋：〈匈奴官印綜論〉，《社會科學戰線》1987 年第 3 期，頁 136～147。

69. 黃盛璋：〈"漢匈奴破醯虜長"及其有關史實發覆〉，《歷史研究》1994 年第 2 期，頁 136～147。

70. 楊其民、李學勤：〈長江西漢"陸暴尉印"應爲"陸梁尉印"〉，《考古》1979 年第 4 期，頁 355～359。

71. 楊頡慧：〈從兩漢人名看漢代的神仙信仰〉，《西南大學學報》第 33 卷第 1 期，頁 186～190。

72. 葉其峰：〈戰國成語璽析義〉，《故宮博物院院刊》1983 年第 1 期，頁 75～78。

73. 葉其峰：〈西漢官印叢考〉，《故宮博物院院刊》1986 年第 1 期，頁 71～82。

74. 葉其峰：〈秦漢南北朝官印鑑別方法初論〉，《故宮博物院院刊》1989 年第 3 期，頁 38～57。

75. 葉其峰：〈古代越族與蠻族的官印〉，《秦漢魏晉南北朝官印研究》（香港：香港中文大學文物館，1990 年 1 月），頁 156～163。

76. 葉其峰：〈兩漢時期的匈奴官印〉，《秦漢魏晉南北朝官印研究》（香港：香港中文大學文物館，1990 年 1 月），頁 149～155。

77. 裘錫圭：〈淺談璽印文字的研究〉，《裘錫圭學術文化隨筆》（北京：中國青年出版社，1999 年 10 月），頁 55～63。

78. 賈香峰、趙炳煥：〈新鄭市發現漢印和金印〉，《中原文物》1996 年第 4 期，頁 116～117。

79. 趙平安：〈湖南省博物館藏古鉨印集釋文補正〉，《江漢考古》1996 年第 4 期，頁 73～78。

80. 趙平安：〈漢印複姓的考辨與統計〉，《文史》1999 年第 3 期，頁 121～127。

81. 趙平安：〈秦西漢官印論要〉，《考古與文物》2001 年第 3 期，頁 59～70。

82. 趙超：〈試談幾方秦代的田字格印及有關問題〉，《考古與文物》1982 年第 6 期，頁 65～72。

83. 齊泰定：〈新鄉市發現漢代銅印〉，《考古》1965 年第 12 期，頁 657。

84. 劉釗：〈古文字中的合文、借筆、借字〉，《古文字研究》第 21 輯，頁 397～410。

85. 劉釗：〈《香港中文大學文物館藏印集》釋文訂補〉，《中國文字》新 24 期，頁 95～104。

86. 劉釗：〈璽印文字釋叢（二）〉，《考古與文物》1998 年第 3 期，頁 76～81。

87. 劉釗：〈古文字中的人名資料〉，《吉林大學社會科學學報》1999 年 1 月，頁 60～69。

88. 劉釗：〈釋兩方漢代官印〉，《古文字考釋叢稿》（湖南：岳麓書社，2005 年 7 月），頁 203～205。

89. 劉釗：〈說漢"左礜桃支"印〉，《古文字考釋叢稿》（湖南：岳麓書社，2005 年 7 月），頁 206～209。

90. 劉樂賢：〈古璽漢印複姓合證三則〉，《中國古文字研究》第 1 輯，頁 133～136。

91. 劉樂賢：〈古璽文字考釋（十則）〉，《古文字研究》第 21 輯，頁 286～292。

92. 劉樂賢：〈漢印複姓雜考〉，《于省吾教授百年誕辰紀念文集》1996 年 9 月，頁 213～217。

93. 滕縣博物館：〈山東滕縣出土兩批銅印〉，《考古》1980 年第 6 期，頁 496～497。

94. 韓建武、師小群:〈陝西歷史博物館藏印叢考〉,《文博》1997 年第 4 期,頁 29～32。

95. 叢文俊:〈鳥鳳龍蟲書合考〉,《故宮學術季刊》1996 年第 2 期,頁 99～126。

96. 羅福頤:〈近百年來古璽文字之認識和發展〉,《古文字研究》第 5 輯,頁 243～254。

97. 羅福頤:〈史印新證舉隅〉,《古文字研究》第 11 輯,頁 84～93。

98. 羅福頤:〈封泥證史錄舉隅〉,《古文字研究》第 11 輯,頁 94～105。

99. 羅福頤:〈僂翁印話〉,《古文字研究》第 11 輯,頁 110～122。

三、學位論文

1. 文炳淳:《先秦楚璽文字研究》(臺北:國立臺灣大學中國文學研究所博士論文,2001 年)。

2. 何麗香:《戰國璽印字根研究》(臺北:國立臺灣師範大學國文系碩士論文,2002 年)。

3. 李知君:《戰國璽印文字研究》(高雄:國立高雄師範大學國文學系碩士論文,2000 年)。

4. 林素清:《先秦古璽文字研究》(臺北:國立臺灣大學中國文學研究所碩士論文,1974 年)。

5. 林清源:《楚國文字構形演變研究》(臺中:東海大學中國文學研究所博士論文,1997 年)。

6. 林雅婷:《戰國合文研究》(高雄:國立中山大學中國文學研究所碩士論文,1998 年)。

7. 彭雅琪:《漢代人名字研究》(臺北:國立臺灣師範大學國文系碩士論文,1997 年)。

8. 游國慶:《戰國古璽文字研究》(桃園:國立中央大學中國文學研究所碩士論文,1990 年)。

9. 黃師靜吟:《秦簡隸變研究》(嘉義:國立中正大學中國文學研究所碩士論文,1993 年)。

10. 黃師靜吟:《楚金文研究》(高雄:國立中山大學中國文學研究所博士論文,1997 年)。

11. 闕曉瑩:《《古璽彙編》考釋》(臺北:國立臺灣師範大學國文系碩士論文,2000 年)。

四、印譜、文字編、辭典

1. 文史哲出版編輯部:《漢語古文字字形表》(臺北:文史哲出版社,1988 年 4 月),再版。

2. 王北岳:《國立歷史博物館藏印選輯》(臺北:出版社,1978 年 5 月)。

3. 本社編:《上海博物館藏印選》(上海:上海書畫出版社,1991 年 2 月)。

4. 伏海翔:《陝西新出土古代璽印》(上海:上海書店出版社,2005 年 1 月)。

5. 任萬舉等編:《吉林出土古代官印》(北京:文物出版社,1992 年 10 月)。

6. 吉林大學歷史系文物陳列室：《吉林大學藏古璽印選》（北京：文物出版社，1987年9月）。

7. 何昆玉：《吉金齋古銅印譜》（上海：上海書店，1989年9月）。

8. 佐野榮輝等編：《漢印文字匯編》（臺北：美術屋，1988年）。

9. 吳大澂：《十六金符齋印存》（上海：上海書店，1989年9月）。

10. 吳式芬：《雙虞壺齋印存》（清同治十一、二年間（1872～1873）朱鈐本）。

11. 吳式芬、陳介祺：《封泥考略》（上海：上海古籍出版社，《續修四庫全書·子部·譜錄類》，2002年3月）。

12. 吳雲：《二百蘭亭齋古銅印選》。（清光緒二（丙子）年（1876）刊鈐印本）。

13. 呂宗力：《中國歷代官制大辭典》（北京：北京出版社，1995年10月）。

14. 李東琬：《天津市藝術博物館藏古璽印選》（北京：文物出版社，1997年8月）。

15. 汪啓淑：《漢銅印叢》。（上海：商務印書館，1935年）。

16. 周銑詒：《共墨齋藏古鈢印譜》（清光緒十九（癸巳）年（1893）刊鈐印本）。

17. 侯福昌：《鳥蟲書匯編》（臺灣：商務印書館，1990年5月）。

18. 南京市博物館：《南京市博物館藏印選》（上海：上海書店，2005年1月）。

19. 孫文楷：《稽庵齊魯古印笈》（清光緒十一（乙酉）年（1885）保鑄山房鈐印鈔本）。

20. 孫寶文：《漢印字典》（吉林：吉林文史出版社，2007年1月）。

21. 容庚：《秦漢金文錄》（北京：國立中央研究院歷史語言研究所，1931年）。

22. 容庚：《金文編》（京都：中文出版社，1986年3月），5版。

23. 容庚：《金文編續編》（京都：中文出版社，1990年2月），3版。

24. 袁日省、謝景卿、孟昭鴻編：《漢印分韻合編》（臺北：藝文出版社，1983年12月）。

25. 袁仲一、劉鈺：《秦文字類編》（西安：陝西人民教育出版社，1993年11月）。

26. 高明：《古文字類編》（北京：中華書局，2004年7月）。

27. 高慶齡：《齊魯古印攈》（上海：上海書店，1989年9月）。

28. 國立故宮博物院：《景印金薤留珍》（臺北：國立故宮博物院，1971年）。

29. 國立故宮博物院：《故宮歷代銅印特展圖錄》（臺北：國立故宮博物院，1987年7月）。

30. 張光裕主編、袁國華合編：《包山楚簡文字編》（臺北：藝文印書館，1992年11月）。

31. 莊新興：《古璽印精品集成》（上海：上海古籍出版社，1998年9月）。

32. 莊新興：《戰國鈢印分域編》（上海：上海書店，2001年10月）。

33. 許雄志：《秦印文字彙編》（河南：河南美術出版社，2001年9月）。

34. 郭裕之：《續齊魯古印攈》（上海：上海書店，1989年9月）。

35. 陳介祺：《十鐘山房印舉》（臺北：文史哲出版社，1971年6月）。

36. 陳松長：《馬王堆簡帛文字編》（北京：文物出版社，2001年6月）。

37. 陳松長：《湖南古代璽印》（上海：上海辭書出版社，2004 年 12 月）。

38. 陳漢第：《伏廬藏印》（民國伏廬藏印墨框白紙朱鈐本）。

39. 陳漢第：《伏廬藏印續集》（民國伏廬藏印綠框白紙朱鈐袖珍本）。

40. 陳寶琛：《澂秋館印存》（上海：上海書店，1988 年 10 月）。

41. 湖南省博物館：《湖南省博物館藏古璽印集》（上海：上海書店，1991 年 6 月）。

42. 湯餘惠主編：《戰國文字編》（福建：福建人民出版社，2001 年 12 月），第 1 版。

43. 劉仲山：《擷華齋古印譜》（清光緒二十一年（1895）刊鈐印本）。

44. 潘雲杰：《秦漢印範》。（據明萬曆間（1573～1619）刊本攝製影像光碟）。

45. 駢宇騫：《銀雀山漢簡文字編》（北京：文物出版社，2001 年 7 月）。

46. 韓非：《山東新出古鈢印》（濟南：齊魯書社，1998 年 2 月）。

47. 羅振玉：《璽印姓氏徵》（民國十四年（1925）東方學會排印本）。

48. 羅振玉：《凝清室古官印存》。（臺北：大通書局，1973 年）

49. 羅振玉：《赫連泉館古印續存》（臺北：大通書局，1977 年）。

50. 羅振玉：《赫連泉館古印存》（上海：上海書店，1988 年 11 月）。

51. 羅福頤：《待時軒印存》（古籍線裝書鈐印本）。

52. 羅福頤：《漢印文字徵》（臺北：藝文印書館，1974 年 4 月），再版。

53. 羅福頤：《古璽文編》（北京：文物出版社，1981 年 10 月）。

54. 羅福頤：《古璽彙編》（北京：文物出版社，1981 年 10 月）。

55. 羅福頤：《漢印文字徵補遺》（北京：文物出版社，1982 年 12 月）。

56. 羅福頤：《故宮博物院藏古璽印選》（北京：文物出版社，1982 年 12 月）。

57. 羅福頤：《古璽印概論》（臺北：學海出版社，1983 年 9 月）。

58. 羅福頤：《秦漢南北朝官印徵存》（北京：文物出版社，1987 年 10 月）。

附錄一：書目徵引略字索引（依書目略字筆劃遞增排序）

略字	書名	略字	書名
吉	《吉林大學藏古璽印選》	彙	《古璽彙編》
合	《漢玉合符齋印賞》	匯	《兩漢官印匯考》
伏	《伏廬考藏鉨印》	概	《古璽印概論》
河	《河南省徵集》	鼓	《銅鼓書堂藏印》
亭	《二百蘭亭齋古印考藏》	漢	《秦漢魏晉南北朝官印研究》
考	《簠齋印考》	碧	《碧葭精舍印存》
存	《秦漢南北朝官印徵存》	語	《漢語古文字字形表》
范	《范氏集古印譜》	赫	《赫連泉館古印存》
待	《待時軒印存》	徵	《漢印文字徵》
馬	《馬王堆簡帛文字編》	磊	《磊齋鉨印選存》
故	《故宮歷代銅印特展圖錄》	談	《松談閣印史》
素	《頤素齋印景》	墨	《共墨齋藏古鉨印譜》
陝	《陝西新出土古代璽印》	澂	《澂秋館印存》
後	《後四源堂古印零拾》	遯	《遯庵秦漢印選》
雀	《銀雀山漢簡文字編》	凝	《凝清室古官印存》
域	《戰國鉨印分域編》	戰	《戰國文字編》
秦	《秦漢銅章》	衡	《衡齋藏印》
庵	《弢庵印集》	磬	《磬室所藏鉨印》
書	《書道全集》	舉	《十鐘山房印舉》
堂	《銅鼓書堂集古印譜》	齋	《吉金齋古銅印譜》
得	《得壺山房印寄》	叢	《漢銅印叢》
訒	《訒庵集古印存》	擷	《擷華齋古印譜》
補	《漢印文字徵補遺》	魏	《魏石經室古鉨印景》
符	《十六金符齋印存》	簠	《陳簠齋手拓古印集》
郵	《印郵》	廬	《伏廬藏印》
尊	《尊古齋印存》	續	《金文編續編》
壺	《雙虞壺齋印存》	鶴	《鶴廬印存》
程	《程荔江印譜》	罍	《兩罍軒印考漫存》

附錄二：本文徵引《漢印文字徵》集錄明清二代八十五部印譜情形一覽表

編號	印譜名稱	本文徵引
明代印譜		
1	顧研山《顧氏集古印譜》六冊	
2	蘇爾和《又蘇氏纂集殘本》一冊	
3	顧從德《顧氏印藪》六冊	✓
4	羅王常《集古印章》二冊	
5	張學禮《考古正文印藪》五冊	✓
6	甘暘《甘氏集古印譜》五冊	✓
7	范汝桐《范氏集古印譜》十冊	
8	陳昌鉅《古印選》四冊	
9	潘雲杰《秦漢印範》四冊	✓
10	郭胤伯《松談閣印史》一冊	
11	俞彥《俞氏爰園印藪玉章》一冊	
清代印譜		
12	《御製金薤留珍》二十五冊	✓
13	吳立峰《稽古齋印譜》四冊	
14	佚姓氏《師意齋秦漢印譜》四冊	
15	《無名氏印譜》四冊	
16	吳好禮《秦漢印集》五冊	
17	趙宧光《趙凡夫印譜》六冊	✓
18	汪啓淑《漢銅印叢》六冊	✓
19	汪啓淑《訒庵集古印存》十六冊	✓
20	巴慰祖《四香堂摹印》二冊	
21	朱楓《朱氏印徵》二冊	
22	查禮《銅鼓書堂集古印譜》二冊	
23	查禮《又全上》四冊	
24	黃錫蕃《續古印式》一冊	
25	何昆玉《吉金齋古銅印譜》正續集共八冊	✓
26	佚姓氏《味無味齋古印譜》一冊	
27	朱爲弼《鋤經堂集古印譜》二冊	
28	汪心農《汪氏漢銅印譜》二冊	

29	張廷濟《古印綴存》一冊	
30	《金粟齋印存》	
31	湯綬銘《畫梅樓古印存》一冊	
32	張廷濟《清儀閣古印偶存》六冊	
33	吳式芬《雙虞壺齋印存》八冊	✓
34	郭承勳《古銅印選》二冊	
35	瞿鏞《鐵琴銅劍樓古印譜》八冊	
36	翁大年集拓贈陳簠齋《翁氏古印文》一冊	
37	陳介祺《十鐘山房印舉》五十冊	✓
38	姚覲元《漢印偶存》一冊	✓
39	吳雲《二百蘭亭齋古印存》十二冊	✓
40	佚姓氏《抱朴齋印譜》	
41	王國均《蘭根艸舍印存》二冊	
42	高薇垣《印郵》八冊	
43	高慶齡《齊魯古印攈》六冊	✓
44	周銑詒《共墨齋藏古鉥印》八冊	✓
45	吳大澂《十六金符齋印存》二十六冊	✓
46	郭裕之《續齊魯古印攈》十六冊	✓
47	無名氏《古印集冊》一冊	
48	龔心釗《瞻麓齋古印徵》八冊	✓
49	潘儀徵《秋曉庵古銅印譜》十二冊	
50	佚名氏《古印存》八冊	
51	徐子靜《觀自得齋秦漢官私印譜》四冊	
52	崔鴻圖《乾修齋古印集存》四冊	
53	孫文楷《稽庵齊魯古印箋》四冊	✓
54	劉鶚《鐵雲藏印》四集共四十八冊	
55	何詩孫《頤素齋印景》四冊	
56	黃質《濱虹艸堂集古鉥印》八冊	
57	劉仲山《擷華齋古印譜》六冊	✓
58	羅振玉《磬室所藏鉥印》正續共八冊	
59	羅振玉《赫連泉館古印存》正續共二冊	✓
60	羅振玉《凝清室古官印存》二冊	✓
61	羅振玉《漢晉以來官印集存》	
62	羅振玉《後四源堂古印零拾》一冊	

63	丁仁《鶴廬集印》二冊	
64	吳隱《遯庵秦漢印選》四集共二十四冊	✓
65	周進《周氏集古印文》	
66	上墼理一《有竹齋所藏鉨印》四冊	
67	太田孝太郎《夢庵藏印》六冊	
68	陳漢第《伏廬藏印》六冊	✓
69	陳漢第《伏廬藏印續集》	✓
70	秋良臣《古官印存》二冊	
71	周進《周氏古鉨印景》十冊	
72	《無名氏印譜》六冊	
73	鄭鶴舫《望古齋印譜》二冊	
74	陳寶琛《澂秋館印存》十冊	✓
75	羅福頤《待時軒印存》十八冊	✓
76	張脩甫《只齋藏印》二冊	
77	徐安《徐氏印譜》四冊	
78	柯昌泗《謐齋印譜》	
79	羅振玉《陸庵集古錄》二冊	
80	羅振玉《雪堂集古錄》一冊	
81	羅振玉《齊魯封泥集存》一冊	✓
82	吳式芬《封泥考略》十冊	✓
83	周進《泥齋封泥景》一冊	
84	陳寶琛《澂秋館藏古封泥》四冊	
85	日本朝鮮總督府刊《樂浪時代之遺迹》二冊	
本文徵引明清二代八十五部印譜計二十九部		

附錄三：《漢印文字徵》印文隸定字具□待釋字一覽表

編號	卷數、列字隸定	字例	從出印譜略字
1	1・2 祉	□祉□附城	封
2	1・4 王	王□印信	鐵
3	1・5 琨	□琨印信	符
4	1・9 芋	□芋私印	舉
5	1・15 茬	茬□丞□	木
6	1・18 芥	芥家□印	虹
7	1・18 萊	東萊魁陬叔孫□□□	舉
8	1・18 蒙	□蒙之印	舉
9	1・18 芑	芑□	舉
10	1・18 蘩	蘩□私印	叢
11	1・21 芯	萬芯□	泥
12	1・21 茎	茎□	潘
13	2・7 吐	吐患□利□邪	意
14	2・8 趙	趙□之印	舉
15	2・10 步	趙步□之印	舉
16	2・11 隨	隨□淪印	吉
17	2・12 逆	□逆里附城	封
18	2・14 近	浩□近孺	符
19	2・18 街	街□宰之印	泥
20	2・19 齰	□齰	鐵
21	2・19 齰	□齰	封
22	3・5 信	□信	鐵
23	3・8 詵	□詵	吉
24	3・12 丞	□丞□印	秋
25	3・13 戴	戴□之	秦
26	3・15 爲	王高之印字爲□猜	秦
27	3・16 父	宮父□印	秦
28	3・16 尹	尹□印信	無
29	3・17 反	□反之	墨
30	3・17 叔	□長叔召	無

31	3・18 書	歷□男典書丞	郭
32	3・19 轂	轂□	澂
33	3・22 敢	敢□	舉
34	3・23 卜	卜□私印	舉
35	4・6 離	鐘離□	虹
36	4・6 雋	雋□印	舉
37	4・7 輋	□輋	舉
38	4・9 於	於□丞印	泥
39	4・12 膺	曲周□膺	集
40	4・16 剛	□剛之印	赫
41	4・17 衡	□衡里附城	封
42	5・1 笵	笵□印	郭
43	5・4 畀	畀□	舉
44	5・4 巫	巫馬□印	舉
45	5・11 飤	杜陵飤官□丞	鐵
46	6・2 李	李□	舉
47	6・8 杼	杼□丞□	泥
48	6・11 棟	棟□	無
49	6・16 賢	□右賢	符
50	6・25 邪	□驕邪印	舉
51	6・26 郭	□郭	意
52	6・27 酇	酇城□韓壽印	鐵
53	7・4 旺	□旺之印	舉
54	7・7 外	□外人	無
55	7・9 穉	□公穉君	舉
56	7・10 采	臨□采鐵	木
57	7・12 香	香□	符
58	7・17 寄	□寄之印	舉
59	7・21 羅	羅□印信	鐵
60	7・21 羅	羅□	舉
61	8・4 傅	傅鄉男印□	泥
62	8・9 但	但□私印	郭
63	8・16 雜	御府雜□	待
64	8・16 耆	漢匈奴姑塗□臺耆	只

65	8·20 兌	□宮兌根	秦
66	8·23 欺	□不欺印	鐵
67	8·23 歈	湯官歈監□□	封
68	9·1 願	周□願	意
69	9·6 敬	敬□里□□	封
70	9·6 山	仲山□印	赫
71	9·10 廟	□山□廟	秋
72	10·2 駉	合□駉印	顧
73	10·6 猜	王高之印字為□猜	秦
74	10·9 烺	烺□	舉
75	10·13 交	交□之印	符
76	10·20 患	吐患□利□邪	意
77	11·5 湳	□湳私印	叢
78	11·6 汪	汪□成得	華
79	11·7 淪	隨□淪印	吉
80	11·13 澛	□孫澛印	周
81	11·14 潒	潒□印信	秦
82	11·18 鮑	鮑□□印	虹
83	12·1 到	檀□到	范
84	12·1 臺	漢匈奴姑塗□臺者	只
85	12·1 臺	□臺令印	封
86	12·8 把	把□	舉
87	12·9 揚	揚昌里附□	封
88	12·14 變	變□之印	吉
89	12·16 戎	戎多□	墨
90	13·3 縵	呂縵□印	夢
91	13·4 綦	綦君□	符
92	13·5 絳	絳陵□丞	泥
93	13·7 率	率□之印	泥
94	13·9 它	□它私印	范
95	13·11 封	封□之印	鼓
96	13·12 塗	漢匈奴姑塗□臺者	只
97	14·1 銅	□銅	封
98	14·3 劉	劉□之印	意

99	14・4 鉅	鉅平□□	木
100	14・8 軔	□軔	磬
101	14・9 陁	東萊黔陁叔孫□□	舉
102	14・11 六	六安府□	秋
103	14・16 季	季□	澂
104	14・16 孟	孟□之印	舉
105	14・19 酉	冬酉□印	郭

附錄四：印文圖版檢索

	屯田司馬（頁 83）、方除長印（頁 91）、水順副貳印（頁 95）、尹御之印（頁 139）、今日利行（頁 182）

七畫	
李	李□（頁 21）、李寬（頁 36）、李岑（頁 139）、李騁（頁 141、247）、李䨣（頁 141）、李長兒（頁 142）、李武印信（頁 143）、李子游印（頁 172）、李仁（頁 175）、李寬心印（頁 175）、李路人（頁 176）、李甲（頁 242）
吾	吾丘延年（頁 40、148）、吾丘常（頁 148）
杜	杜昌里印（頁 61）、杜嵩之信印（頁 142、248）、杜況私印（頁 242）
臣	臣廣（頁 143）、臣固（頁 143、250）、臣安□（頁 143）、臣趙里（頁 143）
別	別火丞印（頁 75）、別部司馬（頁 83、244）
利	利行（頁 182）、利出（頁 182）、利（頁 186）
吳	吳□私印（頁 48、49）、吳病（頁 173）
䖝	䖝代之印（頁 46）、私府（頁 55）、孝子單祭尊（頁 96）、助威世子印（頁 108）、每車賈（頁 166）、宋延年（頁 171）、佗（頁 186）、呂福（頁 242）、含洭宰之印（頁 248）

八畫	
河	河間私長朱宏（頁 32、33、104）、河陽長印（頁 100）、河池矦相（頁 249）、河華記印（頁 249）
周	周去病印（頁 143、173）、周陽㜑（頁 147）、周子張印（頁 172）
宜	宜春禁丞（頁 75、246）、宜財（頁 182）、宜子孫（頁 182）
武	武德長印（頁 100）、武陵尉印（頁 239）
邯	邯鄲恩印（頁 150）、邯鄲脩印（頁 150）
東	東萊魁陬叔孫□□（頁 20）、東鄉（頁 63）、東昌祭尊（頁 91）、東安長印（頁 100）、東鄉家丞（頁 110）、東門去病（頁 152）、東門好印（頁 152）、東郭倫印（頁 152）、東郭寬（頁 152）、東野迢印（頁 153）、東憲私印（頁 242）
長	長平鄉印（頁 63）、長安獄丞（頁 91、239）、長安令印（頁 100）、長沙祝長（頁 105）、長沙頃廟（頁 105）、長沙僕（頁 105）、長沙丞相（頁 105、239）、長孫少孺（頁 164）、長孫地余（頁 164）、長樂（頁 180）、長光（頁 180）、長富（頁 180）、長富貴（頁 180）、長生大富（頁 180）、長幸（頁 181）、長幸日利（頁 181）、長宜子孫（頁 182）
尙	尙書散郎田邑（頁 78）、尙普私印字子眞（頁 243）、尙浴（頁 244）
㞋	㞋何傷（頁 43、173）、㞋裴（頁 43）
	畀□（頁 21）、季長（頁 21）、笁穰（頁 42）、邤□（頁 45、46）、攽□（頁 48）、帑府（頁 58、249）、京兆尹史石揚（頁 91）、房子長印（頁 100）、牧丘家丞（頁 104）、卑梁國丞（頁 104）、明義矦家丞（頁 107）、和善國尉（頁 110）、延壽（頁 179）、來富（頁 180）、昌威德男家丞（頁 248）

	果成印（頁 143、249）、張商印信（頁 143）、張子路印（頁 172）、張猛（頁 243）、張補（頁 244）、張放信印（頁 245）
御	御史大夫（頁 83）、御府長印（頁 105）
都	都市（頁 59）、都候丞印（頁 75）、都亭家丞（頁 110）
脩	脩故亭印（頁 61）、脩合縣宰印（頁 95、248）
將	將軍之印章（頁 75）、將田己部右候（頁 95）
淳	淳于涂印（頁 146）、淳于安世（頁 146）、淳于嬰（頁 245）
窒	窒孫湛（頁 161）、窒孫史得（頁 161）、窒中光（頁 167）
訢	訢相伯孺（頁 163）、訢相得印（頁 163）
梁	梁旁家丞（頁 110）、梁解事印（頁 175）
曹	曹廣印（頁 143）、曹亭耳（頁 249）
	略倉印（頁 31）、常樂蒼龍曲候（頁 34、79、248）、執灅直二十二（頁 79、239）、偏將軍理軍（頁 79）、掃難將軍章（頁 83）、陷陳都尉（頁 83）、強弩都尉章（頁 83）、荼陵（頁 91）、淮陽王璽（頁 104、247）、崔應之印（頁 139、247）、陳褒私印（頁 139、247）、范通私印（頁 143）、庾公孺印（頁 169）、教化仁甫（頁 178）、國（頁 186）、莫（頁 187）、祭雎（頁 242）、莊文（頁 247）

十二畫

陽	陽陵丞印（頁 100）、陽秩男則相（頁 108）、陽安世印（頁 139）、陽成信（頁 166）、陽（頁 186）
越	越青邑君（頁 114）、越貿陽君（頁 114）
黃	黃毋放印（頁 175）、黃神越章（頁 185、250）、黃神之印（頁 185、250）、黃神越章天帝神之印（頁 185）、黃立私印（頁 243）
富	富壽矦印（頁 109）、富貴（頁 180）
順	順陵園丞（頁 83）、順武男則相（頁 108）
敦	敦德尹曲後候（頁 34）、敦德步廣曲候（頁 95）
閔	閔病己（頁 173）、閔喜（頁 244）
	筍矦（頁 35）、甯業印信（頁 43、143）、程闓（頁 45、47）、傅闌（頁 46、47）、廄印（頁 56）、渭陵園令（頁 75）、喻孅集掾田宏（頁 91）、雲陽令印（頁 100）、裒衡子家丞（頁 107）、喜威德男家丞（頁 108）、博平家丞（頁 109）、喪尉（頁 135）、馮樂私印（頁 139、242）、詔發（頁 140）、費黯（頁 141）、彭城丞印（頁 246）、復陽國尉（頁 249）

十三畫

萬	萬歲單三老（頁 91）、萬石（頁 184）、萬光（頁 184）、萬歲（頁 184）

臧	臧孫綸印（頁 162）、臧孫閑印（頁 162）
諸	諸倉（頁 66）、諸葛豐（頁 147）、諸葛小孫（頁 139、147）
廣	廣陵王璽（頁 109）、廣漢大將軍章（頁 247）
	廟衣府印（頁 53）、衛園邑丞（頁 75）、鞏閨苑監（頁 83）、寶安馬丞印（頁 95）、鞏縣徒丞印（頁 96、239）、歐陽湯印（頁 152）、調（頁 187）、鄭（頁 187）、潘剛私印（頁 242）、劉次卿印完封請發（頁 249）

十六畫

器	器府之印（頁 54、245）、器府（頁 55）
霍	霍常樂（頁 171）、霍君直印（頁 175）
	儈印（頁 59、249）、潁陰宰之印（頁 95）、頻陽令印（頁 100）、閻不識印（頁 175）、館陶家丞（頁 246）

十七畫

鴻	鴻符世子印（頁 108）、鴻信國尉（頁 110）
	廩丘長印（頁 100）、鮮于滑（頁 149）、嬰（頁 186）、薄戎奴（頁 244）、濟南尉丞（頁 245）

十八畫

魏	魏烏丸率善佰長（頁 39）、魏義（頁 142、175）、魏孝君（頁 175、249）
關	關內矦戈晏印（頁 104）、關孔子（頁 171）
藉	藉賜私印（頁 143）
	臨都鄉（頁 65）、騎千人印（頁 75）、藥官丞印（頁 83）

十九畫

藥	藥藏府印（頁 58）、藥始光（頁 142）
	廬江亭閒田宰（頁 95）、櫟陽延年（頁 148）

二十畫

蘇	蘇去疾（頁 173）、蘇游成（頁 245）
	藘徵卿（頁 37）、鐘壽丞印（頁 100）

二十一畫

霸	霸陵園丞（頁 75、246）、霸西祭尊（頁 91）

附錄五：西漢疆域圖

錄自　顧頡剛、史念海《中國疆域沿革史》頁 92

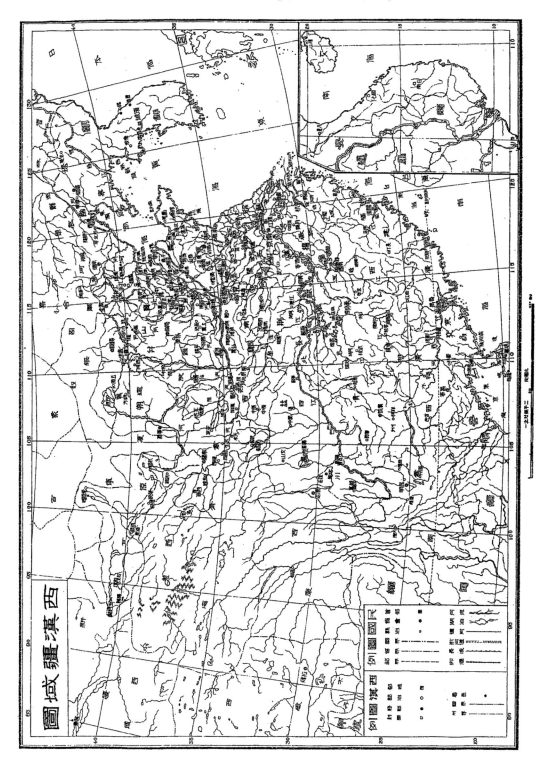

附錄六：東漢疆域圖

錄自　顧頡剛、史念海《中國疆域沿革史》頁 116

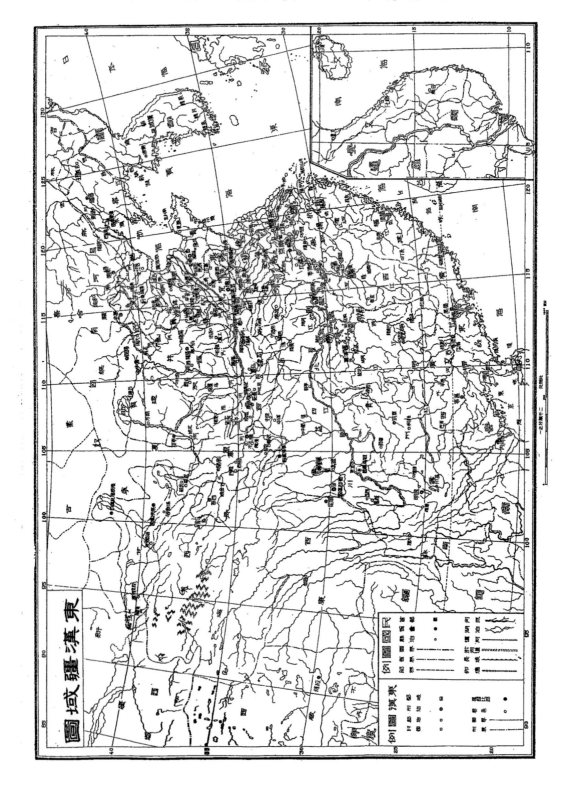